Manuela Lewentz

Herzensbrecher günstig abzugeben

Manuela Lewentz

Herzensbrecher günstig abzugeben

Manuela Lewentz

Herzensbrecher günstig abzugeben

Verlag:	Mittelrhein-Verlag GmbH, August-Horch-Straße 28, 56070 Koblenz
Umschlaggestaltung:	Davina Kuhn
Umschlagmotiv:	Shutterstock
Herstellung und Satz:	sapro GmbH – Gesellschaft für Satzproduktion, Triebstraße 16, 56370 Gutenacker
Druck und Bindung:	PARIO PRINT Al. Jana Pawła II 31/27, 31-864 Krakow, Polen

FSC
www.fsc.org
MIX
Papier aus verantwortungsvollen Quellen
FSC® C117425

ISBN 978-3-925180-25-5

„Mit der Liebe ist es wie in der Lotterie. Man hofft immer auf den Hauptgewinn und kann doch froh sein, keine Niete zu erhaschen", so Anton Wall, er krümmt sich vor Lachen.
„Ein Trostpreis ist für manchen Menschen im Laufe der Jahre wie ein Hauptgewinn", muss Anton Wall noch belehrend nachfügen.

Lotte

Ich muss noch immer schmunzeln beim Anblick meiner Einkäufe. Der rote BH, der passende String, alles wirkt so leicht, sogar etwas verrucht, so mein nächster Gedanke. Zufrieden blicke ich in den Schlafzimmerspiegel. Meine Mitgliedschaft im Fitnessstudio zeigt Wirkung. Noch vor einem Jahr hätte ich mich nicht getraut, solche Wäsche zu kaufen, geschweige denn zu tragen. Aufgedreht und mit mir im Reinen hüpfe ich die Stufen hinunter in meine Küche. Der Sektkorken ploppt aus der Flasche, mit einem Jauchzen gieße ich mir ein Gläschen ein. Unvermittelt fällt mein Blick auf die Uhr. Mahnend thront sie über dem Küchentisch. Wie ein Warnschild prangt sie an der Wand.

14 Uhr, so hämmert es in meinem Kopf. Nicht gerade die richtige Uhrzeit, um Sekt zu schlürfen. Ach, diese Grübelei tut mir nicht gut. Das schlechte Gewissen fängt an zu nagen. Die Lust jedoch, etwas Verrücktes zu tun, mischt sich dazu. Viel Zeit zum Nachdenken bleibt mir nicht, es klopft an meiner Küchentür.

„Fräulein Lotte? Das ist jetzt aber …", das anschließende Hüsteln kenne ich schon.
„Wieso kommen Sie auch immer an die Küchentür? Jeder andere Postbote begnügt sich mit der Haustür. Das Wort Pri-

vatsphäre kennen Sie? Soll ich es buchstabieren?“ Kritisch beäuge ich mein Gegenüber. Das Wort ‚Privatsphäre‘ kam scharf wie Messerschneide über meine Lippen.

„Tut mir leid“, hastig fliegen mir diese Worte entgegen. Schneller als ich reagieren kann, landet ein Stapel mit Briefen in meiner Hand, ein Päckchen findet seinen Weg auf meinen Küchenboden. Verärgert blicke ich dem flüchtigen Störenfried nach. Die Tatsache, dass mich der Mann kaum kennt und neu hier in der Gegend ist, entschuldigt nicht sein Verhalten. Als ob es auf dem Land so üblich ist, die Haustür zu ignorieren und wie selbstverständlich in den Garten zu marschieren! Sollte ich an mein Gartentörchen ein Schild anbringen lassen wie: Ungebetene Gäste müssen draußen bleiben? Oder: Meine Haustür hat eine Klingel. Bitte diese drücken und ein lautes Willkommen abwarten!

Meine Gedanken wandern kurz zurück ins letzte Jahr. Automatisch denke ich an meinen alten Briefboten. Er hatte auch immer diese Angewohnheit, einfach vor mir zu stehen und ohne große Ankündigung in meinen Garten zu kommen. Ihn habe ich aber von Kindestagen an gekannt. Das war eine ganz vertraute und andere Situation.

Nun ja, so überlege ich, immerhin kann ich mich noch gut in der Wäsche sehen lassen. Lachend schlürfe ich meinen Sekt. Die Laune lasse ich mir nicht nehmen. Viel zu groß ist meine Vorfreude, mich später Franz zu zeigen. Die Hoffnung in mir wächst, dank der aufreizenden Unterwäsche unser Liebesleben wieder in Schwung zu bekommen.

Bis vor ein paar Wochen noch war alles super und ich konnte mich nicht über die Männlichkeit meines Freundes beklagen.

Mein Blick wandert auf die Briefe, die ich gerade erhalten habe. Was, so frage ich mich jetzt, habe ich mir nur dabei gedacht, wieder eine Kontaktanzeige aufzugeben? Alles, was ich wirklich möchte, ist glücklich mit Franz zu werden. Tatsache aber ist, die letzten Wochen haben mir zugesetzt. Glück sieht anders aus und sollte sich auch anders anfühlen. Neugierig drehe und wende ich die Briefe in meiner Hand. Erneut gönne ich mir ein Schlückchen Sekt. Amüsiert wandert mein Blick über meinen Körper. Wie Franz wohl auf mich und meine sündige Wäsche reagieren wird? Ob er mich, wie am Anfang unserer Beziehung, gleich mit ins Schlafzimmer zieht? Um ehrlich zu sein, ich sehne mich nach einer heißen Liebesnacht. Was am Anfang unserer Beziehung so selbstverständlich war, ist heute der Seltenheit gewichen. Woran dies nur liegen mag? In meine alten Verhaltensmuster bin ich nicht wieder zurückgekehrt, zumindest nicht komplett. Dem Wunsch von Franz, mich besser und weiblicher zu kleiden, bin ich gefolgt. Daran kann sein Verhalten nicht liegen. Ob es eine andere Frau in seinem Leben gibt? Kurz überlege ich, ob wir den Zauber der Liebe über den Alltag zerstört haben.

Meinen Hang, immer mal wieder Kontaktanzeigen zu verfassen, diese auch noch abzusenden, kann ich nicht ablegen. Erwartungsvoll sind für mich diese Momente, in denen ich auf der Plattform aktiv bin, kribbelnd und spannend. Vergleichbar kann für manche Menschen der Zauber sein, eine Spielbank zu betreten. Ich setze jedes Mal große Hoffnung in mein Handeln. Wann immer ich glaube, meine Liebe zerrt an meinen Kräften, logge ich mich ein. Erst letzte Woche habe ich wieder eine Kontaktanzeige verfasst und aufgegeben. Verrückte Welt! Heute will ich Franz in roten Dessous verführen, kämpfe wie eine Löwin um unsere Beziehung. Doch erst vor wenigen Tagen habe ich nicht mehr geglaubt, die Kraft zu finden, um zu kämpfen. Kein Wunder, mein Freund hat sich in den letzten Tagen nicht gerade mit Ruhm bekleckert, vielmehr mit einer Arroganz, die schon an die Grenze des Erträglichen kam. Franz, meinen jetzigen Freund, habe ich auch durch eine Kontaktanzeige kennengelernt.

Für viele Monate war er mein Traummann. Obwohl, wenn ich an die Anfänge zurückdenke, oh weh! Das war schon heftig, in jeder Hinsicht. Liebe ohne Hindernisse, diese Worte will ich beim nächsten Versuch verwenden, so meine spontane Eingabe. Ich lache tief und kehlig bei dem Gedanken. Die große Hoffnung, dass irgendwo mein Traummann auf mich wartet, die gebe ich nicht auf. Falls es mit Franz nicht dauerhaft funktioniert, werde ich weitersuchen.

Meiner verstorbenen Tante Lydia Lowere danke ich, wann immer ich in meinem Café weile. Das große Portrait von ihr hängt mitten im Raum. Meine Tante bringt Glamour und ein Hauch der großen weiten Welt in meine Räumlichkeiten.

Lydia Lowere war so viel mutiger als ich es bin. Ich mühe mich ab, trotzdem erreiche ich nie ihre Ausstrahlung. Wieso hatte meine Tante Lydia sich nicht früher bei mir gemeldet? Vielleicht wäre ein Teil ihrer Leichtigkeit auf mich abgefärbt? Ich hätte gelernt, das Leben anders anzupacken. Seit ich meiner Tante auf Umwegen und erst nach ihrem Tod wieder begegnet bin, habe ich mich schon verändert.

Kurz nippe ich an meinem Sekt, dann gehen meine Gedanken weiter auf Reise. Neue Menschen sind in mein Leben getreten, die ich ohne Lydia nie kennengelernt hätte. Die Zeitschriften waren gefüllt mit ihrem Konterfei, nicht zuletzt wegen ihres Hangs, die letzten Jahre an der Seite sehr junger und gutaussehender Männer zu verbringen.

Wenn ich an den Künstler Anton Wall denke, niemals wären wir uns so nah gekommen. Platonisch gesehen natürlich. Anton Wall liebt mehr das männliche Geschlecht. Schade, wie ich finde. Er versteht mich, zumindest jetzt. Die Anfänge unserer Freundschaft waren etwas holprig und kompliziert. Heute ist alles prima. Wir beide haben uns mögen gelernt, ein wenig habe ich mich auch in ihn verliebt. Seine Art die Welt zu sehen, erinnert mich an meine Tante. Es kann kein Zufall sein, dass Anton inzwischen in der Villa meiner Tante lebt und wirkt. Einmal hat mich der Künstler hier in meinem alten Haus auf dem Land besucht und keinen Hehl daraus gemacht, geschockt zu sein.

„Lotte! Herrjeh! Wie kann eine Frau nur in so einem Durcheinander leben?" Seine Worte hatte ich jedoch mit Humor aufgenommen. Zugeben muss ich auch, zu dieser Zeit war mein Ordnungssinn nicht sehr ausgeprägt.

Mein Handy klingelt, als ich mir gerade ein weiteres Glas Sekt einschenken möchte.

„Du trinkst am helllichten Tag schon Sekt?", meine Freundin Ina zeigt natürlich kein Verständnis für mein Verhalten. Warum bin ich auch so naiv gewesen, ausgerechnet ihr von meinem Tun zu berichten. Mir hätte doch bewusst sein müssen, wie Ina reagiert.

„Wenn du ein Kind hättest und Verantwortung übernehmen müsstest …" Ich unterbreche Ina an dieser Stelle: „Du wirst jetzt nicht erwarten, liebe Ina, dass ich dich verstehe. Dazu müsste ich wohl eigene Kinder haben."

„Stimmt", erwidert sie, „wahrscheinlich ist es besser, wir lassen das Thema."

Erleichtert hole ich tief Luft. Rasch hinterfrage ich den Grund ihres Anrufes. „Ich habe heute Mittag frei und wir könnten zusammen Kaffee trinken", jetzt klingt sie schon freundlicher.

„Gut, dann komm rüber zu mir. Ich kann dir dann auch die neue Wäsche präsentieren und dir von meiner Hoffnung auf eine heiße Liebesnacht mit Franz berichten."

Von Ina vernehme ich nur ein gehauchtes: „Oh!" Ich muss lachen und denke mir, diese Reaktion passt zu meiner Freundin. Während Ina mir noch kurz von ihrem neuen Kuchenrezept vorschwärmt, wandert mein Blick wieder zu den Umschlägen, die noch immer in meiner Hand liegen. Inas Ausführungen in die Kunst der guten Küche lasse ich geduldig über mich ergehen. Neugierig liegt mein Blick unterdessen auf den Umschlägen.

„Ich bringe dir gleich ein Stück Kuchen zum Probieren mit", höre ich sie sagen. Diese Worte gefallen mir. Ich fühle mich gut.

„Dann sehen wir uns gleich zum Kaffee." Ohne einen weiteren Kommentar abzuwarten, beende ich das Telefonat. Die Umschläge und den restlichen Sekt nehme ich mit zurück in meine Küche. Die Flasche kommt in den Kühlschrank. Den kläglichen Rest in meinem Glas kippe ich in die Spüle und stelle, wie von Ina erwartet, stattdessen die Kaffeemaschine an. Den kleinen Tisch in meinem Garten decke ich, ohne mir etwas überzuziehen. Wieso auch? Meine Hecke ist so hochgewachsen, hier kann niemand reinsehen. Ich fühle mich so gut, mir ist, als könne ich heute Berge versetzen. Als alles vorbereitet ist, überkommt mich wieder die Neugierde auf meine Post und ich eile zurück in die Küche. Einen ersten Umschlag ritze ich kurzerhand mit einem Küchenmesser auf. Zittrig bringe ich den Brief zum Vorschein. Mit klopfendem Herzen fange ich an zu lesen.

Liebe Unbekannte,

seit gut zwei Monaten versuche ich, über diese Plattform eine Partnerin zu finden. Einige Treffen habe ich schon hinter mich gebracht, jedoch ohne den erhofften Erfolg auf das Glück zu zweit. Zugeben will ich, selbst ein anspruchsvoller und nicht immer einfacher Mann zu sein. Bisher habe ich keinen Schwerpunkt auf die Haarfarbe oder auf das Gewicht der jeweiligen Kandidatin gelegt. Mir ist es allerdings sehr wichtig, dass meine Partnerin gute Umgangsformen hat und sich immer gut kleidet.
Ihre Anforderungen an einen „Mann" finde ich, um ehrlich zu sein, grotesk. Ich frage mich auch, ob Sie nicht eine Therapie nötig haben. Hier komme ich auch zu dem eigentlichen Grund meines Schreibens. Ich bin von Hause aus Psychologe und biete an, Sie zu therapieren. Wahrheitsgemäß gebe ich zu, Sie interessieren mich, zumindest als Patientin. Eine solche Formulierung bei einer Kontaktanzeige, wie von Ihnen verfasst, habe ich noch nie gelesen.
Ihre Wünsche sind für mich ein Zeichen tiefer Verletztheit, so zumindest interpretiere ich Ihre Annonce in diese Richtung. Überzeugen Sie mich gerne vom Gegenteil, die beiden ersten Treffen sind für Sie kostenfrei.
Ein impotenter Mann wird nicht täglich von Frauen gesucht. Die meisten Männer mit diesem Syndrom haben Probleme, eine Partnerin zu bekommen.

Ich freue mich auf Ihre Rückmeldung! Gerne an die angefügte E-Mail-Adresse.

Ihr
Dr. Peter Schön

Mein Blick löst sich von den Zeilen. Den Brief halte ich aber noch einen Moment in meinen Händen, drehe und wende ihn, um etwas zu finden. Dabei weiß ich nicht einmal, wonach ich suche. Mir gefällt nicht, was ich gerade gelesen habe. Zum Teil stimmt es ja, was Dr. Peter Schön mir geschrieben hat. Mein Wunsch, diesen Herren näher kennenzulernen, ist plötzlich da. Wie er nur aussehen mag? Möglicherweise ist er alt und hässlich, deshalb auch seine zynischen Worte. Oder meint er etwa sein Angebot zu einer Therapie ernst? So ganz will ich diese Erklärung von mir selbst nicht glauben. Mir scheint, es steckt noch mehr dahinter. Neugierde, dies herauszufinden, keimt in mir auf. Zumindest sein Name lässt Hoffnung in mir wachsen auf ein Happy End.

Ein Geräusch hinter mir lässt mich aufhören. Ich denke an Ina und eile sogleich mit dem Brief in meinen Händen in meinen Flur, um ihn und die anderen Briefe zu verstecken. Kurz überlege ich, wo ein geeigneter Platz sein könnte, um die Briefe auch sicher vor Franz zu verbergen. Mir kommt meine Schminkschatulle in den Sinn und ich eile die Stufen zum Bad hinauf.

„Du bist vielleicht verrückt!"
„Ich freue mich auch, dich zu sehen, liebe Ina. Wie ich hören kann, bist du in bester Laune zu mir gekommen!", sage ich gespielt trotzig. Meine Freundin Ina steht mitten in meiner Küche, als ich aus dem ersten Stock zurückkomme.

„Na, was sagst du?" Ich drehe mich spontan um die eigene Achse. „Werde ich aus Franz heute Nacht einen Tiger machen?"
Ina räuspert sich.

„Sag schon, Ina! Was denkst du? Wird Franz am Abend die Röte ins Gesicht steigen und hoffentlich noch etwas mehr, bei meinem Anblick“, strahle ich sie an.

Ina schnappt hörbar nach Luft, dann antwortet sie: „Wenn du das Zeug“, ihre Hand macht eine abschätzende Bewegung in Richtung meiner Wäsche, „nötig hast, bei mir läuft noch alles von alleine.“

„Du meinst, mit Feinripp ist der Sex besser?“ Diese Bemerkung kann ich nicht zurückhalten. Eine Weile ist es still.

„Willst du mich beleidigen, Lotte?“ Ina blickt mich aggressiv an.

„Nein, auf keinen Fall. Ist mir nur so rausgerutscht. Lass uns in den Garten gehen“, eile ich voraus. Die Sonne steht heute hoch und steil, die Wärme ist angenehm. Meinen Kopf strecke ich zum Himmel.

Ina, so höre ich, lässt sich auf einem der freien Gartenstühle nieder. Meinen Blick löse ich vom Himmel und schaue zu Ina. Sie nestelt an ihrer Bluse. Wie immer ist sie auch heute korrekt gekleidet, obwohl sich Frau bei 28 Grad doch etwas luftiger zeigen darf. Nicht aber Ina. Wir zwei Freundinnen sind so verschieden, trotzdem hat sie mit ihrer ganz eigenen Art ihren festen Platz in meinem Herzen. Seit der Schulzeit sind wir befreundet.

„Möchtest du dich jetzt nicht umziehen?“ „Wieso?“, mit weit aufgerissenen Augen sehe ich meine Freundin an. Ina, so spüre ich, scheint nervös zu sein, was sicherlich an meinem Outfit liegt. Ich gebe mich geschlagen. „Dann werde ich mir mal ein Kleid überziehen.“ Langsam stehe ich von meinem Stuhl auf.

„Aber hallo! Habe ich nicht mitbekommen, dass wir heute hier eine kleine Swinger-Party haben?" Auf der Schwelle in meine Küche höre ich diese Worte und drehe mich lachend um. Unerwartet steht meine Freundin Petra vor mir. Petras Augen zeigen schon Tränen vom Lachen. Sie krümmt sich, die Tasche liegt längst auf meiner Wiese. Mir gefällt ihre Reaktion besser als die von Ina. Auch die Worte „Du siehst super toll und sexy aus, Lotte", nehme ich gerne auf.

„Wie schön, dass alle Menschen meine Klingel schonen, aber das bisschen Strom für den Dong kann ich mir gerade noch leisten."

Ich verschwinde in meinem Haus, bevor Petra neben Ina sitzt. Meine Worte waren natürlich ironisch gemeint, was Petra einzuschätzen weiß.

„Ist bei dir und Franz die Luft raus?" Petra stellt ihre Frage, nachdem ich wieder zurück im Garten bin. Jetzt trage ich ein leichtes Sommerkleid. Immerhin hat sie oder Ina schon den Kaffee auf den Tisch gestellt und Tassen dazu. Die Kuchenstücke, die ihren angenehmen Duft verbreiten und mich anziehen, müssen von Ina sein. Petras Blick, als ich herzhaft in ein Stück Schokoladenkuchen beiße, spricht Bände. „Darf ich mich an deinem Obst bedienen?" Eine Antwort wartet Petra nicht ab, sie ist schon aufgesprungen und eilt in meine Küche. Ihre Taille werde ich auch nach zehn Jahren Mitgliedschaft im Fitnessstudio nie erreichen, denke ich und blicke ihr ein wenig neidvoll nach.

„Das Gehabe mit dem Essen geht mir auf die Nerven." Inas Worte kommentiere ich nicht. Petra soll essen, wozu sie Lust hat, so meine Einstellung. Zu oft schon haben wir über sie und ihre Angewohnheit, jeder Kalorie aus dem Weg zu gehen, gesprochen. Sollte ich gelästert sagen? Ja, ab und an haben wir das getan. Seit ich Petra kenne, greife ich auch öfter zu gesundem Essen, was mir nicht schadet. Mit einer Banane in den Händen kommt Petra zu uns zurück.

„Was ist nun mit meiner Frage? Bekomme ich keine Antwort?" Ach, du liebes bisschen! So direkt kenne ich Petra sonst nicht. Etwas mulmig ist mir schon. Soll ich vor meinen Freundinnen zugeben, dass bei Franz und mir gerade der Alltag eingekehrt ist und ich mich nach ein wenig mehr Abwechslung und Initiative von Franz in unserem Bett sehne?

„Das geht uns doch nichts an." Ina nippt nach ihren Worten am Kaffee. Die Betonung lag auf dem Wort uns, was von Petra die Antwort: „Ich möchte schon eine Antwort haben", hervorruft.

Nach kurzer Überlegung betone ich: „Ina hat doch recht. Was mit mir und Franz im Schlafzimmer passiert, ist wirklich privat."

Petra reagiert mit Schweigen, pellt die Schale der Banane ab, kaut genüsslich die leckere Frucht und blickt mich dabei unentwegt an. Ihren Blick kann ich nicht richtig deuten.

„Du nervst mich, Petra!" Nervös rühre ich in meinem Kaffee.

„Wieso reden wir nicht offen? Wir sind doch Freundinnen?" Petra steckt nach ihren Worten das restliche Stück Banane in ihren Mund. „Bei mir und Marc läuft alles bestens", erfahren wir nach dem Kauen.

„Wen, bitte, interessiert das jetzt?" Ina blinzelt Petra an. Mir ist nicht nach Streitereien.

„Ok, wenn du es unbedingt wissen willst, mir fehlt etwas."

Schweigen. Petra rückt ihren Stuhl näher, was vom Grunde her albern ist. Uns kann hier sowieso niemand hören, sie tut aber sehr verschwörerisch. Ina nestelt erneut an ihrer Bluse, blickt verstohlen zum Boden. Fast wundere ich mich, dass Ina nicht sagt: „Der Rasen muss dringend gemäht werden!"

Da keine von beiden antwortet, ringe ich mich durch, mehr zu erzählen.

„Franz ist noch immer der Mann, den ich begehre. Vielleicht arbeitet er in der letzten Zeit zu viel und vergisst deshalb, dass ich auch meine Bedürfnisse habe."

Ina reagiert auf meine Worte mit einem skeptischen Blick. Petra lehnt sich im Stuhl zurück und wirkt nachdenklich. Na, prima! Das hilft mir auch nicht weiter. Meine gute Stimmung und die Vorfreude, die ich noch vor einer Stunde bei der Anprobe der neuen Wäsche hatte, lösen sich gerade in Luft auf.

„Du trägst doch auch immer so tolle Wäsche", fordere ich eine Antwort von Petra ein. Sie lächelt in sich hinein, wie ich sogleich sehen kann und nickt beseelt.

„Ja, von der Wirkung bin ich noch immer überzeugt." Petra nippt an ihrem Kaffee. Im Anschluss blinzelt sie mich an. „Hast du dir mal ein gutes Buch gekauft?"

„Jetzt verstehe ich nur Bahnhof", reagiere ich etwas zu schroff auf Petras letzte Worte. Ina schnappt sich derweil das zweite Stück Schokoladenkuchen, kaut hektisch vor sich hin. Automatisch fällt mein Blick über ihre Figur. Ina ist in den letzten Monaten rundlich geworden. Sie sagt, das sei fraulich und bezeichnet Petra als dürr. Es ist nun einmal Ansichtssache, so die Worte von Karin, der Vierten in unserem Bunde. Ich vermisse die Freundin. Früher haben wir vier Frauen viele schöne Abende erlebt, zusammen. Seit wenigen Wochen lebt Karin in Dresden und erwartet mit Anfang vierzig ihr erstes Kind. Gleich beim Ausbleiben der letzten Periode hatte sie uns informiert. Jetzt ist Karin in der achten Schwangerschaftswoche und plant gerade das ganze Leben mit Volldampf neu. Mit

Höchstgeschwindigkeit geht sie alles an, so auch die Vorbereitungen für ihre Hochzeit mit Hermann Josef von Breggele. Täglich kommen neue Ideen per SMS von ihr auf unsere Handys. Karins Wünsche für die Zukunft lassen uns schmunzeln. Selbst das Datum, an dem Karin nach der Geburt wieder ihrer Arbeit nachgehen will, hat sie schon im Kalender angestrichen.

„Dein Kuchen schmeckt übrigens sehr lecker, Ina", lobe ich meine Freundin und greife beherzt ebenfalls zum zweiten Stück. Petra grinst mich schief an.

„Mir fehlt Karin", sage ich aus meinen Gedanken heraus.

„Du machst Gedankensprünge", schüttelt Petra ihren Kopf. Lächelnd fügt sie nach: „Fehlt dir jetzt heißer Sex oder ein Mädelsabend mit Sekt und Chips?"

Auf Petras Worte bin ich kurz sprachlos, dann aber fange ich laut an zu lachen.

Ina findet den Verlauf unseres Gespräches peinlich, wie sie offen betont. „Es gibt doch auch eine Privatsphäre!" Ihre Bemerkung wiederum lässt mich auf Petras Bemerkung mit dem Buch zurückkommen.

„Was genau willst du mit deiner Frage nach dem Buch sagen, Petra?" Meine Freundin lacht spitz auf und grinst mich an. „Ich kann dir gerne etwas ausleihen oder auch empfehlen. Du musst mir nur sagen, was du im Bett bevorzugst oder ob es dir nur um ein paar Tipps für das Besondere geht."

Bevor ich noch einmal bezüglich eines genauen Tipps von Petra für mich nachfragen kann, klingelt mein Handy. Am liebsten, so denke ich, möchte ich jetzt die Unterhaltung mit Petra weiterführen. Der Anruf kommt aber von Karin, daher nehme ich das Gespräch an.

Petra

Schon lustig, meine Freundin in roter Wäsche zu sehen. Bisher habe ich Ina und Lotte nur mit Feinripp verbunden. Es ist gut, dass Lotte sich jetzt aufrafft und etwas für sich tut. Der Sport scheint ihr richtig gutzutun. Nicht nur ihrer Figur, auch ihrem Selbstbewusstsein. Jetzt hoffe ich für Lotte, Franz wird ganz gierig auf den neuen Einkauf reagieren und sie rasch versuchen auszupacken. Meine Fantasie geht kurz mit mir auf eine Reise zu Marc. Ina und Lotte holen mich aber zum Glück Sekunden später wieder in die Realität zurück. Dass Lotte so überrascht auf meine Bemerkung mit dem Buch reagiert hat, mich wundert es.

„Lotte? Du willst mir jetzt nicht sagen, du hast nie ein Buch über Sex und Stellungen gelesen?", doch eine Antwort bekomme ich nicht mehr, denn Lottes Handy klingelt. Ganz so weltfremd habe ich meine Freundin nun wirklich nicht eingeschätzt. Ina, das spüre ich, mag nicht mit uns über ihr Intimleben sprechen. Sie ist in meinen Augen dafür zu spießig. Schön am Abend die Schlafzimmertür abschließen und immer nur am Samstagabend Sex haben, so meine Überlegung. Kurz verschwinde ich in Lottes Haus, eile in das Badezimmer. Mein Blick in den Spiegel zeigt mir, ich muss die Lippen nachziehen. Wie selbstverständlich öffne ich Lottes kleinen Schminkschrank und suche einen Lippenstift. Statt der richtigen Farbe entdecke ich einen Stapel Briefe, die meine Neugierde wecken. Genau erinnere ich mich an die Zeit, als meine Freundin mit Vorliebe Kontaktanzeigen aufgegeben hatte. Die Antworten kamen auch mit einem Codenamen und einer Nummer als Absender in ihr Haus geflattert. Ob Lotte wieder ihrem alten Hobby frönt? Kurz packt mich die Neugierde und ich bin versucht, einen der Briefe, zumindest einer ist schon geöffnet, zu lesen. Im letzten Moment jedoch entschließe ich mich, es sein zu lassen. Aber mein Entschluss, Lotte auf die gefundenen Briefe anzusprechen, ist schnell gefasst. Wieder im Garten angekommen, wird mein Vorhaben mit Lotte zu sprechen unterbrochen, Lotte telefoniert noch immer.

„Es wird um die geplante Hochzeit gehen", tuschelt Ina in meine Richtung. Ich nicke. In den letzten Tagen haben wir nichts anderes aus Karins Mund gehört. Sie plant und plant, nur von Hermann Josef und seinen Vorbereitungen habe ich nichts erfahren. Vielleicht, so meine Vermutung, ist das normal und die Frauen planen generell die Hochzeitsfeier, ohne den Bräutigam einzubeziehen? Ich bin kein Fan von Heiraten. Mir macht der Gedanke Angst. So wie es gerade mit Marc und mir läuft, ist für mich alles perfekt. Für mich ist er mein Traummann. Klar, Ecken und Kanten hat auch Marc, ansonsten wäre es sicherlich auch langweilig. Das Wichtigste ist jedoch, wir können miteinander reden, lachen, diskutieren, ohne den Partner zu verletzen und unser Sex ist grandios.

Lottes Gesichtszüge verändern sich. Ihr Gesicht wirkt plötzlich verkrampft auf mich. Ihre Stimme klingt panisch.

„Wir kommen zu dir!" Diese Worte ihres Telefonates schnappe ich auf, sie lassen mich aufhören. Irgendwas scheint nicht in Ordnung zu sein. Ob Karin einfach nur Hilfe bei der Vorbereitung der Trauung benötigt? Warum sagt Lotte nichts? Sie hält immer noch das Handy am Ohr. Einzelne Wortfetzen fangen Ina, die auch besorgt zu Lotte schaut, und ich auf. „Du Arme! Das muss schrecklich für dich sein … natürlich, wir kommen … Was meint deine Ärztin?"

Ich spüre, es geht hier nicht mehr um die Hochzeit. Ob etwas mit ihrem Baby nicht in Ordnung ist? „Lotte!" Meine Versuche, die Freundin zu drängen, bezüglich ihres Telefonats endlich etwas zu Ina und mir zu sagen, scheitern. Lotte steht stattdessen auf, sie hält immer noch das Handy am Ohr und geht im Garten auf und ab. Ein ungutes Gefühl überkommt mich.

Gut zwei Minuten später, die ich als eine Ewigkeit empfinde, kommt Lotte an den Tisch zurück. Das Telefonat ist beendet. Unsere Freundin weint. „Karin ist beim Fensterputzen von der Leiter gefallen", stößt sie hervor. Ina kommt mir mit ihrer Frage zuvor. „Was ist mit dem Baby?" Lotte hält ihre Hände vor ihre Augen, sie schnieft. „Sie hat das Kind verloren. Karin liegt jetzt im Krankenhaus."

Mir steigen unvermittelt die Tränen in die Augen. „Sie war doch so happy über die späte Schwangerschaft."

„Ich fürchte, unsere Freundin hat jetzt keinen Halt bei Hermann Josef", spricht Ina aus, was wir alle denken.

„Mitten hinein in einen schönen Augenblick kommt diese traurige Nachricht", Ina schüttelt ihren Kopf. Unvermittelt steht sie auf und fängt an, den Tisch abzuräumen. Es ist ihre Art mit der Nachricht umzugehen. Ich spüre in diesem Augenblick wie lieb mir jede meiner Freundinnen ist. Die Verbundenheit zwischen uns ist nicht zu leugnen.

„Ihr Leben ist aus den Fugen geraten, Karin braucht uns jetzt", Lotte spricht aus, was ich auch fühle. Wir müssen nach Dresden fahren und uns um Karin kümmern. „Ich habe noch eine Woche Urlaub. Marc muss arbeiten und ich bin frei in meiner Planung. Von mir aus können wir morgen früh starten." Lotte möchte am liebsten gleich losfahren. „Wieso nicht jetzt noch nach Dresden aufbrechen?"

Ina gibt zu bedenken, dass sie erst einen Babysitter für ihren Sohn Wolfi organisieren muss. „Meine Eltern werden den

Kleinen nehmen, jedoch muss ich erst mit ihnen sprechen. Mir wäre es auch lieber, morgen früh loszufahren."

Ich schlucke Tränen hinunter und konzentriere mich auf die Vorbereitung unserer Reise.

Unsere Planungen laufen auf Hochtouren. Rasch haben wir im Internet einen ICE gefunden, der morgen um 8 Uhr ab Montabaur losfährt. Online bestelle ich für uns drei Freundinnen die Tickets. Unsere Gedanken sind ganz bei Karin. Begriffe wie: Schwangerschaft, Babykleidung, Kinderzimmer meint Ina, sollten wir vor Karin meiden. „Du meine Güte!", sage ich nur, denn ich finde nicht, dass Karin so empfindsam ist und glaube auch nicht, dass wir ihr damit einen Gefallen tun. „Wie dem auch sei, sie wird sich mit den Tatsachen auseinandersetzen, so gut kenne ich unsere Freundin."

Anfügen möchte ich noch, wir können in Dresden nicht jeden Kinderwagen auf der Straße vor Karin verstecken. Diesen Gedanken schlucke ich jedoch runter, auf einen Streit lege ich keinen Wert.

Gegen 18 Uhr sitzen wir noch immer aufgewühlt in Lottes Garten, als Franz erscheint. Er wirkt mürrisch und zeigt keine Freude, mich und Ina zu sehen. Mein Blick huscht automatisch zu Lotte. Ihr Gesicht hat sich mit dem Eintreffen von Franz verändert.

„Es ist höchste Zeit aufzubrechen", erhebe ich mich von meinem Stuhl. „Ich muss noch eine Tasche für morgen packen und will in Ruhe mit Marc zu Abendessen", verabschiede ich mich von Lotte. Ina tut es mir gleich und wir verlassen gemeinsam Lottes Grundstück.

„Franz hat sich verändert", blicke ich mich noch einmal am Gartentor um. Ina winkt nur ab. Ihre Art mit Problemen umzugehen, ist mir nicht gelegen. Ich mag es nicht, alles unter den Tisch zu kehren und immer so zu tun, als sei die Welt in Ordnung. Bei derart wichtigen Dingen ist Schweigen keine Lösung.

„Wir sehen uns morgen am Bahnhof“, eilt Ina davon. Traurig gehe ich zu meinem Wagen. Ob Franz nur sauer war, weil Lotte nicht schon in den Dessous auf ihn gewartet hat? Wie ich meine Freundin kenne, hat sie ihm sicherlich schon eine SMS mit einem kleinen Hinweis gesendet. Sicherlich hat er sich durch unsere Anwesenheit gestört gefühlt? So ganz gefällt mir nicht, was sich in meinem Unterbewusstsein noch an Möglichkeiten für sein Verhalten aufmacht. Unter dem Strich hat mir sein Verhalten überhaupt nicht gefallen. Meine Freundin Lotte hat sich in den letzten Wochen verändert. Mehr als einmal war ich kurz davor, sie darauf anzusprechen. Die Zeit ist reif für ein klärendes Gespräch. Ich will Lotte morgen auf meinen Eindruck ansprechen, so meine Überlegungen.

Bis zu meiner Wohnung in Limburg sinniere ich über Franz. Dann aber, mit dem Abschließen meines Wagens vor unserer Wohnung, verbiete ich mir, weiter zu philosophieren, wieso und warum Franz mürrisch war.

Vor der Tür treffe ich auf Marc. Seine stürmische Begrüßung, seine wahrhafte Freude mich zu sehen, tun mir augenblicklich gut. „Alles in Ordnung mit dir?“ Marc kennt mich inzwischen so gut, er sieht sofort, mich bedrückt etwas. Auf dem Weg in unsere Dachgeschosswohnung berichte ich ihm von Karin und ihrem Sturz von der Leiter.

„Das tut mir sehr leid für Karin. Warum musste sie auch in ihrem Zustand noch Fenster putzen? Dass Hermann Josef das nicht zu verhindern wusste.“

Mir ist nicht nach Philosophieren und Karin hilft es auch nicht mehr. Sie wird lernen müssen, mit der neuen Situation zurechtzukommen. „Das Leben ist nicht immer leicht", falle ich auf unser Sofa. Zeitgleich streife ich unachtsam meine Schuhe ab, lehne mich einen Moment zurück.

„Soll ich dir auch ein Steak machen?" Das Angebot von Marc nehme ich sehr gerne an. „Den Salat bereite ich uns zu", stehe ich wieder auf. Erleichtert beobachte ich beim Zubereiten Marc und bin glücklich, ihn an meiner Seite zu wissen.

Beim Essen erzähle ich Marc, dass wir bereits um 8 Uhr am morgigen Tag nach Dresden fahren. „Das ist sehr gut. Ich muss in den nächsten Tagen viel arbeiten und dann ist auch noch am kommenden Wochenende das Tennisturnier. Mach dir um mich keine Sorgen." Später beim Abräumen zieht mich Marc in seine Arme, er küsst mich zärtlich auf meine Lippen und ich genieße diesen Moment der Sorglosigkeit, der wahren Freude und Hingabe.

Am nächsten Morgen ist Marc so lieb und fährt mich nach Montabaur an den ICE-Bahnhof, wo wir auf Lotte und Ina stoßen. Lotte sieht schlecht aus, sie hat dicke Augen, ihre Haut ist fahl. Mich sorgt ihr Anblick und unvermittelt frage ich mich, ob es mit Franz zu tun haben könnte oder ob es nur die Sorgen um Karin sind. Erneut keimt der Wunsch in mir auf, Lotte auf Franz und sein Verhalten anzusprechen.

„Du wirst immer mehr zu einem dressierten Hündchen …", hören Marc und ich Ina sagen, als wir näherkommen. Noch vor einem Jahr hätte ich mich aufgeregt, jetzt kann ich über Inas Spitzen hinweghören. Vom Weitersprechen hält Lotte sie ab. Sie gibt Ina einen festen Stoß in ihre Seite und unterbricht somit ihre nicht wirklich nette Begrüßung. Marc nimmt mich in den Arm, wir verabschieden uns und mir ist es in diesem Moment egal, was Ina denkt. Ich bin jetzt schon so lange mit Marc zusammen, unsere Beziehung sollte inzwischen als normal angesehen werden. Zumal Ina nicht über mangelnde männliche Nähe klagen sollte. Johann ist nun wirklich ein geduldiger und liebenswerter Partner an der Seite von Ina, so meine Überlegung, als ich Marc nachschaue, wie er in seinen Wagen einsteigt und losfährt.

Auf dem Weg in Richtung Eingang zum Bahnhof kann ich meine Frage an Ina nicht mehr unterdrücken. „Mit dir und Johann ist alles in Ordnung?"

„Natürlich, wieso fragst du?" Ina keift mich an, das wiederum finde ich unpassend.

„Auf eine schöne und verträgliche Reise", eile ich an ihr vorbei in den Bahnhof. Mir ist nicht entgangen, dass Lotte Ina zur Seite zieht und mit ihr redet. Wahrscheinlich liegen bei uns einfach die Nerven blank, so meine nächste Überlegung beim Erklimmen der Treppenstufen, die uns zum Bahnsteig führen. Karin ist in unseren Köpfen und somit ist es nur verständlich, dass wir Freundinnen durcheinander sind. Wenn ich mir nur ausmale, mir sei so etwas wie Karin passiert, ich würde durchdrehen. Erst das Chaos der Gefühle sich mit einer späten Schwangerschaft auseinandersetzen und anfreunden zu müssen, danach die Fehlgeburt und mit ihr der hormonelle Umbruch, das stelle ich mir grauenhaft vor.

„Wir werden bei Karin in der Wohnung schlafen können", berichtet Ina.

Ich bin skeptisch. „Und Hermann Josef? Wie wird er auf unser Erscheinen reagieren?"

So ganz kann und will ich nicht glauben, dass er sich auf uns freut. Ina schüttelt ihren Kopf. Mir fallen die hübschen Ohrringe auf, die sie trägt.

„Er musste zu einem Kongress und kommt erst in drei Tagen zurück."

Mein Mund öffnet sich automatisch auf Inas Worte, ich bin allerdings nicht in der Lage, einen Kommentar abzugeben. Dafür kommt Lotte umso schneller auf den Punkt. „Der Mann gehört auf den Mond geschossen, das ist doch das Allerletzte! Ausgerechnet jetzt lässt er Karin in so einem Moment alleine." Ihre Stimme klingt fassungslos. „Umso wichtiger ist, dass wir jetzt an der Seite von Karin sind."

Im Abteil überfällt Lotte der Hunger. „Ich habe noch nicht gefrühstückt", teilt sie uns mit. Gemeinsam mit Ina verschwindet sie im Speisewagen. Mir ist es lieb so. Die nächsten Tage werden sicherlich noch hektisch werden, denke ich und ziehe mein Taschenbuch hervor. Viel Zeit zum Eintauchen in meinen Roman erhalte ich nicht, das Handy von Ina piepst und zeigt den Eingang einer SMS. Sie hat ihr Handy auf der kleinen Ablage liegenlassen. Zunächst zögerlich, dann jedoch von der Neugierde gelenkt, blicke ich auf ihr Handy. Die Nachricht ist von Johann. Öffnen will ich die Nachricht nicht, Ina würde es merken und mir ist bewusst, das wäre auch nicht korrekt. Erneut vertiefe ich mich in meinen Roman. Die Liebesgeschichte gefällt mir. Ein Satz prägt sich besonders in mein Gedächtnis ein:

Nur wer es schafft, auch die tiefsten und innersten Wünsche des eigenen Herzens zu leben, sich zu erfüllen, wird glücklich sein.

Ina und Lotte kommen zurück. Ich kann die beiden schon hören, bevor ich sie sehe. Ein Schmunzeln kommt auf meine Lippen.

„Wir haben dir eine Müslischnitte mitgebracht", legt Lotte mir die Errungenschaft auf meine Knie. Ina angelt ihr Handy. Kurz streift mich ein Blick, den ich nicht deuten kann, dann vertieft sie sich in ihre SMS.

„Johann will mit mir im Herbst eine Kreuzfahrt machen", ihre Stimme klingt gelöst. Immerhin, so denke ich, scheint doch alles bei den beiden in Ordnung zu sein.

„Beneidenswert", gibt Lotte tonlos von sich. „Mir wäre ein Urlaub auf Mallorca lieber gewesen", ist Inas Reaktion darauf. Rasch blicke ich zu Ina. Von ihr bin ich es nicht gewohnt, Einblicke in ihr Privatleben zu erhalten. Der kleine Ausrutscher ist ihr augenscheinlich auch peinlich.

„Kann mich nicht irgendjemand mitnehmen auf eine Reise?" Lotte klingt bedrückt. Damit hat sie unsere Aufmerksamkeit. Ich spreche an, was mir am Morgen vor der Abfahrt aufgefallen ist, ihr Aussehen. „Liegt es an Karin oder an Franz? Deine Augen sind rot, Lotte, du hast in der Nacht geweint."

Mindestens so irritiert wie erleichtert, endlich reden zu können, nickt Lotte. „Meine Idee, Franz mit der neuen Wäsche zu überraschen, ist so etwas von schiefgelaufen, schlimmer hätte es nicht sein können. Wie behämmert von mir zu glauben, er freue sich darauf. Dabei war er es doch, der immer wieder von mir verlangt hat, mehr auf meine Kleidung zu achten. Nur noch, wenn ich einmal erkältet bin, traue ich mich, einen meiner Lieblingsschlafanzüge zu tragen", Lotte schnieft. Sie angelt ein Taschentuch aus ihrer Hose. Für die Temperaturen ist sie viel zu warm gekleidet, wie mir erst jetzt auffällt. Um sie etwas aufzuheitern, versuche ich einen Scherz.

„Du meinst aber nicht den Schlafanzug mit den Teddybären? Dieses Modell hast du doch entsorgt?“ Ich muss unvermittelt laut lachen bei der Vorstellung, wie Lotte immer damit durch ihr Haus gelaufen ist.

„Niemals habe ich einen schöneren Schlafanzug als den mit den kleinen Teddybären besessen.“ Lottes Antwort kommt direkt und ihre Stimme lässt hören, für sie ist selbstverständlich, was sie gerade sagt.

„Nein! Sag mir bitte, ich habe mich verhört!“ Ich lache grell auf. Zu meiner Freude fallen die Freundinnen in mein Lachen ein und für wenige Sekunden würde jeder Ausstehende glauben, wir sind in Partylaune.

„Es ist höchste Zeit, mehr über den gestrigen Abend zu erfahren“, unterbricht Ina dieses kleine Hoch.

„Franz war gestresst von seiner Arbeit nach Hause gekommen. Dann war er nicht erfreut, auf euch zu stoßen. Wie dem auch gewesen sei, es lief alles schief, mein Vorhaben ist missglückt.“ Lotte sieht uns jetzt traurig an.

„Alles wird wieder gut werden!“ Ina bringt sich ein. Hämisch sehe ich sie an.

„Ha! Leicht gesagt. Wir sollten doch bitte erst einmal Lotte weitererzählen lassen“, diese Bemerkung muss ich beisteuern.

„Ich wollte Lotte nur Trost spenden“, verteidigt sich Ina. Nach einer kurzen Denkpause fügt sie an Lotte gerichtet nach: „Es stimmt aber, was Petra sagt. Erzähl uns zunächst einmal, wie der Abend verlief.“

Mich verwundern die Worte von Ina, doch gleichzeitig bin ich froh darüber und strahle in mich hinein. Meine Zukunft, so glaube ich zu wissen, hängt auch mit der Zufriedenheit von Ina zusammen. Nur wenn Ina wieder in einer guten und glücklichen Beziehung lebt, habe ich mit Marc meine Ruhe und die Hoffnung, dass sich solche dummen Szenen wie am Morgen, vor dem Bahnhof, in der Zukunft vermeiden lassen.

„Die Wäsche hatte ich noch unter meinem Sommerkleid an." Lotte zieht mit ihren Worten meine Aufmerksamkeit auf sich. „Franz kam hungrig nach Hause, maulte zunächst, dass ich nicht gekocht habe. Rasch habe ich ihm Spiegeleier gemacht und Bratkartoffeln."

„Wie hast du die so schnell hinbekommen?" Ina bringt sich ein, meine Augen verdrehe ich automatisch. Als ob das jetzt wichtig sei. „Die hatte ich am Morgen schon vorbereitet, damit ich genügend Zeit für den Nachtisch habe, so jedenfalls mein Wunsch. Beim Essen war Franz schon auffallend stumm. Meine Idee …", Lotte druckst verlegen herum. Jetzt sieht sie um Jahre älter aus. Die letzte Nacht hat ihr zugesetzt. Mit einem Male sitzt sie stumm und versteinert vor uns.

„Jetzt erzähl doch schon!", muntere ich sie auf. Meine Neugierde ist geweckt. Lottes Blick streift meinen, sie nickt.

„Ich habe spontan gefühlvolle Musik angestellt und noch bevor Franz seine Bratkartoffeln aufgegessen hatte, angefangen zu strippen." Lottes Gesicht verkrampft sich, betreten schaut sie uns an. Am liebsten würde ich aufspringen und die Freundin umarmen. „Was ist dann schiefgelaufen? Deine Idee war doch großartig", will ich mehr erfahren und ahne schon, was jetzt kommt.

„Franz hat nicht wirklich reagiert. Schon beim Nachhause kommen war er so abweisend und kalt zu mir. Nur flüchtig hat er mich auf die Wange geküsst. Später hat er still dagesessen und gegessen. Nachdem ich anfing mich auszuziehen, hat sein mürrischer Blick meinen Körper gestreift. Seine Worte: „Was soll das Herumgehopse?" haben mich aus dem Konzept gebracht. Kollernd drangen sie an meine Ohren." Lotte schweigt. Betreten sehen Ina und ich sie an. Jetzt nehme ich ihre Hand kurz in meine Hände. „Du bist eine wunderschöne Frau." Lotte entzieht sich meinen Händen, starrt kurz aus dem Waggonfenster, dann wieder zu uns. „Ich ärgere mich über mich selbst. Wie behämmert von mir zu glauben, ich kann ihn mit roten Dessous verführen. Mit allem, wirklich mit allem, was ich mir an körperlicher Liebe ausdenken kann, habe ich gerechnet. Von einem Quickie in der Küche auf dem Tisch, bis hin zu einem ausgedehnten Sexspiel im Bett." Lotte hält erneut inne, schnieft in ihr Taschentuch, das sie aus ihrem Rucksack gezogen hat. Einen kleinen Moment fehlen mir die Worte. Das Schweigen von Ina wirkt schon wieder vertraut auf mich, eine andere Reaktion hätte mich jetzt auch verwundert. Mitten in meine gedankliche Frage, wie ich nun Lotte aufbauen und trösten kann, hören wir eine Männerstimme.

„Köstlich, meine Liebe, wirklich köstlich die Einblicke in dein Privatleben. Ich stelle mir gerade die Szene bildlich vor."

Lautes Klatschen von der Bank hinter uns dringt mit diesen Worten an unsere Ohren. „Phänomenal! Wirklich, diese Geschichte."

Irritiert blicke ich meine Freundinnen an. Wir haben uns extra Tickets für die erste Klasse gegönnt, um unsere Ruhe zu haben. Was, so frage ich mich, sollte das jetzt? Unvermittelt stehe ich auf und sehe nach.

„Das darf jetzt nicht wahr sein! Sie?", schnappe ich nach Luft, nachdem meine Augen den Mann sehen, der gleich hinter uns auf dem Sitz lachend verweilt. Ohne Scham sucht er meinen Blick und strahlt mich unverfroren an. Meine Vorahnung sollte wahr werden. Anton Wall, der Künstler, ist der Mann, zu dem die Stimme gehört. Zufrieden blickt er uns an. „Wie schön, auch Sie, liebe Petra, wiederzusehen!", er steht auf und geht an mir vorbei zu Lotte. Mit einer angedeuteten

Verbeugung lässt er sich nieder, auf meinem Platz. Na, prima! Ich rutsche neben ihn.

„Mit der Liebe ist es wie in der Lotterie. Man hofft immer auf den Hauptgewinn und kann doch froh sein, keine Niete zu erhaschen", er krümmt sich vor Lachen. Ich finde sein Verhalten grotesk. Lotte ist anzusehen, sie ärgert sich über sich selbst. „Ein Trostpreis ist für manchen Menschen im Laufe der Jahre wie ein Hauptgewinn", muss Anton Wall noch belehrend nachfügen. Ganz erschöpft lehnt Lotte sich zurück. Verschränkt ihre Arme vor der Brust. Sie schweigt.

„Mein eigenes Liebesleben ist das reinste Chaos", gewährt Anton Wall uns ungefragt auch einen Einblick in sein Privatleben. „Mein Freund hat die Seiten gewechselt, was für mich eine Katastrophe darstellt. Nächtelang habe ich mich in die Kissen geweint. Inzwischen bin ich aber sehr glücklich mit mir und meiner Kunst."

Anton Wall tätschelt die Hand von Lotte. „Keine Angst, meine Liebe, es gibt dort draußen viele hübsche Prinzen, die gerne von dir geküsst werden wollen", erneut setzt sein Lachen ein: „oder von mir."

Meine Verwunderung über seine Offenheit lässt auch mich kurz auflachen, was gerade niemand registriert.

Von irgendwo fingert Anton Wall eine Packung mit Lakritz hervor und hält uns die Packung vor die Nasen. Beherzt greifen wir zu. Ich ergebe mich dem Schicksal und dem damit verbundenen Gedanken, auf dieser Fahrt keine Minute mehr Ruhe zu finden, geschweige denn eine Seite in meinem Roman zu lesen. Anton Wall, so darf ich allerdings beobachten, tut Lotte gut.

Meine erste Vermutung, Lotte rastet bei seinem Erscheinen und seinen Worten aus, brüllt ihn an, sie war falsch. Dieser

Mann schafft es sogar, ein Lächeln in Lottes Gesicht zu zaubern. Schade nur, Anton Wall liebt ausschließlich Männer.

„Lotte, du bist jetzt Anfang vierzig, kein Grund zu verzweifeln“, Antons Worte bringen mich zum Schmunzeln. Der Mann hat eine positive Aura.

Unsere Frage, wieso er in diesem Zug sitzt, ist rasch beantwortet und lässt uns einen kleinen Moment sprachlos sein. Wir erfahren von einer Ausstellung, die ihn nach Dresden führt.

„Für mich gibt es nichts Schöneres, als gemeinsam mit Vincenz diese Ausstellung in Dresden zu eröffnen. Das i-Tüpfelchen jedoch, ist meine Begegnung mit euch, meine Lieben.“

Besonders Lotte wirkt auf diese Information aufgewühlt. „Vincenz wiederzusehen, damit habe ich nicht gerechnet“, gibt Lotte mit leiser Stimme zu. „Jedoch freue ich mich von Herzen über diese spontane Gelegenheit für ein Treffen mit ihm.“

Jetzt kann ich auch ein Lächeln in ihrem Gesicht erahnen. „Hoffentlich ist er nicht enttäuscht von mir und meiner Art zu leben.“ Unauffällig wischt sie sich eine Strähne aus dem Gesicht.

Anton Wall hüstelt erneut. „Mir ist in den letzten Jahren kein Mensch begegnet, der sich so viel Mühe mit seinen Mitmenschen gibt wie Vincenz. Verständnis für andere Menschen aufzubringen, diese Fähigkeit zeichnet ihn aus. Vorurteile sind für Vincenz ein Fremdwort. Glaube mir, Lotte, ich begegne vielen Menschen bei meinen Ausstellungen und weiß, wovon ich spreche.“

Im Anschluss an seine Worte tätschelt der Künstler das Bein von Lotte. Mich erinnert diese kleine Geste an meine Kindheit. Meine Oma hatte die gleiche Angewohnheit mich zu trösten.

Lotte

Wie oft schon habe ich gedacht, das Leben ist eine Achterbahn. Beschämend blicke ich zu Anton Wall. Seine lockere Art, sein herzlicher Blick jedoch lassen mich hoffen. Besonders seine aufmunternden Worte geben mir Hoffnung. „Tja, es gibt freudigere Begegnungen", meine Stimme versagt.

„Alles halb so schlimm!" Tatsächlich gelingt es Anton Wall, mich abzulenken und mit seinen Anekdoten über die letzten Ausstellungen, von denen er ungefragt anfängt zu berichten, mich gedanklich mitzunehmen. Diese kleine geistige Reise in seine bunte und schillernde Welt, sie tut mir gut. Anton Wall findet auch den richtigen Weg zu Ina und Petra. Sein gieriger Blick auf ihren Müsliriegel kann niemand übersehen. „Wenn Sie möchten?" Petra scheint sich mit Freuden der kleinen Nascherei zu entledigen und Anton Wall greift beherzt zu. „Mein Vorrat an Zucker scheint aufgebraucht zu sein. Mit einem Taschentuch wischt er sich Schweiß auf seiner Stirn weg. Im Anschluss erfahren wir noch, wieso der Künstler mit der Bahn anreist, er hat tatsächlich Flugangst.

„Wie lustig", verdreht Petra ihre Augen, „so hätte ich Sie nicht eingeschätzt."

Jetzt bin ich es, die Anton ablenkt und das Gespräch wieder zurück zu seiner Vernissage führt, zu der Anton Wall uns spontan einlädt.

„Ich wäre enttäuscht, wenn ihr nicht kommt." Setzt er gewichtig nach.

Petra erkundigt sich sogleich nach den gezeigten Bildern, ob es ein Thema zu der Ausstellung gibt und wie er an die Kontakte nach Dresden gekommen ist. Beide verfallen in ein angeregtes Gespräch. Mir ist es lieb, dass meine Freundinnen und Anton Wall sich so gut unterhalten und ich einmal etwas Ruhe für mich finde. Müde gähne ich und blicke voller Sehnsucht aus dem Fenster. Wann immer ich Häuser sehe, blicke ich voller Sehnsucht in die Fenster. Jeder noch so kleine Eindruck, den ich erhaschen kann, bringt meine Fantasie in Wallung. Ich versuche mir vorzustellen, wer in dem Haus wohnt und welche Sorgen und Freuden die Menschen haben. Diese Macke habe ich schon als Teenager gehabt. Immer, wenn ich mit der Eisenbahn fuhr, liebte ich es, in die Fenster der Menschen zu sehen. Unglücklicherweise sind die Einblicke nur so kurz.

Eine Weile bleibt mir nur der Blick auf die vorbeirauschende Natur vergönnt. Dr. Peter Schön fällt mir wieder ein. Seine kurzen Zeilen haben etwas in mir bewegt. Noch am gestrigen Abend habe ich den Brief erneut gelesen, über dessen Zeilen ich jetzt nachdenke. Unter seinem Namen war auch eine E-Mail Anschrift vermerkt. Mit Tränen in den Augen habe ich diesem Psychologen noch in der Nacht gemailt. Bisher hatte ich noch immer auf diese Weise Erfolg und mein Leben verändern können, wenn es mir zu festgefahren erschien.

Lieber Dr. Schön,
Sie halten mich also für therapiebedürftig? Welches Ziel verfolgen Sie bei meiner Behandlung? Sie wundern sich über meinen Wunsch, einen lieben Mann zu finden, der nicht gleich an Sex denkt? Dies wiederum verwundert mich. Es ist nicht so, dass mir der Sex keine Freude bereitet, im Gegenteil!

Trotzdem suche ich jetzt einen Mann, der mich ohne Hintergedanken zu Ausstellungen begleitet, in ein Restaurant führt oder mit meinen Freundinnen spricht, ohne genervt auf seine Armbanduhr zu sehen. Mein Leben lang bin ich nur Männern begegnet, die von ihrem Testosteron gesteuert waren. Jetzt suche ich meinen Helden für den ganz normalen Alltag. Sympathisch wäre es für mich, wenn der Mann auch noch kochen kann.

Ich bin es müde, permanent nur auf mein Äußeres reduziert zu werden.

Mit Ihrem Schreiben haben Sie meine Neugierde geweckt. Ich möchte das Experiment wagen und die beiden Therapiestunden annehmen.

Sie werden am Ende der beiden Sitzungen merken, in mir haben Sie sich mit Ihrem ersten Urteil getäuscht.

Mit freundlichen und neugierigen Grüßen

Ihre
Lotte Wolke

Bis zu meiner Abfahrt am Morgen war noch keine Antwort eingetroffen.

„Lotte? Bist du mit deinen Gedanken wieder im Land der Träume?" Anton Wall lacht nach seinen Worten, Petra und Ina tun es ihm gleich.

„Ich gebe mich geschlagen. Ja, es stimmt. Ich war in Gedanken bei letzter Nacht, vielmehr bei der Erwartung auf das, was noch für mich alles kommen mag."

Meine Freundinnen sehen mich überrascht an.

„Wir sollten wieder über die geplante Vernissage sprechen", stößt Ina irritiert aus.

„Lieben Dank auch für deine Anteilnahme an meinem Seelenleben", kontere ich schneller als mir lieb ist.

„So war das doch nicht gemeint", blickt Ina mich erschrocken an.

„Wo wirst du in Dresden übernachten?" Petra erkundigt sich, ohne einen Kommentar zu meinen Worten abzugeben, bei Anton nach seiner Unterkunft in Dresden. Mir schwant, was sie vorhat.

„Ich wohne im Palais. Das Hotel gehört Vincenz", Anton Wall hüstelt. Grinsend erinnere ich mich an die letzten Begegnungen mit Anton. Schon damals ist mir dieses Verhalten, immer wieder zu hüsteln, bei ihm aufgefallen. Dank seiner Worte muss ich unvermittelt auch wieder an Vincenz denken, dem ich schreiben möchte. Sicherlich macht er sich schon Sorgen um mich. Mein väterlicher Freund ist für mich inzwischen einer der wertvollsten Menschen an meiner Seite geworden. Niemandem kann ich alle Sorgen so ehrlich anvertrauen wie ihm. Traurig wird mir bewusst, auch vor Vincenz habe ich meinen Kummer der letzten Tage verheimlicht.

„Lotte? Alles in Ordnung?" Ina blickt mich forschend an. „Bist du doch noch sauer auf meine Bemerkung?"

Ich verneine mit einem Kopfschütteln.

„Prima!" Ina strahlt mich erleichtert an. Dann kommt von ihr die Idee, aus dem Bordrestaurant für alle Kaffee zu besorgen. Petra bietet an, sie zu begleiten und ich spüre förmlich, Anton freut sich auf den Moment, mit mir alleine zu sein.

„Du bist so verändert, Lotte. Liegt es nur an dem gestrigen Abend?" Anton ergreift sogleich die Gelegenheit für ein privates Gespräch.

Ein „Nein!" kommt scharf wie eine kleine Explosion aus meinem Mund. Mein Blick huscht im Anschluss aus dem Fenster.

„Ich gebe ja zu, nicht die größte Koryphäe in Liebesdingen zu sein, trotzdem kann ich gut zuhören."

„Bei derart wichtigen Dingen wie meinem Privatleben kann ich mich nicht jedem anvertrauen, auch wenn ich dich mag, Anton."

„Verstehe“, höre ich die Antwort von Anton Wall. Nicht gerade sanft kam sie aus seinem Mund. Mein schlechtes Gewissen meldet sich und ich frage mich, ob Anton doch der richtige Gesprächspartner für mich wäre? Würde er mich verstehen?

„Du kannst mir vertrauen, Lotte! Reden tut gut, ich spreche aus Erfahrung. Wie ging es gestern Abend weiter? Du hast angefangen zu strippen und dann?“

Anton scheint keinen Zweifel zu hegen, dass er eine Antwort und somit Einblicke in mein Intimleben erhält. Zermürbender konnte dieser Moment nicht sein. Was soll ich nur tun, höre ich in mich hinein. Rede mit Anton, ist mein erster Impuls, dem ich schließlich nachgebe.

„Ich kann dir nur raten, unbedingt eine Therapie zu machen! In der heutigen Zeit gibt es kaum Menschen, die nicht regelmäßig auf der Couch ihres Beraters sitzen, mich inbegriffen, liebe Lotte.“

Anton Wall fährt mit seinen Händen durch sein Haar. Verwundert folge ich seinem Handeln. Tief Luft holend höre ich erneut in mich hinein, sinniere, was diese intime Situation von mir mit Anton Wall zu tun hat.

„Du fragst dich sicherlich, liebe Lotte, wieso ich mich für dein Liebesleben interessiere?“

„Mit deiner Art, meine Fragen schon im Vorfeld zu erahnen, nervst du mich! Mir ist es ein Rätsel, wie du mich so durchschauen kannst. “

Auf meine Worte erhalte ich ein lautes Lachen als Antwort. Anton ist nicht beleidigt, im Gegenteil, er grinst mich an. „Wir sind doch jetzt Freunde und ich habe Vincenz versprechen müssen auf dich aufzupassen“, eine kleine Pause legt Anton ein, um anschließend noch nachzufügen: „Zumindest soll ich auf dich ein Auge haben, wenn ich in deiner Nähe weile.“

Mein Blick löst sich von Anton Wall, ich schaue wieder aus dem Fenster. Daher weht also der Wind. Nun ja, ich bin innerlich noch immer überzeugt, Anton Wall liebt die Sensation. Es ist die Neugierde, die ihn antreibt. Mir schmeichelt jedoch, dass er sich für mich verantwortlich fühlt.

„Wie hast du das vorhin gemeint? Also, dass ich eine Therapie machen soll? Welche Erfahrungen hast du auf diesem Gebiet?“ Mein Blick haftet wieder auf Anton.

Einen Augenblick stelle ich mir ihn auf dem Sofa eines Therapeuten vor. Anton Wall rückt ein Stück näher. „Jeder Mensch, der sensibel ist, kommt zu einem gewissen Zeitpunkt an den Punkt, wo er professionelle Hilfe benötigt.“ Anton bringt wieder etwas Abstand zwischen uns und lehnt sich in seinem Sitz zurück. „Soll ich dir meinen wirklich guten Psychologen empfehlen? Er wird dir helfen, dich selbst wieder mehr zu lieben und zu achten und das finde ich, sehr wichtig zu verstehen.“

Innerlich spüre ich, mir fehlt gerade ein Mensch an meiner Seite, der wenigstens den Ansatz zeigt, mich zu verstehen. Anton Wall und seine Worte tun mir gut. Sie beflügeln mich und ich kann spüren, mir geht es, dank seiner Aufmerksamkeit, schon besser. „Mich freut es wirklich, Anton, dass du jetzt in meiner Nähe bist.“

„Ich liebe Momente wie diesen“, Anton blickt mich verzückt an, „und jetzt gib mir weitere Einblicke in den gestrigen Abend, Lotte.“

Petra und Ina kommen zurück, als ich gerade anfangen möchte, von mir zu erzählen.

„Oh, Lotte! Du fängst jetzt aber bitte noch einmal von vorne an“, fordert Petra und reicht mir einen Becher mit Cappuccino. „Mich interessiert, wie der gestrige Abend weiterverlief.“

Nickend nippe ich zunächst an meinem Getränk. Drei Augenpaare sehen mir dabei zu. „Hey! So interessant ist mein Liebesleben nun auch nicht!“ Meine Gegenwehr wird nicht kommentiert. Ich stöhne laut, gebe mich aber sogleich dem Schicksal hin und fange an zu berichten.

„Bis zu dem Zeitpunkt, als ich anfing die Musik anzustellen, seid ihr mitgekommen?“

Von Anton kommt der Einwurf, dass er sich noch lebhaft an die Stelle erinnert, als ich von Herumgehopse gesprochen habe.

„Lieben Dank auch!“

Erneut gönne ich mir einen Schluck Cappuccino. Jetzt macht es mir sogar Freude zu sehen, wie alle an meinen Lippen kleben und warten, dass ich weitererzähle.

„Die Bemerkung von Franz, während er mit seiner Gabel gerade noch in den Resten seiner Bratkartoffeln herumstocherte, war ernüchternd. Nicht einmal von seinem Teller aufgesehen hat er dabei. Auch diese Geste war für mich verletzend. Wie dumm ich nur war, dass ich in diesem Moment noch ernsthaft geglaubt habe, alles wird so wie von mir erhofft. Die nächste Bemerkung von Franz, ich würde ihn nerven und beim Abendessen brauche er seine Ruhe, schluckte ich ebenfalls hinunter. Aufgeben wollte ich noch nicht. Mit vielsagenden Bewegungen, jedenfalls hielt ich meine Einlage für eine solche, habe ich mein Kleid ausgezogen und in Richtung Franz geworfen. Stolz habe ich ihn anschließend angesehen.“

„Es ist überwältigend! Oh, Lotte! Ich versuche, mir die Szene gerade vorzustellen“, Anton springt auf, für einen Moment ist er der Mittelpunkt in unserem Waggon.

„Setz dich bitte wieder auf deinen Platz“, sehe ich ihn beschwörend an. Anton blinzelt mich enthusiastisch an, folgt aber meiner Aufforderung. An dieser Stelle gönne ich mir einen weiteren Schluck meines Cappuccinos. Petra hebt eine Augenbraue, Ina knufft mich ein wenig in die Seite. „Lotte! Jetzt erzähl schon weiter!“

Anton rutscht derweil nervös auf seinem Sitz hin und her, er will ebenfalls die Fortsetzung hören. Ich gebe mich geschlagen, stelle meinen Becher auf die Ablage und hole Luft. „Das nächste, das ich sah, war für mich wirklich nicht zum Lachen. Ich hätte mich wegwünschen können bei dem Anblick, der sich mir bot. Mein Kleid war auf dem Kopf von Franz gelandet. Die Freude bzw. meine Hoffnungen auf den weiteren Verlauf des Abends wurden jäh zerstört. Franz zog mit unhöflichen Worten mein Kleid mit einem Ruck von seinem Kopf. Es landete anschließend auf den Resten seines Abendessens. Ich fand diese Reaktion nicht mehr zum Lachen und dachte auch an die anstehende Reinigung.“

„Daran hätte ich in diesem Moment sicherlich nicht denken können“, kommentiert Petra meine Worte.

„Ich hasse Tage wie diesen. Franz hat mich in meiner Ehre als Frau gedemütigt.“

Anton Wall geht ganz in meiner Erzählung auf, fiebert regelrecht mit mir und meinem weiteren Schicksal, das er noch nicht zu ahnen scheint. „Jetzt muss Franz dich doch in deinem roten Outfit gesehen haben. Wie hat er darauf reagiert?“

Ein weiteres Stöhnen kann ich mir nicht verkneifen. „Diese entwürdigende Szene, das ist ja das Dilemma. Es kam keine richtige Reaktion. Er streifte mit seinem Blick meinen Körper, schob seinen Teller zur Seite, stand auf und holte sich ein kühles Bier aus dem Kühlschrank.“

An dieser Stelle bringt sich Petra wieder ein. „Willst du uns sagen, Franz ist an dir vorbeigegangen, ohne eine männliche

Regung zu zeigen? Was ist nur los mit ihm?“ Sie scheint richtig verblüfft zu sein, ihre Stimme ist ungewohnt hoch geworden. Petra rutscht ein Stück vor, mir ist diese Nähe jetzt schon unangenehm. Ich fühle mich schon so eingekesselt von Ina, die mir immer näher auf meine Pelle rutscht und sich mit mir den Sitz teilt. Jetzt kommen auch noch Petra und Anton näher, die vom gegenüberliegenden Sitz ebenfalls in meine Richtung wandern. Ich bemühe mich, ruhig zu bleiben und nicht davonzulaufen. Ina verfolgt meinen Bericht mit zerknirschtem Gesicht, wie mir auffällt. Petra drückt mir vorsorglich ein Taschentuch in die Hand. Meine Augen sind feucht, was ihr nicht entgangen ist. „Franz ist so ein Idiot!“ Petra ist aufgebracht und findet bei Anton vollstes Verständnis. Die beiden fallen geradezu in eine harmonische Verbindung. Geduldig sehe und höre ich mir an, was sich die beiden zum Besten geben. Mein Blick wandert wieder aus dem Fenster. Ina bleibt ruhig, was mir lieb ist.

„Lotte? Alles in Ordnung mit dir? Du musst ja fürchterlich gelitten haben“, dringen Petras Worte zu mir. Anton pflichtet ihr bei. Kurz wende ich meinen Blick.

„Uns interessiert der weitere Verlauf des Abends“, bittet Petra mich weiterzureden. Anton nickt und tätschelt mir wieder mein Knie. Irgendwie bin ich ja froh, mit jemandem reden zu können. Innerlich spüre ich, das Erlebte muss in Worte gepackt werden und aus mir rauskommen.

„Wortlos habe ich Franz in seinem Handeln beobachtet. Mit einem Plopp öffnete er die Bierflasche, ging hinaus in den Garten und setzte sich an den kleinen Tisch, an dem wir zuvor noch zusammensaßen. Das war alles. Er hat kein Wort zu mir oder zu meinen roten Dessous gesagt.“

„Tut mir richtig leid für dich, Lotte!“ Anton steht auf und geht in unserem Abteil einige Schritte auf und ab. „Der Mann ist so ein ...“, Anton hält inne.

Petra gibt ihm mit einer Handbewegung zu verstehen, er solle sich wieder zu uns setzen.

„Plötzlich gerät bei mir alles aus den Fugen“, jammere ich.

„Gibt es diese Probleme schon länger in euerer Beziehung?“ Anton Wall ist ein Mensch, der ausspricht, was er denkt. „Unser Sex war bisher das mit Abstand Beste in unserer Beziehung“, ich hole tief Luft. Erst, als Anton wieder mir gegenüber Platz genommen hat, berichte ich weiter.

„Tränenerstickt zog ich mein Kleid aus den fettigen Essensresten und eilte ins Badezimmer. Wütend habe ich die roten Stofffetzen ausgezogen und mir aus Trotz den Schlafanzug übergestreift.“

„Doch nicht etwa den mit den Teddybären?“ Petra blickt mich entsetzt an.

„Sollte ich dem Herrn jetzt auch noch in einem schwarzen Negligé versuchen klarzumachen, was ich mir von dem Abend wünsche?“ Meine Stimme ist laut geworden.

„Bleib ruhig, meine Liebe!“ Ausgerechnet Anton legt jetzt beruhigend seine Hand auf meine. Wieso kann dieser Mann nicht auf Frauen stehen?

„Anschließend hast du dich in dein Bett gelegt, geweint und bist irgendwann eingeschlafen?“ Anton zeigt richtig Fantasie.

„Wenn du schon alles errätst, warum soll ich dann noch weiterreden? Mit ein wenig Abstand sehe ich das Geschehene nicht mehr als so schlimm an. Ich bin jetzt davon überzeugt, nach meiner Rückkehr wird sich alles regeln.“

Entsetzt blickt Petra mich an. „Ich fürchte, so einfach ist das nicht“, bekundet sie ihre Ansicht.

„Doch, ich denke es wird alles wieder gut!“

„Lotte, du bist eine wunderbare junge Frau und kannst auch sehr gut eine Weile alleine leben." Petra redet sich in Rage. „Niemand sollte sich so demütigen lassen und dann einfach so weitermachen. Das ganze Verhalten von Franz schreit förmlich nach einer Reaktion von dir!"

Ich möchte ihr widersprechen, lasse es aber sein. So ganz bin ich selbst nicht von meinen letzten Worten überzeugt.

„Franz hatte vielleicht Ärger auf der Arbeit oder einen kleinen männlichen Durchhänger." Diese Worte aus dem Mund von Anton wirken tatsächlich beruhigend auf mich und lenken mich für diesen Moment ab. Oder liegt es an der Tatsache, dass der Zug gerade im Dresdener Hauptbahnhof einfährt und wir hektisch anfangen unsere Taschen zu greifen?

„Denkt an meine Ausstellung, ich erwarte euch!", mit diesen Worten lässt uns Anton auf dem Bahnsteig zurück. Wir schauen ihm noch kurz nach, wie er mit seinem kleinen Koffer in der Menge der Menschen verschwindet. Ina ist die Erste von uns, die wieder ganz bei der Sache ist. Konzentriert studiert sie die Karte für die Straßenbahn. „So ganz kapiere ich das nicht. Die ganzen Angaben hier, die Uhrzeiten, das macht mich alles verrückt", kapituliert sie nur wenig später. Ich muss grinsen. War ich noch vor wenigen Minuten so von Ina angetan, steht sie jetzt in einem völlig anderen Licht da. Petra zwinkert mir zu. „Die Großstadt ist doch etwas anderes als ein Dorf."

In unseren Augen ist Ina in der Großstadt völlig überfordert, was sie jedoch nicht hören möchte.

„Ihr übertreibt mal wieder völlig. Das ganze Problem ist der Plan hier. Wer sich das ausgedacht hat, der hat ein Problem!"

„Kluge Interpretation von dir!", werfe ich ein.

„Wir nehmen ein Taxi", entscheidet Ina kurzerhand und eilt voran. Auf dem Weg zum Taxistand kommt mir Karin in den Sinn. In den letzten Stunden haben wir nicht mehr von ihr gesprochen. Unser Entschluss, zunächst ins Krankenhaus zu fahren, ist rasch getroffen.

„Unser Handgepäck nehmen wir einfach mit in das Krankenhaus." Petra gibt dem Taxifahrer rasch die Anschrift der Klinik durch. Im Taxi verhalten wir uns ruhig. Jede von uns hängt ihren eigenen Gedanken nach. Mich beschäftigen noch immer der gestrige Abend, mein Beziehungsstatus mit Franz und die Frage, was ich mir für meine Zukunft wünsche.

Vincenz

Das Glück, mit über achtzig noch so vital zu sein, weiß ich zu schätzen. Meine Reise, bei der ich von Rosalinde, Johanns Mutter, begleitet wurde, war traumhaft schön. Die neu gewonnenen Eindrücke tun mir gut, wecken in mir das Verlangen, noch mehr schöne Reisen in Angriff zu nehmen und zu erleben. Mein kleiner Stopp in Dresden ist schon seit Wochen geplant. Zu gerne besuche ich die neue Vernissage von Anton Wall. Seine Gemälde sind mir ans Herz gewachsen, ebenso dieser exzentrische Künstler. Man muss die Menschen nehmen wie sie sind, auch mit ihren Macken, habe ich zu Rosalinde gesagt. Sie hat unsere Reise in Dresden abgebrochen und ist auf dem Weg nach Hause. Die Sehnsucht nach ihren Kindern, auch wenn diese erwachsen sind, hat überhandgenommen. Mir gefällt die Aussicht, Zeit zu haben für längere Gespräche mit Anton Wall. Außerdem will ich hören, was er mir von Lotte zu berichten weiß. Inzwischen fühle ich wie ein Vater für sie. Ihre Botschaften der letzten Wochen sind wortkarg geworden, was mich sorgt. Nach der Vernissage werde ich sie besuchen, es soll eine Überraschung für Lotte werden. Das Café, so weiß ich, läuft inzwischen gut, was für mich beruhigend ist. Lotte soll es gutgehen, das wünsche ich ihr.

Gleich in der Lobby meines Hotels treffe ich auf Anton Wall. Überschwänglich eilt er mir entgegen. Seine Aufmachung lässt nicht daran zweifeln, der Mann fällt gerne auf. Laut gestikulierend kommt er nur einen Schritt vor mir zum Stehen. Andere Menschen, die zufällig auch in der Lobby weilen, schenken uns ihre Aufmerksamkeit.

„Wie ich mich an Ihrem Erscheinen erfreue!“, darf ich aus seinem Mund hören. Mir scheint, Anton Wall hat Spaß an seiner kleinen Aufführung. Ein alter Mann wie ich es bin, darf auch einmal verrückt sein, so meine Überlegung, bevor ich meine Arme ausbreite und ihn ebenfalls lautstark begrüße. Anton Wall scheint nicht irritiert zu sein über mein Verhalten, das Gegenteil darf ich beobachten, er strahlt mich an.

„Die Weltreise hat Ihnen gutgetan, lieber Vincenz!"

Bevor ich mich von Anton in das angrenzende Café ziehen lasse, will ich zunächst meine Suite aufsuchen. Er verspricht, in dem Café auf mich zu warten, während mich ein junger Mitarbeiter des Hotels auf mein Zimmer begleitet. Mein kleiner Koffer ist rasch geleert. Ich könnte unvermittelt zu Anton Wall zurück in die Lobby eilen, spüre jedoch gerade ein ganz anderes Verlangen. Lotte ist in meinem Kopf und so krame ich meinen Laptop hervor, schalte ihn ein und fange an, eine Mail zu schreiben.

Liebe Lotte,

deine letzten Nachrichten kann ich nicht ganz einschätzen. Vielleicht liegt es daran, dass ich als Pensionär über mehr Freizeit als du verfüge und mir nur einbilde, dir liegt etwas auf dem Herzen, das du mir noch nicht mitteilen möchtest. Sollte ich mit meiner Vermutung richtig liegen, dann melde dich!

Meine Reise mit Rosalinde ist nun beendet. Die letzten Wochen waren für mich wie ein Jungbrunnen. Ich habe nicht erwartet, so viele schöne und beglückende Momente noch erleben zu dürfen. Alles in meinem Leben scheint sich zu fügen, wie bei einem Mosaik. Nicht verheimlichen möchte ich dir, es gibt auch in meinem Leben noch Bereiche, von denen du nichts ahnst. Keine Angst, liebe Lotte, dein väterlicher Freund ist nicht auf Abwegen gekommen, hat nicht die Spielbank gesprengt und keine Bank überfallen. Ich muss lachen bei diesen Gedanken!

Mein Geheimnis hängt mit Rosalinde aber auch zu einem Teil mit dir, liebe Lotte, zusammen. Lass mir bitte noch etwas Zeit, um gewisse Details, die noch im Verborgenen liegen, zu prüfen. Danach werde ich dir, als eine der ersten Personen alles berichten. Egal, wie sich für mich alles fügt, ich habe die Augen inzwischen geöffnet bekommen und bin dankbar dafür, noch bei guter Gesundheit zu sein, um einiges Privates neu zu regeln.

Einen Wunsch habe ich an dich: Fahre mit mir für zwei Tage in die Schweiz. Ich möchte dir das Haus zeigen, in dem ich mit meiner verstorbenen Tochter und Frau gelebt habe. Selten war ich in den letzten Jahren auf diesem Anwesen. Die Erinnerung hat mich abgehalten und die Angst, diese Reise nicht zu überleben. Mit dir an meiner Seite habe ich keine Bedenken, dass es richtig ist, sich den Erinnerungen zu stellen. Kannst du mir meinen Wunsch erfüllen?

Jetzt muss ich aufhören zu schreiben. Ich bin mit Anton Wall verabredet. Morgen findet seine Ausstellung in Dresden im Kunstmuseum statt und ich bin sein Laudator. Deine Freundin Karin habe ich heute nicht telefonisch erreichen können. Weißt du, ob sie eine neue Handynummer hat? Hermann Josef weilt auf einer Fortbildung. Er schrieb mir, einen Kongress zu besuchen. Gerne möchte ich Karin abholen oder zum Essen einladen.

Bis bald, meine Liebe,
Vincenz

Ina

Die Anreise nach Dresden war schon grotesk. Anton Wall zu treffen, bedeutet immer wieder etwas Besonderes. Doch mal abgesehen davon, dass der Mann immer etwas Schillerndes und Auffallendes mit sich bringt, habe ich bei der Zugreise auch seine sensible Seite kennenlernen dürfen. Neben dem Erscheinen von Anton war in erster Linie Lotte dafür verantwortlich, dass die Zugfahrt für mich kurzweilig verlief. Das, was uns Lotte von dem gestrigen Abend erzählt hat, war eingeschlagen wie eine Bombe. Zunächst kam ich mit den Einblicken in ihr Privatleben nicht zurecht. Anton Wall ist für mich ein Brückenbauer. Seiner Art mit Lotte umzugehen, haben wir es zu verdanken, dass sie ruhig geblieben ist. Über Künstler habe ich bisher eine andere Ansicht gehegt. Ich denke, es ist sinnvoll, der Einladung von Anton Wall zu folgen. Seine Einladung zur Ausstellung stellt eine neuerliche Abwechslung für mich da. Mein Leben auf dem Land ist schön und ich liebe die Natur. Mit meinem Sohn spazieren zu gehen, das wäre in einer Großstadt so nicht möglich. Fast täglich gehe ich mit meinem Wolfi im angrenzenden Wald spazieren. Johann ist ein guter Partner für mich und ein liebvoller Ersatzpapi für meinen Sohn. In seiner Mutter, Rosalinde, habe ich eine liebevolle Omi gefunden. Ihre Weltreise ist nun beendet und ich erhoffe mir wieder mehr Unterstützung und Freiheiten für mich als Mutter. Es ist völlig untypisch für mich, dass ich mich nach mehr Freiheit und Abwechslung sehne. Bisher war ich bemüht, dass immer alles in meinem Alltag nach einem festen Plan verläuft. Meine Arbeit bei Johann im Notariat macht mir immer noch Freude. Nicht jeder Tag mit ihm ist leicht oder ohne Komplikationen. Ich denke, es gibt keine Patchworkfamilie, die nicht die kleinen Unzulänglichkeiten des Alltags kennt und spürt. Trotzdem bin ich davon überzeugt, auch normale Familien haben ihre Probleme des Alltags zu bewältigen. Es dauerte ein wenig, bis mir klar wurde, mir geht es gut so, wie ich jetzt lebe. Meine Grübelei findet am Eingang vom Krankenhaus ein Ende. Ruckartig gehören meine Gedanken nur noch Karin.

Meine Freundin im Krankenhaus zu besuchen, ist sehr bewegend für mich. Im Taxi habe ich an meine späte Schwangerschaft zurückgedacht. Ich bin wirklich froh, dass mir das späte Mutterglück gegönnt war. Mit meinem Wolfi ist nicht jeder Tag für mich leicht zu organisieren, missen möchte ich ihn aber auch nicht mehr.

Karin ist blass, was mir gleich beim Betreten ihres Zimmers auffällt.

„Oh, ich freue mich, euch zu sehen!“ Betont fröhlich will sie uns begegnen, was mir zunächst nicht gefällt. „Du wirst noch in ein seelisches Loch fallen“, ist nur einer meiner guten Ratschläge.

„Solch eine liebe Art mich aufzubauen, kann ich gut gebrauchen“, Karin atmet auf. Weder Lotte noch Petra achten auf meine Worte. Sie plaudern einfach drauflos, ebenfalls bemüht, locker und fröhlich zu wirken. Kurz gehe ich in den Flur, suche eine Toilette und bin froh, für wenige Minuten der Zusammenkunft zu entfliehen. Mir ist danach, mich mitzuteilen. Die Gelegenheit Johann anzurufen, ergreife ich spontan.

„Deine Freundinnen sind nun einmal etwas eigen“, fasst Johann meine Erläuterungen zusammen. „Ich könnte mit keiner dieser Frauen zusammenleben.“ Johann versteht mich. Ein Strahlen überkommt mein Gesicht. Schöner kann der Moment nicht sein. Zu meiner Enttäuschung kommt in diesem Moment eine Krankenschwester auf mich zu und bittet mich, das Handy auszumachen. „Wir sind in einem Krankenhaus“, lässt sie mich im Flur zurück und ich sehe ihr verblüfft nach.

„Tut mir leid“, beende ich mein Telefonat mit Johann, der alles mitangehört hat. Wieder im Zimmer von Karin angekommen, fühle ich mich ruhiger. Wollte ich noch vor wenigen Minuten alles regeln oder Karin erklären, wie sie sich verhalten muss, bleibe ich nun gelassen. Johann, so denke ich, er tut mir gut. Meine Eltern verstehen sich ebenfalls blendend mit ihm.

„Immerhin ist bei Ina und Petra in der Partnerschaft alles gut“, höre ich Karin sagen. „Das gibt mir Hoffnung für die Zukunft“, fügt sie nach. Ihr anschließender Blick auf Lotte lässt mich auf eine weitere Erklärung hoffen, jedoch vergebens. Lotte blickt kurz verlegen auf den Boden. Das irritiert mich. Ich hoffe, am Abend wird sie sich uns in Ruhe öffnen. Peinlich kommt mir in Erinnerung, wie oft schon Lotte mir vorgeworfen hat, zu verschlossen zu sein, was leider auch stimmt. Mir fällt es schwer mich einem Menschen anzuvertrauen, selbst meinen besten Freundinnen gegenüber. Umso erstaunlicher ist mein Verhältnis zu Johann und seiner Mutter. Mit ihm und auch mit Rosalinde konnte ich von Anfang an über alles reden, was mich bewegt.

Ruhig blicke ich zu Petra. Mit ihr bin ich noch nicht zu 100 Prozent im Reinen. Zugeben darf ich aber, sie ist eine liebe Freundin. Oft schon habe ich sie angegiftet und Petra hat es gelassen hingenommen. Instinktiv war ich anfangs Petra aus dem Weg gegangen. Meine Ehe, das ist die Wahrheit, war zu dem Zeitpunkt als Petra in unser Leben kam bereits kaputt. Ich wollte es nur nicht wahrhaben.

Neidisch bin leider immer noch auf ihre Figur. Ich finde sie wirklich perfekt. Mir gelingt es nicht, dünn zu werden. Selbst mein Abo beim Fitnessstudio hat nicht den gewünschten Erfolg gebracht. Ich muss bei diesem Gedanken schmunzeln. Wie, bitte, soll mir eine Mitgliedschaft im Studio helfen, wenn ich sie nicht nutze?

Johann sagte mal, er mag meine kleinen Röllchen an den Hüften. Das wirke so herrlich weiblich und sexy auf ihn. Seine Worte hatten mich zunächst verschreckt. Ich denke, ich war auch richtig rot geworden. Wahrscheinlich hat er mir nur ein riesengroßes Kompliment machen wollen und dank meiner inneren Zweifel über mein Aussehen, habe ich es nicht sofort verstanden.

Meine Freundinnen fangen an, die Zukunft für Karin zu planen, was mich verschreckt. Für mich ist das Tempo zu rasant. Gegen Ende unseres Besuches habe ich ein mulmiges Gefühl. Nur gut, Karin scheint sich richtig über unseren Besuch zu freuen.

„Für mich geht gerade die Sonne wieder auf", ist nur eine ihrer blumigen Bemerkungen über unser Kommen.

Doktor Peter Schön

Über die Kontaktanzeige von Lotte bin ich ins Grübeln geraten. Lotte Wolke fängt an, mich immer mehr zu fesseln. Im Internet habe ich ihren Namen gegoogelt. Die gezeigten Fotos finde ich sympathisch, wenngleich ihre Aufmachung zu wünschen übriglässt. Lotte scheint ein Naturkind zu sein. Bisher war ich nur mit Modepüppchen liiert. Seit meiner letzten Trennung vor einem halben Jahr arbeite ich zu viel.

Die gezeigten Fotos von Lotte sehe ich mir noch einmal in Ruhe an. Eine erste Reaktion, ein Schlucken, kann ich nicht verbergen. Um ehrlich zu sein, mir gefallen Frauen gut, die sich pflegen. Lippenstift, rote Fingernägel, gepflegte Kleidung, das finde ich anziehend.

Die Zeit der Trauer über den Bruch meiner letzten Beziehung muss ein Ende finden. Um mich abzulenken, denke ich immerzu an meine Patienten und meine Praxis. Nur mein Vergnügen, mein Privatleben bleibt auf der Strecke. Gegenüber dem letzten Jahr habe ich über dreißig Prozent mehr Patienten behandelt, was bedeutet, meine Freizeit ist sehr eingeschränkt.

Sollte Lotte meine Patientin werden, ist sie für mich als Partnerin zunächst uninteressant. Ich vermische nicht Arbeit und Privatleben. Von solchen Verbindungen halte ich nichts. In meinen Augen birgt es nur Schwierigkeiten.

Ihre Kontaktanzeige lässt mich nachdenken und über ihre Motivation grübeln. Oh, ja, sie wird ihre Gründe für diese Formulierung haben. Welche Frau sucht schon eine Partnerschaft, in der sie auf Sex verzichten möchte? Bisher habe ich in meiner Praxis einige Frauen behandelt, die genau genommen mit dem Gegenteil von Lottes Wünschen ihre Probleme gehabt haben. Ich fürchte, mit Lotte kommen noch Komplikationen in meine Praxis.

Gefallen aber hat mir die erste Antwort von ihr auf meine Zeilen. Ich finde, sie war ehrlich und hoffnungsvoll. Meine Überlegung, Lotte wird in den letzten Monaten enttäuscht worden sein, keimt in mir auf. Ihr Wunsch, einem Mann zu begegnen, der nur wie ein Bruder neben ihr lebt, zeigt für mich, Lotte wurde sehr verletzt. Das sie noch immer die Nähe zu einem Mann sucht, ist positiv zu bewerten.

Mit einem Glas Rotwein sitze ich am Abend auf dem Sofa und werfe erneut einen Blick auf die Fotos von Lotte, die ich im Internet gefunden habe. Meine Neugierde, sie spontan zu besuchen, kann ich gerade noch unterdrücken. Ich habe am Nachmittag schon gegoogelt, wo sie lebt und mit Freude ihre Anschrift gefunden.

Lotte ist die erste Frau, mit der ich wieder chatte. Dass ich ihr ausgerechnet jetzt begegne, wo sie allem Anschein nach eine innere Krise zu bewältigen hat, ist schon komisch. Ist es Fügung? Ausgerechnet ich als Psychologe habe auf ihre Anzeige geantwortet. Wie verrückt von mir, Arbeit habe ich wirklich mehr als genug.

Ob es an der Tatsache liegt, dass ich mich an den Abenden einsam in meiner Wohnung fühle? Statt diesem spontanen Besuch bei Lotte nachzukommen, ziehe ich mein Laptop zu mir heran. Das Glas Rotwein stelle ich dafür auf einen Glastisch. Wie von Zauberhand gelenkt, trage ich ihre E-Mail-Anschrift als Empfänger ein und beginne unverzüglich mit dem Schreiben.

Liebe Lotte,

ich kann Ihnen bereits einen Termin in der nächsten Woche anbieten. Was sagen Sie dazu? Oder ist es für Sie zu spontan? Mittwoch um 18 Uhr können wir uns treffen und reden. Ihre Sorgen dürfen Sie gerne mitbringen. Durch meinen Beruf habe ich ein geschultes Ohr.

Darf ich erfahren, wie Sie das Wochenende verbringen werden? Leben Sie in einer festen Beziehung? Ich denke, wohl kaum, sonst hätten Sie nicht diese Kontaktanzeige verfasst.

Mein Leben besteht zurzeit nur aus der Arbeit. Immerhin füllt diese Tätigkeit mein Konto und verschafft mir gleichzeitig nur wenig Freizeit, die ich mit mir alleine verbringen muss. Spielen Sie Golf? Für mich ist es eine Leidenschaft und gerne können wir eine Partie zusammenspielen. Darüber hinaus liebe ich Kunstausstellungen. Mich interessiert das Moderne und Verrückte, in der Kunst und bei den Menschen. Dank meiner Arbeit werde ich immer wieder auf gedankliche Wege geführt, die ich mir so nicht ausgedacht hätte. Mein Leben ist als facettenreich zu bezeichnen. Ermöglichen Sie mir schon einen Einblick in Ihr Leben? Ich bin neugierig auf Ihre Antwort.

Ihr
Dr. Peter Schön

Die Nachricht sende ich ab und bin zeitgleich über mich und mein Verhalten verwundert. Mein Kopf fühlt sich plötzlich wie Watte an. Kurz lache ich in mich hinein und hinterfrage, ob ich selbst nicht eine Therapie nötig habe. Eventuell sollte ich einmal einen meiner Studienkollegen aufsuchen. So ganz ungewöhnlich ist das nicht. Mein Rat wurde auch schon des Öfteren in Anspruch genommen. Auch Psychologen haben derweil ihre Problemchen mit den Unzulänglichkeiten des Alltages.

Zufrieden trinke ich meinen Rotwein weiter und lasse den Blick aus meinem Fenster schweifen. Langsam erkämpft sich die Dunkelheit ihren Platz am Himmel. Morgen, so habe ich aus den Nachrichten erfahren, wird wieder ein sonniger Tag.

Mit offenen Augen durch das Leben zu gehen, es zu leben, solange man gesund und fit ist, so lautet meine Devise. Zwei Freunde habe ich in den letzten fünf Jahren verloren. Einen durch Krankheit und den zweiten Freund durch einen Unfall. Beiden Beerdigungen habe ich beigewohnt und mir im Anschluss geschworen, mein restliches Leben mehr zu genießen. Wie dem auch sei, seit meine Ex ausgezogen ist, habe ich vergessen, was das Leben an schönen Seiten zu bieten hat.

An eine eigene Familie mit Kindern glaube ich für mich nicht mehr. Über dieses Schicksal hadere ich jedoch nicht. Mein Leben, so war ich schon früh sicher, ist auch ohne ein Kind ausgefüllt genug. Nicht zuletzt sind auch an dieser Einstellung von mir frühere Beziehungen gescheitert. Das ist mit ein Grund für mich, nun nicht mehr nach ganz jungen Frauen zu suchen. Lotte, so habe ich gelesen, ist schon über vierzig. Somit dürfte das Thema Kind keine Probleme mehr machen.

Mein Rotweinglas stelle ich wieder auf den Glastisch. Mein Wunsch, mehr über Lotte Wolke zu erfahren, nimmt Überhand. Bei der Eingabe ihres Namens kommen neben den Fotos auch einige Beiträge zu Tage, die meine Neugierde wecken. Geduldig lese ich mir einen nach dem anderen durch. Mein Herzschlag beschleunigt sich, als ich den Namen Lydia Lowere lese. Aufmerksam lese ich die nächsten Passagen durch, auf denen Lydia Lowere immer wieder erwähnt wird. Es dauert ein wenig, bis mir klar wird, wie beide Frauen zueinanderstanden. So darf ich lesen, Lydia Lowere war die Tante von Lotte und hat ihr nach dem Tod ihre Villa vererbt. Ich pfeife kurz, kann meine Verwunderung kaum zurückhalten.

„Du meine Güte“, sage ich zu mir selbst. Mein Gehirn arbeitet und ich komme nicht zur Ruhe. Mein Laptop lege ich auf das Sofa zurück, stehe auf, gehe ein paar Schritte durch mein Wohnzimmer und bleibe am Fenster stehen. Lydia Lowere hat für einige Jahre mein Leben geprägt. Gute acht Jahre war sie meine Patientin. Durch Lydia Lowere bin ich in eine für mich fremde und neue Welt geführt worden, die mir gefiel. Das, was diese Frau mir Woche für Woche erzählte, mich hat es fasziniert. Richtig gefreut habe ich mich auf die Sitzungen mit Lydia Lowere. Meine Mitarbeiterinnen waren immer ganz entzückt, wie hübsch diese Dame noch im hohen Alter ausgesehen hat. Alleine die Tatsache, dass diese Frau noch immer auf hohen High Heels durch die Gegend lief, war für sie beeindruckend. Jede andere Frau in ihrem Alter ist dankbar mit Gesundheitsschuhen den Alltag zu bewältigen, ganz anders war diese Frau. Ihre Kleidung war immer außergewöhnlich und trotzdem elegant zugleich. Das Wort langweilig passte nicht zu Lydia Lowere.

„Wo steht eigentlich geschrieben, dass Frau ab siebzig auch rein äußerlich als alt in Erscheinung treten muss? Bei derart wichtigen Dingen, wie mein Leben, bestimme ich, wo es langgeht“, war nur einer von Lydia Loweres Sprüchen für den Alltag und das Leben, das ihr gefiel.

Die Einladungen in ihre Villa in Frankfurt waren legendär. Ich nippe versonnen an meinem Rotwein. Mir fällt der langjährige Freund von Lydia Lowere ein. Vincenz heißt er. Wieso habe ich ihn aus den Augen verloren? Beim Nachdenken fällt mir ein, er hat die letzten Termine abgesagt und sich bei meiner Mitarbeiterin mit den Worten: „Ich gehe noch einmal auf Weltreise, entschuldigt." Das letzte Treffen, es war vor Monaten, da hat er mir von einer Frau berichtet, die er wiedergetroffen hat. Eine Jugendliebe, wenn ich mich richtig erinnere. Noch einmal nippe ich an meinem Rotwein, dann stelle ich das Glas unachtsam auf die Fensterbank.

Meine Schritte lenke ich in mein Arbeitszimmer und angele mir die Mappe von Vincenz hervor. Dieser Mann gehört zu den imposantesten Patienten von mir. Nach dem viel zu frühen Tod seiner Tochter und dem Verlust seiner ersten Ehefrau war er sprichwörtlich am Ende. Ausgerechnet bei mir in der Praxis hat er später die Bekanntschaft mit Lydia Lowere gemacht. Meine damalige Mitarbeiterin hatte die Termine zu eng gelegt und beide sind sich in meinem Wartezimmer begegnet, was mir peinlich war. Die Privatsphäre meiner Patienten ist mir immer sehr wichtig und deshalb plane ich alle Termine mit genügend Puffer, sodass eine Überschneidung nicht stattfindet. Bis auf dieses eine Mal. Vincenz hat mich später gefragt, ob ich an Schicksal glaube. Um eine Antwort habe ich mich gewunden. Ach, ich musste mich winden, mit einem Mal fehlten mir die Worte. Vincenz schien schon nicht mehr richtig zuzuhören. Lydia Lowere hat diesen Mann um ihre Finger gewickelt. Nein, da will ich gerade nicht weiter drüber nachdenken und gehe daher, um mich abzulenken, ein paar Schritte durch mein Zimmer. Ablenkung ist mir jedoch nicht vergönnt. Ich komme nicht von den Gedanken los. Resigniert blicke ich noch einmal auf die Mappe von Vincenz. Einfach abschalten ist auch nicht leicht, zu besonders waren die Begegnungen.

Lydia Lowere wusste zu leben und verstand es, Menschen in ihrem Umfeld für sich zu gewinnen. Kurz halte ich inne, überdenke meine eigenen Gedanken über Lydia Lowere noch einmal. Ob die Worte Menschen gewinnen richtig sind? Mir fällt ein, diese Frau hat sehr geschickt manipuliert, gelenkt und stets die Fäden in ihren Händen gehalten. Die Akte von Vincenz überfliege ich nachdenklich. Sein Beweggrund zu mir zu kommen, war natürlicher Art und ich konnte diesem Mann glücklicherweise aus seinem seelischen Tief heraushelfen.

Um noch einmal in die Akte von Lydia Lowere zu sehen, muss ich kurz in meinen Keller gehen. Akten von bereits verstorbenen Patienten lagere ich dort in einem verschlossenen Schrank. So verwahre ich zur Sicherheit auch die aktuellen Fälle, nur eben in meinem Büro und im Sekretariat im Erdgeschoss. Mit einem Tee, den ich mir anschließend koche, lasse ich mich in meinem Bürostuhl nieder und ziehe mir die Akte mit der Aufschrift Lydia Lowere heran.

„Um das große Ganze im Hier und Jetzt zu sehen, gehört eine Portion Selbstbewusstsein“, so Lydia Lowere in einer Sitzung bei mir. Später fügte sie noch nach: „Den meisten Menschen ist das nicht gegeben, sie sind Verlierer.“

So richtig vertraut wurde ich nie mit dieser sehr außergewöhnlichen Persönlichkeit. Zugeben darf ich aber, mich auf jedes Treffen mit ihr gefreut zu haben. Ihr Ende hat mich getroffen. Vorwürfe, dies nicht verhindert zu haben, verfolgen mich bis heute. Ausgerechnet Lydia Lowere begeht Selbstmord, beendet ihr so heiß geliebtes Leben auf diese Weise. Anzeichen für ihr Handeln habe ich nie herausgehört bei unseren Treffen. Ein Alptraum für jeden Psychologen war die Nachricht von ihrem Freitod für mich. Jede Woche nach unseren Sitzungen lag noch stundenlang der Duft ihres Parfums in meinem Büro. Mir war es nicht unangenehm, der Duft war frisch und spiegelte die Einstellung von Lydia Lowere wider.

„Jugend ist Teil meines Lebens. Alt werden, das kann doch jeder!“ Auch einer von Lydias Sprüchen, die ich oft unkommentiert ließ. Wie sie auf mich als Psychologen gekommen ist, habe ich einmal gefragt. Mit einem Lächeln hat sie geantwortet: „Ich trinke nur den besten Wein, esse die besten Früchte, gehe zu den besten Ärzten.“ Mit diesen Worten griff sie nach ihrer Tasche, die Sitzung war für Lydia Lowere an diesem Tag beendet.

Die Verbindung von Vincenz zu Lydia Lowere habe ich nicht gerne gesehen. Am Anfang habe ich mich bemüht, zu intervenieren und Vincenz ins Gewissen zu reden. „Ich fürchte, diese Frau wird Ihnen nicht guttun“, warf ich meine Bedenken ein. „An der Seite von Lydia geht es mir eindeutig besser.“ Vincenz war vom ersten Tag an von ihr gefesselt. Mit spitzen Lippen hat Lydia mich später auf meine Bemerkung angesprochen. Sie leckte sich über ihre Lippen, ihr Blick fiel eiskalt auf mich.

An diesem Tag dachte ich, Vincenz und Lydia habe ich als Patienten verloren, was zum Glück nicht der Fall wurde.

Auf der einen Seite habe ich in Vincenz einen grundehrlichen und fleißigen Mann gesehen, der auch noch vermögend ist, auf der anderen eine schillernde Frau, mittellos und ... meine Gedanken breche ich ab. Oft schon habe ich mich gefragt, wieso ich so viel über diese Frau nachdenke, schon damals nachdachte. Inzwischen sind viele Stimmen an meine Ohren gedrungen, die mir eine ganz andere Seite von Lydia Lowere zugetragen haben. Wieso konnte ich, als ihr Psychologe, diese Seite nicht erkennen? Das ist nur eine von vielen Fragen, die in mir brennen. Einmal hat Lydia mich gefragt, ob ich als Mann etwas für sie empfinde.

„Meine Patienten sind für mich etwas ganz Besonderes, viel zu kostbar, um an Liebe zu denken“, mit diesen Worten habe ich mich überaus galant um die Wahrheit gewunden. Ihre Vorliebe für jüngere Männer war mir schon damals bekannt.

„Sind Sie auf der Suche nach einem neuen Mann an Ihrer Seite?“ Meine Frage kam so rasch über meine Lippen, ich erschrak damals selbst.

„Sie müssen lernen, entspannter durch das Leben zu gehen! Gerade in den Taten, die nicht alltäglich sind, liegt doch der Reiz des Lebens.“ Mit wippenden Beinen saß sie mir gegenüber. Allem Anschein nach war ich das neue Ziel ihrer Begierde. In den folgenden Sitzungen versuchte sie, mich einmal zu umarmen, ein anderes Mal zu küssen, was ich zu verhindern wusste. In Vincenz hatte Lydia Lowere nur einen finanzstarken Freund gesehen.

Nachdem die Verbindung zu Vincenz von Lydia Lowere beendet wurde, kam sie nicht mehr zu mir. Aus der Presse habe ich dann erfahren, sie lebt mit einem um Jahre jüngeren Mann zusammen, einem Adeligen. Ich kann nicht glauben, dass die beiden ein richtiges Paar waren. Lydia Lowere ist eine schöne Erscheinung gewesen, bis zum letzten Tag. Jedoch für einen so jungen Mann, wie diesen Adeligen, keine richtige Partnerin mehr. Gut dreißig Jahre unterschied sind schon eine Menge. Oft habe ich über diese Frau noch nachdenken müssen, nachdem sie nicht mehr zu mir kam. Meine Mitarbeiterinnen haben regelmäßig noch Ausschnitte von Lydia Lowere aus den Illustrierten mitgebracht. Sie haben diese Frau und ihre schillernden Besuche vermisst.

Vincenz ist mir treu geblieben. Es hat über zwei Monate gedauert, bis er in der Lage war, über die Trennung mit Lydia Lowere zu sprechen. Immer wieder habe ich mich bemüht, wenn auch mit versteckten Kommentaren, ihm zu zeigen, was ich von dieser Frau halte.

„Ich war wirklich in Lydia verliebt“, kam sein schüchterner Einwand. Nur gut, er scheint diese Zeit inzwischen überwunden zu haben.

Jetzt lerne ich Lydia Loweres Nichte kennen. Wie verrückt das Leben doch seine Wege für mich spannt und mich immer wieder auf neue Wege lenkt, die ich mir so nicht freiwillig ausgesucht hätte.

Auf den wenigen Fotos, die ich von Lotte Wolke im Internet gefunden habe, ist keine Ähnlichkeit zu ihrer ausgesprochen gutaussehenden Tante zu finden. Mich enttäuscht diese Tatsache. Den Hinweis „Suche Mann zum Renovieren“, den ich im Internet unter Lotte Wolke lese, kann ich nicht einordnen. Diese Frau, so scheint mir, ist interessanter als gedacht. Nur, so mein nächster Gedanke, ich denke mehr an sie als Patientin, als an eine zukünftige Partnerin.

Karin

„Und nichts kommt so, wie von uns erhofft", diese Worte habe ich einmal gelesen und sie fallen mir jetzt wieder ein. Die Ärztin meint, ich solle versuchen, das Schicksal anzunehmen, nicht zu hadern. Ihre Bemerkung, ich könne noch einmal versuchen, schwanger zu werden, habe ich lächelnd aufgenommen. Die späte Schwangerschaft war für mich wie ein Wink des Himmels. Die jetzige Situation sehe ich genauso. Meine Gemütsverfassung ist daher auch stabil. Um ehrlich zu sein, ich hatte noch keine Veränderung an mir und meinem Körper gemerkt. Rundlich gebaut bin ich von Haus aus, etwas mehr an Hüftspeck fällt nicht gleich ins Auge. Bisher war meine Periode immer pünktlich und nur deshalb kam ich auf die Idee, einen Schwangerschaftstest zu machen. Meine Freundinnen können mich nicht so ganz verstehen, sie haben eine völlig aufgelöste Frau im Krankenbett erwartet. Es stimmt ja auch, gestern war ich dem Ende sehr nahe. Zum Glück bin ich ein positiver Mensch und denke mir, eine Tür fällt zu und dafür geht eine neue Tür für mich auf.

Mir fallen die letzten Tage ein, wo ich zärtlich über meinen Bauch gestreichelt habe. In diesen Momenten habe ich mir die Zukunft mit Baby ausgemalt. Ein Funken Angst vor der Zukunft war immer dabei. Hermann Josef, so wird mir bewusst, wollte nie Vater werden. Auch eine Veränderung meiner Figur wäre ihm bald ein Dorn im Auge gewesen. Ob es die besagte Fügung gibt? Ja, ich denke, so wird es sein.

„Du wirst noch in ein seelisches Loch fallen, in den nächsten Tagen", gibt Ina mir als Ratschlag. Ich schlucke. Ihre Worte und Tonlage können mir nicht gefallen. Mein spontanes Grinsen auf ihre Worte nimmt sie irritiert zur Kenntnis.

„So ganz kann ich dich gerade nicht verstehen, Karin“, darf ich mir anschließend anhören. Ich nehme auch diese Worte rein äußerlich gelassen auf. Dann verschwindet Ina aus dem Zimmer.

Lotte fragt, ob ich nicht für einige Tage zu ihr kommen möchte, um mich etwas zu erholen. „Denke nur an die vielen schönen Sommerabende in meinem Garten.“

„Die Zeit in deinem Haus war wirklich sehr schön“, antworte ich spontan. „Ich denke über dein liebes Angebot nach.“

Petra streicht mir eine Strähne aus der Stirn. „Ich habe eine tolle Gesichtsmaske im Gepäck, die trage ich dir morgen vor der Vernissage auf.“

Ihre Art mit meiner neuen Situation umzugehen, sie gefällt mir am besten. Zaudern und Jammern bringen mich aktuell keinen Schritt voran. Das Leben bleibt nicht für eine Sekunde stehen, egal, was wir machen. Es ist schön, meine Freundinnen an der Seite zu wissen. Meine kleine Ersatzfamilie, denke ich gerührt. Ich reiße mich zusammen, um nicht doch noch zu weinen.

„Wir können wirklich in eurer Wohnung schlafen? Und was, wenn Hermann Josef doch früher zurückkommt?“ Lotte steht die Sorge förmlich auf der Stirn geschrieben. Ihre Worte kamen auch gepresst und hastig über ihre Lippen. Meine Freundin kann ich diesbezüglich beruhigen. „Hermann Josef wird nicht früher zurück sein. Tatsachen soll man in die Augen sehen und ändern lässt sich auch durch seine Anwesenheit nichts mehr“, gebe ich seine Worte vom Telefon weiter. Betroffenheit breitet sich aus und Schweigen.

„Morgen darf ich schon wieder hier raus und ich möchte, dass ihr mich ablenkt.“

„Ist das nicht etwas überstürzt?“, Lotte blickt mich skeptisch an. „Du solltest dir lieber etwas Ruhe gönnen. Oder aber du kommst gleich mit zu mir, das dürfte jetzt das Beste sein und ..."

„Stopp!", werde ich lauter. „Nur mir obliegt es, wie ich mich jetzt verhalte. Es gibt keinen Ratgeber für das Schicksal, für das gesamte Leben. Für mich habe ich entschieden, einfach weiter geradeaus zu gehen. Ob es mir gelingen wird? Keine Ahnung!" Nach einer weiteren Pause blicke ich meine Freundinnen bittend an. „Nehmt mich jetzt so, wie ich es brauche, denn ich weiß genau, was jetzt das Beste für mich sein wird. Ich möchte raus in das Leben und suche die Ablenkung."

„Darum nehmen wir dich mit zu der Vernissage von Anton Wall", reißt Petra mich aus meinen Gedanken. Zum Glück hat sie mich verstanden. Ich nicke erleichtert und lasse mich zurück auf mein Kopfkissen sinken. Mein Kommen zu der Ausstellung von Anton Wall habe ich schon vor vier Wochen zugesagt. Wie selbstverständlich hatte ich diesen Termin in meinen Kalender eingetragen und mich schon im Vorfeld auf den Abend gefreut. Vier Wochen, überlege ich, was sich in dieser Zeit für mich alles verändert hat. Dann aber ermahne ich mich, nur nach vorne zu sehen. „Und jetzt will ich wissen, was es bei euch Neues gibt", fordere ich einen Themenwechsel.

„Ich habe es auch nicht so einfach." Mit einem Ausdruck in den Augen, der an Kummer kaum zu übertreffen ist, berichtet Lotte mir von ihrem gestrigen Abend und dem Versuch, mit roter Reizwäsche zu punkten. Ich kann lachen, das tut mir gut. Erleichtert blinzelt Petra mir zu.

Lotte wirkt gereizt. „Ihr nehmt mich nicht ernst!"

„Doch, doch! So abwegig ist dein Verhalten nicht. Mir hat sexy Wäsche auch schon einige erotische Abende geschenkt", bekunde ich offen. Lotte lässt sich auf den Rand meines Bettes nieder.

„Wenn ich diesen Erfolg hätte, alles wäre gut."

Meine nächste Frage kann ich mir vom Grunde her sparen. Ein Blick in das Gesicht von Lotte und ich weiß genau, wie der gestrige Abend verlaufen ist.

„Dann ist die Aktion rote Reizwäsche ohne Erfolg geblieben?" Meine Stimme lasse ich sanft klingen. Lotte scheint es egal zu sein, sie ist von den Ereignissen noch zu sehr gefangen.

„Bisher lief es so gut mit uns im Bett. Seit zwei Wochen ist plötzlich alles verändert. Franz nörgelt unangebracht an mir herum. Regelmäßig kommt er später von der Arbeit als am Morgen angekündigt. Doof finde ich auch, immer wieder legt er sich nach dem Essen mit einer Flasche Bier auf das Sofa und zappt im Fernseher herum, ohne wirklich Notiz von mir zu nehmen."

„Das klingt nicht gut."

„Viel schlimmer noch", wirft Lotte ein.

Petra blinzelt mich verschwörerisch an. „Daher auch Lottes Aktion: Ich verführe meinen Freund mit roten Dessous."

„Wenn ich darüber lachen kann, melde ich mich wieder", ist von Lotte sofort zu hören. Petra schnappt nach Luft, bleibt aber schweigsam. Im Anschluss erfahre ich von Lotte noch von dem vorzeitigen Abschluss des Abends. „Und dann habe ich mich in meinen alten Schlafanzug gekuschelt und ins Bett gelegt."

Ich lache spitze auf, setze mich wieder aufrecht in mein Bett. „Du hast nicht diesen Teddybärenschlafanzug angezogen, oder? Dieses legendäre gute alte Stück? Sag bitte, dass das jetzt nicht wahr ist!" Meine Erschrockenheit kann ich nicht verbergen. Lotte nickt, was mir als Antwort genügt. „Dass du das scheußliche Teil überhaupt noch in deinem Schrank hast", ich echauffiere mich, rudere aber sogleich in meinem Tonfall zurück, als ich Lottes traurigen Blick auffange. Ich reiße mich zusammen.

Ina kommt wieder zurück in mein Zimmer. Sie sieht, das fällt mir gleich auf, entspannter aus.

„Läuft gerade nicht wirklich gut bei uns, Lotte, hmm? Immerhin bei Ina und Petra scheint das Glück Einzug gefunden zu haben, was mich doch für meine eigene Zukunft hoffen lässt. Wir sind schon eine tolle Truppe“, beende ich das Thema Dessous und Lottes Aktion.

„Wie hat Hermann Josef auf die neue Situation reagiert? Du hast nur erwähnt, er bleibe noch auf seinem Seminar. Hat er dir keine Blumen geschickt oder sonst eine liebevolle Reaktion gezeigt?“ Ina spricht zögerlich das aus, was auch die anderen wissen wollen.

„Hermann Josef ist für mich wie eine köstliche Praline. Anziehend, teuer, verlockend, verführerisch aber nicht wirklich gut für mich. Weder für meine Figur noch für meine Seele.“

„Jetzt weiß ich, was ich in den letzten Wochen so vermisst habe, deinen besonderen Humor und klaren Verstand, die Dinge zu analysieren.“ Petra reagiert amüsiert auf meine offenen Worte.

„Was brauchst du Hermann Josef an deiner Seite, wenn du doch uns als Begleiterinnen hast?“

„Und Hermann Josef soll mal wieder sein eigenes Ding durchziehen, wenn er sich nicht zu einer menschlichen Reaktion überwinden kann.“ Inas Resümee stimme ich mit einem Kopfnicken zu, das soll genügen. Inas nächste Frage, ob in der Wohnung noch etwas aufzuräumen sei, oder ob ich Wäsche benötige, habe ich erwartet. Dieses Verhalten von ihr wirkt schon wieder beruhigend auf mich.

„Bring mir bitte für morgen ein Kleid mit. Nicht zu eng aber auch keines, was mich an die Schwangerschaft erinnert. Wenn ihr dann noch die Trittleiter wegstellt, von der ich gestürzt bin, bin ich euch dankbar."

Kurz verharre ich, dann füge ich nach: „Ich will sie bei meiner Rückkehr nicht sehen."

Eine Nachricht von Anton Wall kommt auf mein Handy. Mir ist inzwischen bewusst, er ist über meinen Verlust informiert. Er schreibt:

Liebste Karin,

wie eine Blume, die anfängt zu blühen, sehe ich Sie und Ihr Verständnis zur Kunst. Malen, Eintauchen in die Welt der Farben kann beruhigend sein. Gerne stehe ich Ihnen zur Seite als Ihr Pate in den nächsten Wochen. Nur eines dürfen Sie nicht vergessen, zu leben!

Ihr Freund
Anton Wall

P.S. Bei der Vernissage sollten wir gemeinsam mit Ina und Petra auf ein vertrautes Du anstoßen.

„Ich liebe diesen Moment. Der Mann ist klasse! Schade nur, er steht nicht auf Frauen", zeige ich meinen Freundinnen seine Nachricht. Von Lotte will ich später wissen, was ihr Café in Limburg macht.

„Es läuft sehr gut dank der Hilfe von Vincenz. Meine Aushilfen sind Gold wert und ich kann sagen, es bleibt so viel Geld am Ende eines Monats übrig, dass ich mir bereits eine kleine Reserve aufbauen konnte." Lotte strahlt mich an.

„Fantastisch. Kann ich nicht bei dir einsteigen? Jetzt, wo Ina wieder in ihrem alten Beruf ist?"

Kurz kommt Schweigen auf.

„Was, bitte, ist jetzt? Bekomme ich keine Antwort auf meine Frage?", fordere ich eine Reaktion und Antwort auf meine letzten Worte, nachdem das Schweigen immer noch in der Luft liegt.

„Dann kommst du wieder in die alte Heimat zurück?" Lotte sieht mich skeptisch an.

„Ja! Meine Zeit in Dresden, an der Seite von Hermann Josef ist vorbei." Kurz halte ich inne, bevor ich meine Aussage etwas korrigiere. „Momentan sehe ich zumindest keinen Grund für mich, länger in Dresden zu leben, obwohl die Stadt mir gefällt und ich mich hier wohlfühle."

„Wer tröstet schon besser bei Liebeskummer als die besten Freundinnen? Mein Angebot, wieder zusammenzuwohnen, gilt", fügt Lotte strahlend nach. „Ich freue mich wirklich sehr auf dich!"

Huch, so überlege ich schlagartig, das läuft jetzt aber in eine falsche Richtung. Lotte, so ist mir bekannt, lebt mit Franz zusammen. Mit ihm unter einem Dach zu leben, kann und will ich mir nicht ausmalen. Als Ersatz für Franz möchte ich auch nicht in Lottes Reich einziehen. Das würde für eine begrenzte Zeit gutgehen. „Wir lassen jetzt erst einmal etwas Zeit verstreichen. Ich muss noch einiges regeln und für mich klären. Dein Angebot ist sehr lieb gemeint", mit diesen Worten lasse ich mir alles offen. Petras Blick verrät mir, sie hat mich verstanden.

Lotte

Der nächste Tag

Vor dem Frühstück luge ich auf meine E-Mails und erkenne sogleich den Absender von Vincenz. Freudig öffne ich seine Nachricht.

Wie ich lesen kann, sorgt er sich um mich. Bei dem Gedanken wird mir warm ums Herz. Mir tut sein Verhalten wirklich gut. Schon am gestrigen Abend war eine kleine E-Mail von Vincenz eingegangen. Erstaunlich, wie hartnäckig er bleibt, wenn er ein Ziel verfolgt.

Im gleichen Augenblick fällt mir ein, ich werde Vincenz am heutigen Abend bei der Vernissage von Anton Wall sehen. Mich erfreut diese Aussicht. Wahrscheinlich möchte mein väterlicher Freund sogleich wissen, was genau mit Franz und mir passiert ist. Vieler Worte über meine Situation bedarf es sicherlich nicht.

Wie ich Anton kenne, wird er noch gestern Abend Vincenz alles erzählt haben. Peinlich sind mir jetzt die Schilderungen über den Einsatz mit der roten Wäsche. Nein, nicht nur das ist es, was mich ärgert. Anton Wall wird diese kleine Einlage von mir, so wie ich ihn einschätze, noch mit rosigen Worten ausgeschmückt haben.

Noch einmal kommt mir die Begegnung mit Anton am gestrigen Tag im Zugabteil vor mein geistiges Auge. Kurz wünsche ich mir, es sei nur ein Traum gewesen. Ich zucke unweigerlich mit der Schulter. Tatsache jedoch ist, der Wahrheit kann ich nicht entfliehen.

Mich bringt mein Grübeln nicht weiter, daher widme ich mich den anderen E-Mails, die eingegangen sind. Ich stutze, erkenne ich doch einen Absender, der mich ebenfalls neugierig macht. Dr. Peter Schön. Rasch öffne ich seine Mail und fange sogleich an zu lesen. Seine kleine Nachricht bringt mich zum Schmunzeln. Länger als ich möchte, verharre ich vor dem Laptop und stelle mir ein Treffen mit diesem Mann vor. Abwechslung zu meinem Alltag, so meine Motivation, kann nur guttun.

Meine Entscheidung, ihm sogleich zu antworten, ist gefällt.

Lieber Dr. Schön,

Ihr Angebot, mich zu therapieren, habe ich mit einem Grinsen aufgenommen. Ich werde Sie besuchen, nicht als Ihre Patientin, zunächst einfach als Lotte Wolke, die ihre Neugierde auf den Verfasser dieses Angebotes stillen und den Absender persönlich kennenlernen möchte. Wir treffen uns, wie von Ihnen vorgeschlagen, um 18 Uhr. Normalerweise gebe ich um diese Uhrzeit dem Drang nach Essen nach. Für meine Therapiestunde mache ich eine Ausnahme und hoffe inbrünstig, mein Magen knurrt nicht in Ihrem Beisein.

Mit sonnigen Grüßen
Lotte Wolke"

Ich drücke auf Senden und lache in mich hinein. Im Anschluss eile ich in das Badezimmer von Karin, dusche rasch, lege noch Rouge auf meine Wangen, schenke meinen Lippen etwas Farbe und tusche meine Wimpern. Für meine Verschönerung habe ich kaum fünfzehn Minuten gebraucht. Mit noch feuchtem Haar eile ich zurück zum Sofa, das für diese Nacht mein Schlafplatz war. Von der Küche höre ich Geräusche, der Duft von Kaffee verbreitet sich in der Wohnung. Das Signal für den Eingang einer neuen E-Mail kommt, als ich gerade meine Schminktasche wieder verschließe. Aufgeregt schiele ich auf den Absender und stelle freudig fest, Dr. Peter Schön hat schon auf meine Worte reagiert. Gut, der Mann scheint sich für mich zu interessieren. Zufrieden fange ich an zu lesen.

Liebe Frau Wolke,

darf ich Sie zu einem gemütlichen Abendessen bei meinem Lieblingsitaliener einladen? Unter keinen Umständen möchte ich das erste Zusammentreffen durch eine Unterzuckerung Ihrerseits frühzeitig beenden müssen.

Jetzt muss ich in meine Praxis und mich um die Menschen kümmern, die sich gerne von mir therapieren lassen und mir ihr Vertrauen schenken.

Ihr
Peter

Huch, so denke ich nach dem Lesen, eine kleine Spitze war nicht zu überlesen. Innerlich freue ich mich aber über seine Worte und die damit verbundene Einladung zum Italiener. Besonders gefallen hat mir, er ist am Ende seiner Zeilen auf ein vertrauteres Peter übergegangen und hat den Doktor weggelassen. Meine Neugierde kann ich nun nicht mehr verbergen und gebe Doktor Peter Schön in die Suchmaschine bei Google ein. Die Nachrichten sprudeln auf und im Nu fallen sie in meine Augen. Auf Bilder drücke ich, um meine Neugierde nach dem Äußeren des Mannes zu stillen.

„Wow!", stoße ich spontan bei dem Anblick des Mannes aus, der mir in die Augen fällt. Mal in Jeans gekleidet und locker an einen Porsche gelehnt, dann wieder in einem schicken Anzug mit einem Glas Champagner in den Händen und im Kreise von anderen, sehr gut gekleideten Männern und Frauen.

„Wer ist der Mann?" Petras Stimme kann ihre Neugierde nicht verleugnen.

„Das Wort Privatsphäre kennst du wohl nicht?"

„Sieht verdammt gut aus! Du solltest jetzt aber in die Küche gehen, wir wollen gleich zu Karin fahren." Petra steht hinter mir, kaut hörbar auf einem Apfel herum. „Und wer oder was steckt hinter diesem tollen Mann?"

„Es ist alles noch ganz neu. Ich habe ihn gerade das erste Mal gegoogelt. Ich gebe zu, mir gefällt der Mann auch, jedenfalls rein optisch. Trotzdem frage ich mich, ob so ein Schönling an meine Seite, in mein altes Haus passen kann?"

Petra presst die Lippen aufeinander. „Hm, wieso nicht?"

„Meine bisherigen Errungenschaften sahen anders aus", muss ich zugeben.

„Wie schon betont, der Mann sieht gut aus, aber jetzt sollten wir an Karin denken."

Wir haben Karin versprochen, sie aus dem Krankenhaus abzuholen, das habe ich tatsächlich kurz vergessen. Mit schnellen Schritten gehe ich in die Küche.

Im Stehen trinke ich meinen Kaffee, den Ina für uns vorbereitet hat. Beim Trinken lese ich die neuen Zeilen von Vincenz. „Welche Neuigkeiten er nur meint?"

Petra, die schon mit ihrem Kaffee fertig ist, ihre Lippen nachgezogen hat und vor Frische strahlt, kommt an meine Seite und liest die Worte von Vincenz.

„Du hast solch ein Glück mit deinem väterlichen Freund. Jetzt musst du dich aber sputen, wir sollten pünktlich bei Karin sein."

Meine Schuhe ziehe ich rasch über. Im Flur angele ich noch meine Jacke von der Garderobe, da ertönt die Stimme von Petra erneut, das Taxi sei vor der Tür. Beim Verlassen der Wohnung huscht noch einmal mein Blick zurück ins Innere. So wie Karin jetzt lebt, das wäre nichts für mich. Mir ist die Einrichtung viel zu modern. Alles ist in Weiß gehalten, wirkt steril und kalt auf mich.

„Wie findet ihr die Wohnung von Karin?“, will ich im Taxi von Ina und Petra wissen. Ina, das war zu erwarten, kann ebenfalls keinen Gefallen an der Wohnung finden. Petra jedoch kommt ins Schwärmen. „Wenn ich das nötige Geld hätte, mir würde die Einrichtung richtig gut gefallen. Karin zeigt Geschmack.“

Ina und ich reagieren mit Schweigen, was Petra nicht stört. „Für ein Leben mit Kindern eignet sich die Einrichtung natürlich weniger“, fügt sie nachdenklich nach. Nach ihren Worten herrscht abermals Schweigen. Vor dem Krankenhaus angekommen, klingelt mein Handy. „Es ist Franz“, gebe ich meinen Freundinnen Auskunft und eile aus dem Wagen auf die Straße. Zeitgleich nehme ich das Telefonat entgegen.

Wie zu erwarten war, überschüttet Franz mich mit Vorwürfen.

„Vorgestern am Abend ziehst doch noch die große Nummer vom Straßenstrich durch und am nächsten Morgen bist du verschwunden“, blafft er mich an.

„Karin hat ihr Baby verloren!“

„Oh, das ist etwas anderes“, räumt Franz sogleich in einem ruhigeren Tonfall ein. Wieder so eine Situation, die mir nicht gefällt. Meine Stimme ist aufgebracht, meine Gedanken tanzen Purzelbaum in meinem Kopf. Ich frage mich, wo mich die Reise mit Franz noch hinführt und ob es noch einen Sinn gibt, mit ihm weiterhin zusammenzuleben? Selbst der Gedanke, ihn jetzt aus meinem Haus zu werfen, kommt mir in den Kopf.

„Das tut mir sehr leid“, höre ich wie von einem anderen Stern die sanfte Antwort von Franz. In seiner Stimme klingt kein Groll mehr mit, kein Vorwurf. „Lotte? Kann ich etwas für dich tun?“

Verunsichert blicke ich zurück zu der Stelle, wo ich vorhin aus dem Taxi gestiegen bin und erblicke meine Freundinnen, die auf mich warten. „Lotte? Warum antwortest du mir nicht?“

„Weil ich dich gerade nicht mehr verstehe, Franz. Du kannst so lieb sein, so zärtlich und ich sehne mich auch noch immer nach dir und deiner Zärtlichkeit …“, ich komme ins Stocken, „nur die andere Seite von dir, Franz, die raue Seite, damit komme ich nicht mehr zurecht.“

Ich schaffe es, das Telefonat dann doch noch ohne weitere Vorwürfe zu beenden. Franz erzählt mir kurz von Problemen auf seiner Arbeit und entschuldigt sich für sein vorgestriges Verhalten. Ich nehme es ohne große Worte auf. Auf meiner Zunge liegen Fragen, wie: Wenn du Ärger auf der Arbeit hast, warum redest du dann nicht mit mir, in Ruhe? Wieso gehst du hart mit mir um und demütigst mich auch noch? All diese Fragen behalte ich in meinem Kopf, schlucke sie sozusagen runter und verspreche stattdessen, nach meiner Rückkehr in Ruhe mit Franz zu reden. Die jetzige Situation setzt mir zu, ich fühle einen Druck in mir. „Wir werden reden. Versprochen! Jetzt muss ich aber zu Karin gehen.“ Es ist mein gutes Recht, so meine Überlegung, in dieser Situation nur an Karin zu denken und von Franz Rücksichtnahme zu fordern. Petra und Ina blicken mich mit deutlichem Interesse an, als ich wieder auf sie zugehe.

„Wir reden später“, gehe ich weiter auf die Pforte des Krankenhauses zu.

Petra

Lotte ist nach dem Telefonat durch den Wind. Mit hängenden Schultern kommt sie zurück zu Ina und mir. Am liebsten würde ich jetzt mit der Freundin einen Kaffee trinken und reden. Doch mir ist bewusst, Karin wartet auf uns und ihr geht es im Moment noch schlechter als Lotte, auch wenn sie uns etwas anderes vormachen möchte. Die letzten Meter bis zum Krankenzimmer beschreite ich direkt an Lottes Seite.

„Selbstmitleid ist keine Lösung. Lass dich nicht unterkriegen! Wir werden später über deinen Kummer reden, ja?"

Lotte blickt mich von der Seite dankbar an. Ihre Augen sind rot. „Schon gut, wir reden später." Zeit zu weiteren Fragen finde ich nicht, wir stehen bereits vor Karins Zimmer und Ina hat schon die Hand auf der Klinke.

„Na, endlich!" Karins Stimme fliegt uns entgegen. „Ich kann diese Krankenhausluft nicht mehr ertragen. Am liebsten möchte ich jetzt eine kleine Runde durch die Stadt gehen", begrüßt Karin uns. Sie sitzt auf dem Bett, die Beine baumeln ungeduldig hin und her. Karin scheint es wirklich eilig zu haben, das Krankenhaus zu verlassen.

„Hast du an ein frisches Kleid für mich gedacht?" Ihre Frage ist vom Grunde unnötig. Auf Ina ist Verlass. Sie hat sogar zwei Kleider eingepackt, damit sich Karin etwas aussuchen kann.

„Gute Idee!", schnappt sich Karin beide Kleider und eilt in das kleine Badezimmer.

„Begleitet ihr mich auf einen Kaffee in mein Lieblingslokal?", steht sie zehn Minuten später wieder vor uns. Wirklich verwundert über ihr Verhalten bin ich nicht. Es ist nun einmal ihre Art, Problemen zu begegnen und diese mit Optimismus zu verdrängen. Rasch packen wir die wenigen Teile von Karin, die noch im Schrank liegen, in eine Tasche.

„Wie schön das Wetter heute ist. Genau richtig für einen Bummel durch die Stadt“, betont aufgedreht zieht Karin uns zurück auf die Straße. Ich gebe mich geschlagen und nicke meine Zustimmung in Richtung Karin, nachdem auch Ina eingestimmt hat, sie in ihr Lieblingslokal zu begleiten. Lotte trottet hinter uns her, schweigsam. Ihre Augen sind wieder rot vom neuerlichen Weinen.

„Ist es zu viel verlangt, die wahre Liebe zu finden?“ Plötzlich bleibt die Freundin stehen. Wir drehen uns nach ihr um. Lottes Worte sprudeln aus ihrem Mund. „Am meisten empört mich, wir haben schon über Heiraten gesprochen. Verstehe einer die Männer!“ Lotte wartet nicht auf eine Reaktion unsererseits, sie spricht einfach weiter: „Wenn ich mich hier in der Stadt so umsehe, überall begegnen mir Paare. Allem Anschein nach sind sie glücklich. Wieso ist mir keine glückliche Beziehung zu einem netten und liebevollen Mann vergönnt?“

„Da vorne ist das Café. Komm, Lotte“, hakt Karin sich bei Lotte unter und zieht sie mit ins Innere. Kaum, dass wir gemeinsam an einem Tisch sitzen, fängt Lotte wieder an zu jammern.

„Und wer ist der Mann, den du heute Morgen gegoogelt hast?“ Ich kann meine Neugierde nicht länger verdrängen. „So unglücklich sahst du nicht aus, als du sein Foto gegoogelt hast.“ Lotte winkt sogleich ab. „Das ist eine lange Geschichte. Im Moment ist Franz mein Problem und nicht dieser Psychologe.“

„Oh! Was für ein Psychologe?“ Jetzt ist auch Karin voller Neugierde. „Das wäre vielleicht auch ein positiver Einfluss für meine Genesung.“

„Hör zu, Lotte!“ Ina wirkt angespannt. „Wir hatten diese Aktion Männer doch schon einmal. Was ich davon halte, solltest du noch in Erinnerung haben.“

Meiner Meinung nach war Ina sehr direkt mit ihrer Äußerung. Unrecht hat sie nicht, das gebe ich zu. Mir ist nicht nach einer negativen Stimmung und so lasse ich meinen Blick durch das Lokal wandern. Erneut empfinde ich Respekt vor Karins Geschmack. In ihrer Welt würde ich mich wohlfühlen. „Mir war bei unseren ersten Begegnungen nicht bewusst, wie modern du bist“, blicke ich zu Karin und schaffe es tatsächlich, das Thema zu wechseln.

Karin kichert. „Mein neues Leben und der neue Stil kosten auch etwas mehr als ich mir früher zugetraut habe auszugeben.“

„Du kommst aber trotzdem zurück nach Bremberg?“ Lotte blickt Karin sehnsüchtig an. „Das hast du doch ernst gemeint?“, fügt sie hastig nach.

„Wer weiß? Im Augenblick kann ich keine Planung vornehmen. Eine räumliche Veränderung wäre bestimmt von Vorteil.“ Bemüht selbstbewusst lächelt Karin in die kleine Runde.

„Du kannst wieder bei mir einziehen, das wäre doch schön! Außerdem hast du doch gestern schon davon gesprochen.“

In mir klingen sämtliche Alarmglocken. Karin scheint auch den Unterton aus Lottes Worten verstanden zu haben. „Ich schaue erstmal, was kommt.“

„Lotte, willst du dich von Franz trennen?“ Diese Frage kommt aus meinem Mund. Ich habe nur gesagt, was alle hier denken.

„Wer weiß? Wir wollen noch einmal in Ruhe miteinander reden. Nur so, wie sich gerade alles anfühlt in mir, diese Enttäuschung und Leere, ist der Gedanke an eine Trennung nicht auszuschließen.“

Lotte, das ist ihr anzusehen, ist nicht stolz darauf. Sie sitzt mit hängenden Schultern neben uns. Ina bestellt vier Kakao mit Sahne. „Als Seelentröster“, wie sie betont. Die nächsten Minuten gehört unsere komplette Aufmerksamkeit Lotte und ihrem Privatleben. Hat sie uns zuvor schon mit Andeutungen von sich und Franz teilhaben lassen, so geht sie jetzt in die Tiefe ihrer Beziehung. Mir ist es zunächst nicht recht. Ich denke mir, Karin braucht jetzt unsere Aufmerksamkeit. Doch ich merke rasch, ihr tut die Ablenkung gut.

„Überlege dir die nächsten Tage genau, was du willst, Lotte. Im letzten Jahr galt Franz noch deine ganze Sehnsucht", kommt ein wohlgemeinter Ratschlag von Ina, den ich ausnahmsweise komplett unterstütze. Nervös sitzt Lotte nun vor uns. Sie schweigt und faltet ihre Hände auf dem Tisch. „Mein Leben ist gerade ein Alptraum."

„Denke an den Psychologen! Wir könnten doch gemeinsam zu ihm gehen", wirft Karin in die Runde. Ihre Worte lassen uns nachdenklich werden. Für diesen Moment ist jede von uns Freundinnen in sich gekehrt. Schweigsam beobachte ich die Bedienung, die den Kakao vor uns abstellt.

„Es riecht so wunderbar", unterbricht Karin die Stille. Meine Freundinnen nippen sogleich versonnen an dem Kakao mit Sahne.

„Schmeckt köstlich", lobt Ina die kleine Fülle an Kalorien. Lotte, so kann ich sehen, schließt kurz ihre Augen. „Tut das jetzt gut!", schwärmt auch sie.

Zu einem Nippen raffe ich mich nach ihren Worten auch auf. „Ist mir zu süß", gebe ich offen kund und verziehe kurz mein Gesicht. Zeitgleich könnte mir aber auf die Lippen beißen, nicht geschwiegen zu haben. Rasch lächele ich in die Runde. „War nur ein Scherz", werfe ich schnell ein. Meine Freundinnen sind gerade über den Kakao mit Sahne am Schwelgen und finden für diesen Seelentröster die schönsten Worte. Freudig nehme ich zur Kenntnis, meine harschen Worte haben wenig Anklang gefunden. Schokolade scheint tatsächlich glücklich zu machen, was mir ein Blick in die Runde zeigt.

„Ich möchte mich jetzt etwas ausruhen und später in meinem Badezimmer duschen, bevor wir gemeinsam zu der Vernissage von Anton Wall gehen. Ich freue mich auf den Abend“, beendet Karin unverhofft unsere kleine Runde.

„Ist bestimmt eine gute Idee von dir. Ruh dich aus und wenn etwas sein sollte, ruf uns an“, bemühe ich mich, mein unangenehmes Gefühl von vorhin zu überspielen. Karin, das fällt mir erneut auf, ist blass. Sie wird müde sein, überlege ich. Unter ihren Augen liegt ein Schatten, was mir nicht entgangen ist. „Du kannst dir aus meiner Tasche die Gesichtsmaske rausnehmen.“

Karin hebt ihren Daumen in meine Richtung. „Keine Trübsal! Ihr seht euch noch die Stadt an und wir treffen uns später bei mir in der Wohnung. Ich werde mir ein Taxi nehmen“, die Stimme von Karin klingt fest, wir lassen sie ziehen. Irgendwie wirkt sie bestimmend. Meine Angst, jetzt geht die Stimmung ganz in den Keller, ist unbegründet. Zu meiner Freude kann ich Ina und Lotte zu einem kleinen Einkaufsbummel überreden.

„Mir fehlt noch das richtige Outfit für den heutigen Abend“, teile ich mit einem Blick auf meine Armbanduhr mit. „Wir sind gut in der Zeit“, blicke ich fragend auf die anderen zwei. Beide nicken zustimmend. Ich übernehme die Rechnung und wir verlassen das Café.

„Du hast doch mehr Garderobe dabei als hier in jeder Boutique vorrätig ist.“ Die liebe Ina muss mir einmal mehr einen kleinen Seitenhieb verpassen. Das finde ich nicht gut von ihr, ignoriere es aber wie so oft schon.

Vor einem großen Schaufenster bleibe ich lachend stehen. „Das müsst ihr euch ansehen!“, pruste ich los. Lotte versteht sehr schnell, was ich meine.

„Ich soll mir dieses Teil kaufen? Und für wen? Soll ich am Abend eine Einlage als Model für meine Freundinnen geben?

Für die Vernissage scheint das Teil auch nicht das richtige Outfit zu sein." Lotte lacht, was mir gefällt. Offensichtlich ist es mir gelungen, sie aufzumuntern. Kurz umarme ich die Freundin. Diese kleine Geste der Freundschaft, so kann ich sehen, hat Lotte gefallen.

„Sei nicht zu albern!" Ina verzieht kurz ihr Gesicht beim Anblick des sexy Overalls, den ich in dem Schaufenster entdeckt habe.

„Da kann Lotte ja gleich ihre Brüste frei lassen", gibt sie zum Besten, was mir eine neuerliche Vorlage zum Lachen bietet.

Einige Passanten drehen sich nach uns um, mir ist es gerade egal.

Zwei Geschäfte weiter erblicke ich in einem Schaufenster meinen Traum in Rot. „Das ist mein Kleid!" Meine Stimme überschlägt sich vor Freude. Lotte kommt näher und nickt anerkennend. „Dann lass deinen Worten Taten folgen und probiere es an. Wenn das hübsche Teil jemandem steht, dann dir, Petra."

Auf dem Weg in das Innere der Boutique höre ich noch Ina und ihre Bedenken, das Kleid wäre frivol. Ich ignoriere auch diese Worte meiner Freundin. Kaufbereit und voller Vorfreude frage ich die Verkäuferin nach meiner Größe. Kurz mustert sie mich von oben bis unten.

„Das Kleid im Schaufenster ist unser letztes Stück, es dürfte aber Ihre Größe haben."

Sie verschwindet hinter einer kleinen Abtrennung und ich ahne, sie hantiert nun im Schaufenster an der Puppe herum.

„Traumhaft! Petra! Du siehst so wunderschön aus", Lotte schwärmt in den höchsten Tönen, als ich wenig später aus der Kabine komme. Zugeben darf ich, mein Spiegelbild gefällt mir selbst, in dem Kleid fühle ich mich wohl.

„Es sitzt perfekt an Ihnen", fügt die Verkäuferin nach. In ihren Händen hält sie ein Paar rote Pumps. „Diese Pumps sind ein Muss zu dem Kleid“, drängt sie mich zur Anprobe. Sie weiß genau, wie sie Frauen zum Kaufen animieren kann, denke ich und schlüpfe in die Pumps.

„Das hat ja lange gedauert“, nörgelnd treffen wir Minuten später wieder auf Ina, die es vorgezogen hatte, vor der Boutique auf einer Bank zu warten. „Der Tüte in deinen Händen nach zu urteilen, scheinst du erfolgreich gewesen zu sein.“ Ihre Stimme klingt bissig. Mir ist schon in diesem Augenblick bewusst, Ina legt noch ein Brikett an Bissigkeit nach. Ich sollte recht behalten.

„Mit einem roten Kleid sucht Frau die Aufmerksamkeit der Männer. Bist du mit meinem Marc nicht mehr zufrieden?“

Mir liegt schon die passende Antwort auf der Zunge. Nur Lotte ist es zu verdanken, dass ich nicht ausspreche, was ich möchte.

„Los! Ich möchte auch noch etwas Neues für die Vernissage zum Anziehen finden“, zieht sie uns weiter. Links hakt sich Lotte bei mir und rechts bei Ina unter. Auf Fremde müssen wir sehr harmonisch wirken. Wie sehr doch ein Bild täuschen kann, sinniere ich beim Weitergehen.

Die Lust am kleinen Einkaufsbummel möchte ich mir nicht nehmen lassen, daher lasse ich mich von Lotte ablenken. Nach wenigen Schritten bleibt sie stehen und zeigt auf einen Overall in einem der Schaufenster direkt vor uns.

„Da passe ich niemals hinein“, klagt Lotte unvermittelt.

„Warum gehen wir nicht in die Boutique und fragen nach einer Größe für dich?“ Mein Optimismus steckt Lotte an. Ina möchte erneut vor der Türe warten, was Lotte nicht zulässt. „Mitgegangen, mitgehangen“, zieht sie Ina mit in das Innere.

„Am klügsten ist es wohl, in den sauren Apfel zu beißen“, läuft sie uns nach. Die wunderschönen Auslagen fesseln uns drei Freundinnen gleichermaßen. Rasch angelt jede von uns ein Teil ihrer Begierde und verschwindet in eine der Umkleidekabinen. Lotte wirkt wie aufgeblüht. Ein feines Lächeln erhellt ihr Gesicht. Auch Ina findet Gefallen an den hübschen Teilen. Ein Grinsen kann ich mir nicht verkneifen, Ina kauft sich gleich zwei neue Teile und strahlt über das ganze Gesicht.

Karin

Die kleine Pause hat mir gutgetan. Mein Körper ist doch noch geschwächt von den Ereignissen. Als ich meine Augen öffne ist es erst drei Uhr am Nachmittag. Meine Freundinnen sind noch unterwegs und ich will die verbleibende Zeit bis zu der Vernissage für eine Dusche nutzen. Meinen Haaren gönne ich eine extra Portion Pflege. Mein Blick huscht über das sündhaft teure Gel, das ich mir für besondere Anlässe aufhebe. „Du bist es dir wert", ermutige ich mich selbst mit einem Spruch aus der Werbung und greife zu dem gut riechenden Gel. Ich seife meinen Körper huldvoll damit ein und spüre, wie ich anfange loszulassen, ein wenig entspannen kann.

Auch um 17.00 Uhr sind meine Freundinnen noch nicht wieder zurück. Unschlüssig stehe ich vor meinem Kleiderschrank, greife immer wieder nach einem neuen Kleidungsstück.

Letztlich entscheide ich mich für einen schwarzen Hosenanzug. Dazu wähle ich hohe Pumps in Rot. Ein rotes Seidenhemd streife ich über und erfreue mich an dem Effekt, nachdem ich den Blazer darüber gezogen habe. Ein Hauch von dem Seidenhemd blitzt aus meinem üppigen Ausschnitt. Die Farbe lenkt ein wenig von meinem Gesicht ab. Trotz Gesichtsmaske und Schminke kann ich nicht verbergen, angeschlagen zu sein. Trotzdem, wer mich nicht kennt, wird am heutigen Abend nur das Schöne erkennen. Zufrieden drehe ich mich vor meinem Spiegel, als meine Freundinnen endlich meine Wohnung betreten.

„Wow! Du siehst wunderschön aus", eilt Petra mir mit ausgestreckten Armen entgegen. In jeder Hand hält sie eine Papiertüte. Irgendwie wirkt sie amüsiert.

„An Dresden könnte ich mich gewöhnen."

„Ihr wart erfolgreich shoppen?", grinse ich sie an. Auch Lotte und Ina haben Tüten in ihren Händen.

„Wer geht zuerst ins Bad?“ Petra wartet nicht auf eine Antwort. Sie eilt an mir vorbei und wir sehen ihr nach. Die Tür von meinem Badezimmer geht zu und ich bin wieder mit meinen Gedanken bei Ina und Lotte. „Los, ich möchte sehen, was ihr gekauft habt!“

Wie früher haben wir uns auf den Boden gesetzt und uns die neuen Errungenschaften angesehen. „Ich bin begeistert!“ Meine Meinung ist ehrlich. Beide Freundinnen haben ein hübsches Outfit für den Abend gefunden. Inas Kostüm wirkt zunächst bieder, kann aber angezogen ganz anders wirken, denke ich mir. Sie sieht so stolz aus, ihre Augen strahlen vor Vorfreude.

Pünktlich um 19 Uhr stehen wir vor der Anschrift, die Anton Wall den anderen im Zug noch aufgeschrieben hatte. Von innen hören wir schon Stimmen, die auf einen regen Zuspruch hinweisen.

„Anton Wall ist als Künstler inzwischen eine Größe“, zieht Petra uns mit ins Innere. Ihr rotes Kleid sitzt wie eine zweite Haut und lässt ihre Figur nicht mehr nur erahnen. Meine Freundin, so überlege ich, sieht klasse aus. Meine letzte Diät habe ich durch die Schwangerschaft abgebrochen. Es ist an der Zeit, wieder mehr für mich zu tun, wird mir bewusst, während ich hinter Petra auf den Künstler zu eile. Auch eine erneute Mitgliedschaft in einem Sportstudio erwäge ich in diesen Sekunden.

Aus dem Augenwinkel sehe ich Vincenz. Leicht gebräunt und in seinem weißen Jackett sieht er blendend aus. Ich hebe meine Hand zum Gruß. Vincenz wirft mir einen Handkuss zurück. Ganz der Gentlemen.

Während Petra den Künstler auf die linke und rechte Wange küsst, sich in ihrem Kleid bewundern lässt, kommt Vincenz auf mich zu.

„Karin!" Direkt vor mir bleibt er stehen. Ohne weitere Worte legt er seine Hände auf meine Schultern. „Mir ist zu Ohren gekommen, liebe Karin, was passiert ist." Unvermittelt gehe ich einen Schritt zurück, löse mich aus seiner Nähe. Vincenz kommt mir erneut entgegen.

„Wir reden heute nicht mehr darüber. Ich freue mich von Herzen, dich zu sehen. Karin, du siehst wunderschön aus."

Diese Worte stimmen mich milde und ich hauche ihm einen Kuss auf seine linke Wange. Erleichtert bin ich darüber, dass er nicht nach seinem Neffen fragt. Hermann Josef hat sich heute noch nicht bei mir gemeldet, nicht wirklich. Eine Nachricht von ihm war auf meinem Handy eingegangen. Er schrieb: *Das Geschäft läuft gut! Bin auf dem richtigen Weg in die Zielgerade, HvB.*

Das war nicht gerade die Art von Nachricht, auf die ich gewartet und gehofft habe. Nun ja, überlege ich beim Betrachten der farbenfrohen Gemälde, ich wusste von Anfang an, worauf ich mich mit ihm einlasse. Den wirklich umsorgenden Partner hat Hermann Josef niemals vorgetäuscht. Ich wollte sehen, was es nicht gab und bin auf meine Nase gefallen. Auf einmal sehe ich alles aus einem anderen Blickwinkel heraus. Mir ist es ein Rätsel, wie ich die Wahrheit so lange habe ausblenden können.

„Sie gefallen Ihnen, meine Kunstobjekte?" Anton Wall steht neben mir. Wie aus dem Nichts ist er an meiner Seite aufgetaucht. Seine lockere Art zu plaudern, er führt mich ungefragt in seine Gedanken beim Erschaffen des Gemäldes ein, tut mir gut. Ich fange an zu lachen und von irgendwo bekomme ich ein Glas Sekt mit Orangensaft in meine Hände gedrückt.

„Ihr Lachen wirkt inspirierend auf mich. Sie müssen mich unbedingt in meinem Atelier in Frankfurt besuchen", schwärmt Anton von mir. Ich bin gerührt. Dann hält er strahlend sein Glas mit Champagner hoch, bittet mich mit ihm anzustoßen. „Liebste Karin", haucht er mir später einen Kuss auf meine Wange, „wir gehen ab heute auf ein vertrautes Du über."

„Anton, du bist ein Mann zum Verlieben", scherze ich. Kurz hält mein neuer Duzfreund inne.

„Für mich wäre jetzt ein impotenter Mann der Richtige", füge ich offen nach. Ein Hüsteln kann Anton nicht mehr unterdrücken, jetzt habe ich ihn richtig verwirrt. „Meine liebe Karin, du bist immer für eine Überraschung gut!"

Bevor ich mit meinen Wünschen in Sachen Beziehung und Mann nachlegen kann, verschwindet Anton zu den nächsten Gästen. Ich blicke ihm versonnen nach. Wie ein Paradiesvogel schwebt er durch die Räumlichkeiten seiner Ausstellung.

Ina, so sehe ich später, unterhält sich prima mit Vincenz. An seiner Seite weilt auch Lotte. Neben Vincenz wirkt sie gelöst, was mich ein wenig beruhigt. Ich selbst spüre ebenfalls, wie gut mir der heutige Abend und die damit verbundene Abwechslung tun. Mir imponieren besonders die neuen Gemälde von Anton. Zufrieden durchschreite ich die Vernissage.

„Bei diesem Gemälde kann ich den Künstler nicht so richtig verstehen", höre ich mit einem Male eine Stimme neben mir. Irritiert blicke ich den Mann an, der diese Worte ausgesprochen hat. Er ist mir nicht bekannt, überlege ich kurz. Vermutlich sucht er nur einen Gesprächspartner oder es liegt an der angenehmen Atmosphäre, die in diesen Räumlichkeiten liegt.

„Anton Wall, so habe ich inzwischen begriffen, hegt bei seinen Arbeiten immer eine ganz eigenwillige Eingebung, die er in die jeweiligen Exponate einarbeitet", antworte ich.

Mein neuer Gesprächspartner blickt mich anerkennend an. „Sie kennen den Künstler also persönlich?“

Ich versuche völlig gleichgültig zu antworten: „Schon eine Weile.“

„Dann können Sie mir sicherlich erklären, was Anton Wall sich bei diesem Gemälde gedacht hat.“

Mein Blick wandert verunsichert umher, ich bin auf der Suche nach Anton Wall. Jetzt verliere ich doch schon ein wenig meine Nerven.

„Das ist ja“, ich halte inne, mein Blick liegt auf einem anderen Gemälde, das ich schon kenne. Ohne auf den Herren weiter einzugehen, schreite ich zu dem Gemälde. „Lydia Lowere“, raune ich verwundert beim Anblick der mir so bekannten Persönlichkeit.

„Die Ähnlichkeit zu dem Gemälde in Lottes Café lässt sich nicht bestreiten, oder?“, mit einem Male weilt Anton an meiner Seite.

„Wieso hängt hier das Konterfei von Lydia Lowere?“ Meine Frage schwingt durch den Raum. Meine Stimme war etwas zu laut geworden, die Menschen um uns herum dafür umso stiller. Alle Augen sind jetzt auf Anton Wall gerichtet. Wir beide stehen gemeinsam vor dem Bild.

„Meine verehrten Gäste, Kunstkenner und Neulinge! Sie alle sind mir herzlich willkommen!“ Applaus löst die Stille ab. Vincenz, Lotte und Ina kommen auch näher. Lotte ist ganz fasziniert von dem Gemälde. Sie eilt auf Anton zu, umarmt ihn unvermittelt, dreht sich zu der Menge um und sagt: „Lydia Lowere, meine Tante!“ Wieder ertönt Applaus. Aus dem Augenwinkel erkenne ich den Herren in der ersten Reihe stehen, der mich zuvor angesprochen hat. Sein Blick haftet auf mir, was mich wundert.

„Ohne die Begegnung mit Lydia Lowere wäre mein Leben in der Eintönigkeit versunken“, theatralisch wählt Anton Wall seine Worte. Die Menschen hängen an seinen Lippen, saugen ihm sprichwörtlich jedes Wort aus dem Mund.

„Ich lebe in ihrer alten Villa. Meine Schaffenskraft wird in den Räumlichkeiten verstärkt, meine Sinne werden verfeinert. Überall schwebt noch der Geist von Lydia Lowere und es scheint mir gut zu tun, ihr so nahe zu sein.“

Wieder folgt Schweigen des Künstlers, das mit Applaus belohnt wird. Unverhofft dreht sich Anton Wall zu mir um, legt erst eine Hand auf meine Schulter, dann seine zweite auf die andere Schulter und dreht mich sanft zu dem Bild um. „Karin ist für mich eine Frau mit hohem Kunstverständnis“, verwundert höre ich seine Worte. „Sie wird Ihnen jetzt sagen, was mich bei meiner Arbeit bewegt hat!“

Raunen dringt an meine Ohren. Vielleicht ist es aber nur die Aufregung, die mir einen Streich spielt. Meine Beine, so glaube ich zumindest, wackeln, meine Wangen glühen. Einmal tief Luft holen, spreche ich mir selbst Mut zu.

„Moderne Kunst ist stärker als alles andere, was mir vor die Augen kommt“, meine Stimme ist klar und stark. Mir war nicht bewusst, mit wie viel Freude ich diese plötzliche Aufmerksamkeit aufnehmen würde. „Wer kennt es nicht? Diese einzigartigen Begegnungen, die neue Weichen im eigenen Leben stellen?“ Woher meine plötzliche Lust am Reden kommt, ich kann es nicht sagen. Mit einem Male bin ich in meinem Element. „Eine Verbindung von fantastischen und realistischen Zügen lassen sich in dem Gemälde sogleich erkennen. Für mich ist gerade dieses Gemälde ein Kunstwerk mit tiefer emotionaler Bedeutung. Ebenso ist es Anton Wall beim Malen ergangen. Von Lydia Lowere geht auch heute, nach ihrem Tod, noch ein Sog aus, der Menschen in seinen Bann zieht.“

In dem Versuch, selbstbewusst und trotzdem locker zu wirken, drehe ich mich zu der Menge um, strahle einen Moment Anton Wall an. Beherzt lächelt er mir zu.

„Weiter so, Karin!"

„Lydia Lowere hat das Leben geliebt, genau wie unser Künstler Anton Wall es tut. Ihre Art, die Großzügigkeit zu leben, hat unser Künstler in den gewählten Farben zum Ausdruck gebracht. Rot hat hier die Dominanz und verkörpert Selbstbewusstsein."

Ich halte kurz inne. Der aufkeimende Applaus lässt mich sogleich sachlich werden.

„Achten Sie nun auf die Farben im Hintergrund! Das schlichte Grau, es fällt uns erst auf den zweiten Blick auf. Vielmehr liegt die erste Aufmerksamkeit auf dem pechschwarzen Haar von Lydia Lowere. Alles an dieser Frau ist außergewöhnlich, schillernd, so ganz anders eben als …" Über zwanzig Minuten, so erfahre ich später, habe ich über den Künstler freigesprochen, seine Bilder, so wie sie auf mich wirken, interpretiert.

Als ich mit meinen Ausführungen fertig bin, höre ich wieder Applaus an meine Ohren klingen. Anton Wall kommt erneut zu mir, umarmt mich, haucht mir zwei Küsschen auf die Wangen. „Grandios, Karin! Ich habe es gewusst, du hast das richtige Auge für die Kunst!"

Das angenehme Gefühl, das mich gerade ergreift, es tut meiner wunden Seele gut.

Das Gemälde von Lydia Lowere hält mich noch länger gefesselt. Auch Vincenz, Ina und Lotte kommen und überhäufen mich mit Komplimenten.

„Wenn Anton mich so vor die Menge gestellt hätte, ich wäre davongelaufen", albert Lotte und prostet mir anerkennend zu.

„Vielleicht solltest du in die Kunst-Szene wechseln", schlägt Petra vor.

„Eigentlich sollte doch Vincenz die Laudatio auf Anton Wall halten", bringt Ina sich ein. Seit ich sie kenne, mosert sie herum. Alle Blicke hängen nun an Vincenz.

„Ja, zugegeben, ich habe in meiner Brusttasche einen vorbereiteten Text", er lacht und prostet uns zu. Erst dann spricht er weiter. „Meine Worte hätten nicht ausdrücken können, was Karin in ihrer spontanen Art gelungen ist. Mit klaren und verständlichen Worten hat sie uns allen die Kunst von Anton nähergebracht. Ich trinke auf unsere liebe Karin!"

Ich kann nicht glauben, was Vincenz gerade gesagt hat.

„Sie sind mir noch eine Antwort schuldig", höre ich eine mir nicht ganz unbekannte Stimme. Neben mir weilt wieder der Mann von vorhin. Irritiert sehe ich ihm in seine Augen, die mich freundlich anlächeln.

Vincenz scheint den Mann zu kennen, beide begrüßen sich höflich. Vincenz nickt mir kurz zu. Ich kann seine Andeutung nicht verstehen. „Können Sie mir jetzt eine Antwort geben?" Erneut lenkt der fremde Mann seine Aufmerksamkeit auf sich.

„Für mich liegt die Stärke in den gewählten Farben", fange ich kurze Zeit später eine weitere Interpretation an. Inzwischen stehe ich mit dem Mann vor dem anderen Gemälde, komme seinem hartnäckigen Wunsch nach. Geduldig hört er sich meine Interpretation an. „Mich interessiert auch Ihre Ansicht zu dem Gemälde", beende ich meine kleine private Ausführung.

Die Zeit scheint schnell zu vergehen. Die Unterhaltung mit diesem Mann tut mir gut. Als meine Freundinnen mich fragen, ob wir jetzt fahren, blicke ich überrascht auf meine Armbanduhr. Es ist fast Mitternacht.

„Ich bedauere es sehr, Sie jetzt gehen lassen zu müssen", sagt der nette Unbekannte.

„Wenn ich gewusst hätte, wie anregend die Unterhaltung mit Ihnen sein würde, ich hätte sie zu Anfang nicht so stehengelassen." Meine Worte sprudeln so aus mir heraus. Petra gibt mir einen Schubs, ich verabschiede mich mit einem Händeschütteln.

„Die Zeit scheint nur so verflogen zu sein", steige ich kurz darauf in ein Taxi. Petra kichert. „Dir hat der Mann heute Abend gutgetan, das ist im Moment das Wichtigste."

„Mir ist völlig entgangen, mich vorzustellen. Jetzt haben wir solange miteinander über die Kunst gesprochen und ich kenne nicht einmal seinen Namen."

Ina höre ich schnaufen. Sie scheint mein Verhalten vom heutigen Abend nicht zu billigen. „Darf ich mich nicht mehr mit einem fremden Mann unterhalten?", keife ich sie an. Petra verfällt unterdessen mit Lotte in ein Gespräch und so wird meine kleine Auseinandersetzung mit Ina gestoppt. Es ist auch besser so. Zu Hause angekommen überfällt mich Müdigkeit. Meine Freundinnen sind noch aufgedreht und holen aus meinem Kühlschrank eine Flasche Prosecco. „Chips liegen in der unteren Schublade", verabschiede ich mich zum Schlafen. Vom Bett aus kann ich hören, meine Freundinnen stoßen beherzt mit ihren Gläsern an, das Gespräch scheint angeregt zu verlaufen. Meine Augen sind schwer und kurz darauf falle ich einen wohlverdienten Schlaf.

Lotte

Beim Frühstück nehme ich all meinen Mut zusammen und erzähle meinen Freundinnen mehr von meinem Geheimnis.

„Du hast wieder Kontaktanzeigen geschrieben?“ Karin prustet los und ergänzt: „Mit Lotte an der Seite wird es wenigstens niemals langweilig.“

„Mein Leben scheint einmal mehr aus den Fugen geraten zu sein“, verteidige ich mich.

„Selbst schuld!“ Von Ina kommen Belehrungen, ich müsse doch noch in Erinnerung haben, was die letzte Ich-suche-einen-Mann-Aktion gebracht habe. „Nichts als Ärger!“, setzt sie bissig nach. „Du bist unverbesserlich, Lotte! Ich habe mich damals so für dich geschämt. Der ganze Ort hat über dich und den Einzug der wechselnden Männer geredet“, Ina kommt in Fahrt.

Aber damit nicht genug fügt sie nach: „Wie kannst du nur wieder von vorne damit anfangen?“ Inas Gesicht zeigt rote Pusteln.

„Nicht jede Frau findet auf dem normalen Weg einen Partner, so wie du, Ina.“

Karin lacht noch immer. „Zugegeben, ich war bei der ersten Aktion auch dabei. Es gab auch viele schöne Momente. Zumindest im Nachhinein sehe ich das so.“

Mein Blick sucht Petra. Sie ist unterdessen aufgestanden und hat neuen Kaffee aufgesetzt. Sie tut völlig gleichgültig. Von der Kaffeemaschine aus meint sie: „Es ist doch die Entscheidung von Lotte.“

Während Petra darauf wartet, dass der Kaffee durchgelaufen ist, kommt sie auf den Mann zu sprechen, den ich gestern gegoogelt habe. „Es gibt schon die ersten Kandidaten, mit denen du im Kontakt bist, oder?“

„Ja“, gebe ich verlegen Auskunft. „Zumindest mit einem der Männer bin ich schon im schriftlichen Austausch.“

“Dann sehe ich keinen Grund zum Jammern“, fügt Karin amüsiert an.

„Willst du uns nicht die Seite aufrufen und uns den Mann zeigen?“, schlägt Petra vor. Sie füllt zeitgleich die neuerliche Koffeinzuvor in eine Wärmekanne und kommt zum Tisch zurück. „Neugierig bin ich aber, was für Reaktionen du dieses Mal bekommen hast. Also auch von den anderen Männern.“ Petra schenkt unsere Tassen voll. „Die Briefe damals gemeinsam zu lesen, das hat Spaß gemacht.“

Erst, als Petra wieder auf ihrem Stuhl sitzt, rede ich.

„Mit Franz und mir läuft es nur im Bett gut. Alles, wirklich alles, was mit einem normalen Alltag zu tun hat, fehlt uns.“

Karin angelt sich ein zweites Brötchen aus dem Korb. „Sex ist aber auch eine schöne Basis für eine Beziehung. Stell dir nur einmal das Gegenteil von deiner Schilderung vor. Grauenvoll!“

Petra kichert und knabbert auf einem Stück Salatgurke herum. Ina rümpft ihre Nase, bleibt aber still, was mich wundert und zugleich freut.

„Ich möchte mehr, ist das so schwer zu verstehen? Mit euch kann ich stundenlang in meinem Garten sitzen, reden, klönen, Sekt trinken.“

„Es gibt immer Dinge, die Frau nur mit ihrer Freundin tun sollte“, höre ich Petras Worte. „Franz fesselt mich wirklich nur im Bett. Mir ist schon bewusst, einen Mann wie ihn, der mich sexuell so befriedigt, werde ich nicht mehr bekommen …“, ein Stöhnen kann ich mir nicht verkneifen.

„Dann lass deine Kontaktanzeigen endlich sein!“ Ina hat zu ihrer Stimme zurückgefunden. „Als ob das Glück für dich unbedingt mit einem Mann verbunden sein muss.“

Während auch ich mir noch ein zweites Brötchen aus dem Korb nehme, will Karin mehr von meiner neuerlichen Aktion wissen. „Wie lautet deine Anzeige?“ Verlegen blicke ich auf meinen Brötchenteller. Erst die zweite Aufforderung meiner Freundin lässt mich antworten.

„Suche impotenten Freund zum Leben.“

Karin prustet ihren Kaffee über den Tisch. Es ist ihr sogleich peinlich und sie eilt zu ihrer Spüle, um das kleine Missgeschick wieder aufzuwischen. Auch Petra ist ihre Verwunderung anzusehen. „Gerade noch schwärmst du von dem tollen Sex mit Franz und jetzt willst du uns sagen, du suchst einen Freund für…“, sie kommt ins Stocken und sucht nach Worten, „zum Fernsehen? Oder für die Plauderstunde im Garten? Ich will das jetzt nicht glauben, Lotte!“

Sekunden später fügt sie nach: „Es grenzt schon an Ironie.“

Eine blöde Art von ihr, mir jetzt alles vorzuhalten. Genervt stehe ich von meinem Stuhl auf, lehne mich an die Anrichte. „So viel zur Wahrheit! Danke, liebe Freundinnen, für euer Verständnis!“ Ich werde aufgebracht. „Sex habe ich jetzt für die nächsten zwei Jahre genügend gehabt. Jetzt will ich einen Freund an meiner Seite, einen Mann, mit dem ich auch den Alltag teilen und genießen kann. Kleine Streitereien nicht ausgeschlossen aber ansonsten bitte nur Harmonie!“

„Mir kommt eine andere Idee in den Kopf“, bringt Petra sich ein. „In der Zeit, als Franz noch seine eigene Wohnung hatte, ihr euch nur ab und an getroffen habt, da lief es doch gut mit euch. Manche Paare können nicht auf Dauer unter einem Dach leben.“

„Völliger Quatsch ist das! Lotte war auch damals nicht richtig zufrieden. Ihre ganzen Kontaktanzeigen sind das Übel der Situation. Ich rate dir, lass deine Finger davon und suche dir einen Mann auf normalem Wege. Geh ins Kino, in Ausstellungen oder versuche es mit der Mitgliedschaft in einem Wanderclub." Ina ist von ihren Worten überzeugt, das kann ich nicht überhören oder übersehen.

„Vom Grunde stuft Lotte die ganze Aktion doch selbst nicht so hoch ein", höre ich Karin sagen.

So richtig ernst haben meine Freundinnen meine Worte nicht genommen. Das ist ihnen anzusehen, anzumerken und aus den Kommentaren zu hören. „Inzwischen hat sich die Welt weitergedreht und ich habe diese neuerliche Kontaktanzeige ganz bewusst geschalten", betone ich noch einmal.

Betreten blicken sich meine Freundinnen an. Ina beteuert mit einem Male, sie finde es gut, dass ich mich jetzt mehr auf den wahren Kern und Charakter eines Mannes konzentrieren möchte und nicht mehr nur an die Lust denke. „Nur", so hebt sie mahnend ihren Finger, „dafür braucht es keine Kontaktanzeige!"

Petra rümpft ihre Nase, bleibt aber stumm. Karin kommt plötzlich auf ihre Situation zu sprechen und meine Worte sind erst einmal zurückgesetzt. „Hermann Josef kommt am Wochenende von seiner Tour zurück. Ich werde mit ihm reden müssen."

„Du willst die Trennung?" Auf Petras Worte reagiert Karin mit einem kräftigen Nicken.

„Ich bin zu jung, um mit Scheuklappen weiterzuleben. Die Wahrheit habe ich versucht zu verdrängen. Mein Wunsch, mein Leben selbst zu gestalten und ein wenig das Schicksal in die eigenen Hände zu nehmen, ist gescheitert."

Meinen erneuten Vorschlag, gleich mit in mein Haus zu kommen, lehnt Karin ab. „Das wird alles zu einengend für mich."

„Bei mir ist doch genügend Platz und früher hatten wir doch auch immer viel Spaß zusammen. Du hast etwas Ordnung in mein Leben gebracht", sage ich noch und prompt kommt von Petra der Einwand: „Ich dachte bisher, das sei mein Part gewesen. Gesunde Ernährung und Ordnung hast du von mir gelernt.“

Karin übergeht oder überhört gekonnt die Worte von Petra. „Zunächst werde ich mit Hermann Josef in Ruhe reden und danach plane ich mein weiteres Handeln. In meinem Kopf herrscht zurzeit das reinste Chaos.“

Nicht, dass ich nicht damit gerechnet habe, jedoch stimmt es mich traurig. Ich verziehe mich mit dem Vorwand ins Badezimmer, meine Haare müssten dringend zusammengebunden werden. Kaltes Wasser drehe ich am Waschbecken auf. Mit beiden Händen fange ich das kühle Nass auf und schütte es in mein Gesicht.

„Niemand will dir einen Vorwurf machen.“ Ina steht plötzlich neben mir. „Komm wieder zu uns, bitte.“

Mein Gesicht trockne ich noch mit einem Handtuch, dann komme ich der Bitte von Ina nach. Petra hat in der Zwischenzeit für uns einen Prosecco geöffnet.

„Ist es dafür nicht viel zu früh?“, meine Frage wird überhört. Stattdessen werden die Gläser gefüllt und angestoßen.

„Auf das Leben und alles Schöne, was uns noch erwartet“, klingt Karins Stimme über uns. Die Gläser klirren aneinander, jede nimmt einen Schluck der prickelnden Köstlichkeit zu sich.

„Wenn ihr noch Interesse an den Männern habt, die sich bei mir gemeldet haben, dann hole ich meinen Laptop.“

Ein Klatschen und Rufe wie: „Cool!“, „Ja, ich freue mich schon“ sind eine rasche Reaktion. Petra räumt den Tisch ab, Ina wischt noch einmal über die Tischplatte und ich hole meinen Laptop in die Küche.

„Zunächst könnt ihr die Zeilen von Doktor Peter Schön lesen. Danach zeige ich euch Fotos von dem Mann.“

Petra rückt näher. „Er ist eine Sahneschnitte“, verkündet sie belustigt.

„Nicht schlecht, was er schreibt. Das Angebot, bei ihm eine Therapie zu machen, solltest du in Erwägung ziehen.“

Meine Freundin Ina meint es nur gut, rede ich mir ein und verkneife mir eine Antwort, die bissig ausgefallen wäre.

„Jetzt möchten wir die Fotos von dem Mann sehen“, zieht Karin sich meinen Laptop näher und fängt auch schon an bei Google seinen Namen einzugeben und klickt weniger später auf Bilder. „Er sieht in der Tat fantastisch aus. So modern, gut gekleidet und wirklich geschmackvoll.“

Ina zieht sich neugierig den Laptop vor ihre Nase. „Mich erinnert der Mann an Hermann Josef.“

Jetzt schiebe ich mich wieder mit meiner Nase vor den Bildschirm. „Sie hat recht! Ina sagt das, was ich die ganze Zeit geahnt, aber versucht habe zu verdrängen.“ In der Ferne höre ich alle Alarmglocken und weiß, der Mann ist nichts für mich.

Petra nippt an ihrem Glas und bleibt schweigsam. Komisch finde ich nur, sie beobachtet Karin intensiv.

„Möchtet ihr noch eine weitere Zuschrift auf meine Kontaktanzeige lesen?“ Erneut ernte ich Zuspruch. „Erst wird noch einmal angestoßen!“, hebt Karin ihr Glas hoch. „Falls du nicht mit dem Psychologen auf Paarebene zurechtkommst, ich finde ihn nicht übel.“

Ina stellt auf Karins Worte ihr Glas bewusst laut auf den Tisch zurück. „Du fängst doch wohl nicht auch wieder an, dir Männer im Internet zu suchen?“

Um die aufkeimende negative Stimmung zu unterbrechen, rufe ich die nächste Zuschrift auf und lese sie laut vor.

Liebe Unbekannte,

Ihre Zeilen sind schon außergewöhnlich, treffen aber meinen Geschmack. Nach zwei gescheiterten Beziehungen suche auch ich jetzt eine Partnerschaft in ruhigem Fahrwasser. Meine Eltern wird es erfreuen, endlich eine Partnerin an meiner Seite kennenzulernen. Auf dieses Phänomen warten sie seit Jahren. Gemeinsame Aktivitäten, wie Kochen, Spazierengehen und Freunde besuchen, sind auch mir inzwischen wichtiger als Sex. Meine letzte Partnerschaft hat mich mit in Clubs geschleppt, um unsere Beziehung, wie sie es nannte, aufzupäppeln, was mir missfiel. Mein kleiner Freund, wie ich meinen Penis inzwischen nenne, hat dann auch versagt. Fazit: Ich habe jetzt eine Ex-Freundin und bin im Bekanntenkreis eine Lachnummer geworden.

Mit besten Grüßen
Ihr Paul

„Was sagt ihr zu Paul?", möchte ich sogleich wissen.

„So ganz kann ich diesen Mann nicht einschätzen." Petra lehnt sich in ihrem Stuhl zurück.

„Freundlich ist seine Nachricht aber. Es gehört schon Mut dazu, so offen über seine kleine Panne zu schreiben", bemerkt Karin.

Komisch, so überlege ich und sage laut: „Auf diese Kontaktanzeige reagieren die Kandidaten freundlicher als auf die vorherigen. Was oder wer nur hinter Paul stecken mag? Schade nur, einen Familiennamen hat er nicht angefügt, sonst könnten wir jetzt googeln."

„Wieso antwortetest du ihm nicht und fragst nach seinem Familiennamen?" Aus dem Mund von Karin klingt das ganz selbstverständlich.

„Zunächst habe ich vermutet, Paul habe zuvor Beziehungen mit Männern gepflegt. Wieso schreibt er, seine Eltern würden sich auf eine Freundin freuen?“ Meine Sorgen spreche ich laut aus. „Im weiteren Verlauf der Mail schreibt er aber von seiner Freundin und einem Hinweis auf Clubs. Vielleicht Swinger Clubs?“

Petra kichert. „Die nächste Recherche rund um Lottes Liebesleben scheint wieder aufregend zu werden.“ Sie hebt ihr Glas in die Luft und prostet uns zu.

„Mir liegt eigentlich mehr an dem Treffen mit Doktor Peter Schön. Darauf freue ich mich schon. Wenngleich ich auch das komische Gefühl in mir nicht bestreiten kann, dass mir von einem Treffen abrät.“

Schweigen breitet sich auf meine Worte aus. Meine Überlegungen, was ich an diesem Abend anziehen werde, kommen mir spontan in den Sinn. Doktor Peter Schön erwartet bestimmt, dass ich perfekt gestylt zu dem Italiener komme. Mein Handy klingelt, als ich gerade mein Glas in den Händen halte. Der Anruf kommt von Franz, wie ich gleich an seiner Nummer erkennen kann. Ich spüre schon Herzklopfen, bevor ich das Telefonat annehme.

„Ich werde für eine Weile ausziehen“, beginnt Franz unser Telefonat. Kurz bin ich sprachlos, stehe unvermittelt auf und gehe durch Karins Wohnung. Ich hätte auf meine Vorahnung hören sollen.

„Warum?“, frage ich perplex.

„Wir sind an einem Punkt angekommen, wo mir die Luft zum Atmen fehlt, Lotte. Ich fühle mich von dir eingeengt, bevormundet. Jeder Tag verläuft für mich gefühlt wie der vorherige. Mir ist langweilig in deinem Leben und ich muss einmal wieder Luft haben, um zu wissen, was ich will.“ Endlich macht er eine Pause.

„Wir haben es erneut nicht geschafft, unser Zusammenleben. Diese Gedanken sind auch seit gestern in meinem Kopf und ich bin froh, dass du alles genauso siehst wie ich." Mehr fällt mir gerade nicht ein.

„Du sagst es, Lotte. Ich bin verrückt nach dir, das musst du wissen. Jedoch fühle ich mich nicht richtig glücklich an deiner Seite. Mein Verhalten in den letzten Tagen war ungerecht, dafür möchte ich mich entschuldigen. Du bist eine wunderschöne und sexy Frau. Ich war ein Trottel, an unserem letzten Abend auf den Sex mit dir zu verzichten", er holt hörbar Luft. Ich verharre schweigend auf dem Rand der Badewanne.

„Mir lag daran, Abstand zu bekommen. Verstehst du? Wenn ich dir nähergekommen wäre, Lotte, ich käme niemals von dir los. Sexuell läuft es grandios mit uns, trotzdem fehlt mir etwas."

Tränen laufen über meine Wangen. „Ja, mir geht es genauso mit dir, Franz. Ich liebe und ich begehre dich und trotzdem spüre ich, so kann es mit uns nicht weitergehen."

Mein Atem stockt.

Die Badezimmertür geht auf und Karin kommt herein. Ihr fällt sogleich mein Gesicht auf.

„Wir werden aber im Kontakt bleiben, Franz?" Es dauert eine kleine Weile, bis ich meine Antwort hören darf.

„Natürlich, Lotte. Ich bin immer für dich da. Nur für die kommenden Wochen sollten wir auf Abstand gehen, sonst kommen wir nicht voneinander los."

Ob das denn so schlimm wäre, überlege ich, beende aber ohne diese Gedanken zu erwähnen unser Telefonat.

„Du hast geweint? Wieso? Was hat Franz gesagt? Habt ihr eure Beziehung gerade beendet?"

Karin kommt zu mir, streichelt über meine Schulter. Ich lächele sie an.

„Alles ok, jedenfalls soweit.“ Karin gibt sich mit der kargen Auskunft nicht zufrieden.

„Ich habe mit Franz über unser Zusammensein gesprochen. Wir machen eine Pause, um herauszufinden, was wir wollen.“

Karin setzt sich neben mich auf den Rand der Badewanne. „So einfach ist das?“

„Nein, nicht so einfach“, stehe ich wieder auf. „Nur für diesen Moment fühlt es sich richtig an.“

Bevor Karin noch etwas sagen kann, geht die Tür zum Badezimmer auf und Ina lugt herein. „Oh!“, stößt sie bei meinem Anblick aus.

„Mir geht es gut, wirklich!“ Ich drehe den Wasserhahn auf. „Könntet ihr mich jetzt bitte für einige Minuten alleine lassen? Ich möchte mein Gesicht frisch machen.“

Das kalte Nass lasse ich anschließend erneut über meine glühenden Wangen laufen, es tut mir gut. Beim Abtrocknen meines Gesichtes erschrecke ich bei meinem eigenen Anblick. Zunächst will ich so aus dem Bad gehen, mich wieder zu den Freundinnen an den Tisch gesellen. Den Türgriff habe ich schon in der Hand, da drehe ich mich um und greife zu dem Make-up, das auf dem kleinen Tisch neben dem Waschbecken steht. Karin hat bestimmt nichts dagegen, wenn ich mich bediene, denke ich und schraube die Flasche auf.

Die frische Farbe bringt sogleich Glanz in mein Gesicht und deckt die Rötungen vom Weinen ab. Franz, so überlege ich, er hat mir in den letzten Wochen nicht mehr gutgetan. Trotzdem vermisse ich ihn jetzt schon. Seine Stimme zu hören, war schön und hat in mir etwas ausgelöst. Ob ich davon hätte sprechen sollen? Nein, so weiß ich, es hätte nichts geändert. Unser Leben kann nicht nur im Bett seinen Grundstein haben. Sei nicht dumm, meine Liebe, und lass ihn gehen, sage ich zu mir selbst.

Petra

Auf dem Weg zum Bahnhof bemühen wir uns, heiter zu wirken. Mir geht es um Karin, sie soll nicht betrübt zurück in Dresden bleiben, während wir gemeinsam im Zug sitzen. Natürlich ist mir auch aufgefallen, dass mit Lotte nicht alles zum Besten steht. Von Karin und Ina wurde ich über das Telefonat mit Franz aufgeklärt. Meiner Meinung nach ist es wirklich gut so, jedenfalls für meine Freundin Lotte. Sie hat in den letzten Wochen gelitten, das war nicht zu übersehen. Und niemand schafft den Alltag gemeinsam als Paar nur mit gutem Sex.

Kaum, dass wir im Zugabteil sitzen, hat Lotte Hunger. Ich denke, das ist ein gutes Zeichen. „Wieso gehst du nicht mit Ina in das Bordrestaurant? Ich bin in den letzten Tagen nicht wirklich zum Lesen gekommen“, greife ich zufrieden nach meinem Roman.

„Sie möchte uns loswerden“, zieht Lotte an Ina. „Wir werden dir zur Strafe ein fettes Stück Torte mitbringen“, ziehen beide davon. Immerhin gelingt es Lotte, wieder zu scherzen und zu essen, überlege ich und schlage meinen Roman auf. Fünf Seiten sind mir in Ruhe zum Lesen vergönnt. Ich fange gerade an, richtig in den Roman einzutauchen, steige gefühlsmäßig in die einzelnen Protagonisten ein, als ich eine Hand auf meiner Schulter spüre.

„Überraschung!“

Erschrocken fällt mein Buch auf meine Beine. „Anton?“

„Ich freue mich, liebe Petra!“

Ja, so denke ich, die Freude liegt ganz auf meiner Seite. Meinen Roman lasse ich zurück in die Tiefen meiner Tasche verschwinden. Zum Lesen, so ist mir bewusst, werde ich bis Montabaur nicht mehr kommen.

„Karin habe ich zu mir nach Frankfurt eingeladen. Sie hat ein großes Kunstverständnis."

Ich nicke auf die Worte von Anton Wall, was den Künstler dazu bewegt, mich weiter zu unterhalten. „Karin kann in einem Atelier, wo auch regelmäßig meine Kunst ausgestellt wird, anfangen zu arbeiten, dafür setze ich mich ein. Wie findest du meine Idee, Petra?"

Kurz denke ich über die Worte von Anton nach. „Das könnte tatsächlich eine neue Option für Karin werden", meine Stimmung erhellt sich. So einfühlsam wie Anton Wall sich in den vergangenen Tagen gezeigt hat, ich bin begeistert.

„Wem gehört das Atelier? Kenne ich deinen Freund?" Anton hüstelt auf meine Frage. Ich warte geduldig, bis er sich in der Lage sieht, mir zu antworten. Meine Überlegung, dieser Tick passe zu ihm, lässt mich unverhofft grinsen.

„Alles in Ordnung, liebe Petra?"

„Natürlich! Ich freue mich nur für Karin." Diese Erklärung scheint zu fruchten.

„Erinnerst du dich an den Mann auf der Vernissage, der unbedingt von Karin eines meiner Gemälde interpretiert haben wollte?" Kurz muss ich in mich kehren, den Abend nochmals vor meinem geistigen Auge Revue passieren lassen. „Ja, jetzt erinnere ich mich!" Mit einem Mal sehe ich die Szene wieder vor mir. „Du meinst den gutgekleideten Herren mit den grauen Schläfen?"

Anton Wall nickt zufrieden. „Ja, den Mann mit der grünen Krawatte."

Stimmt, dass ich nicht sogleich daran gedacht habe.

„Seine Socken waren ebenfalls grasgrün."

„Bravo! Meine Liebe, du beobachtest dein Umfeld sehr genau."

Bevor ich noch mehr über diesen Freund erfahre, kommen Lotte und Ina aus dem Speisewagen zurück.

„Wie kann eine junge Frau nur so viel essen?“ Strafend blickt Anton meine Freundinnen an. Amüsiert wende ich meinen Blick aus dem Fenster, tue interesseiert an den vorbeirauschenden Eindrücken der Strecke.

„Was gibt es denn so Tolles zu sehen?“

Diese Bemerkung kommt von Ina, ihr ist mein Verhalten nicht entgangen. „Dein Grinsen habe ich auch gesehen!“, fügt sie bissig nach.

Dank Anton Wall legt sich Sekunden später wieder eine friedliche Stimmung über uns. Er berichtet von seiner Vernissage und dem anschließenden Erfolg.

„Deshalb möchte ich euch auch zum Abendessen einladen!“ Zufrieden und in die Hände klatschend blickt er uns an.

„Tut mir leid, Anton. Ich werde am Bahnhof von Marc abgeholt“, sprudeln die Worte spontan über meine Lippen.

„Natürlich, von Marc! Dann hat die liebe Petra keine Zeit mehr für uns!“ Peng! Die nächste Spitze von Ina kommt zu mir geflogen.

„Ich habe Zeit“, beteuert dafür Lotte und erntet einen Handkuss von unserem Künstler.

„Du machst mir aber die Freude und ziehst zuvor noch ein hübsches Kleidchen an?“

Erneut muss ich aus dem Fenster blicken, kann ein lautes Lachen kaum verbergen.

„Samstag in einer Woche möchte ich euch aber alle zu mir einladen. Ihr müsst euer Kommen versprechen!“

Anton Wall scheint plötzlich ganz vernarrt in uns zu sein. „Ihr seid so etwas wie ein Stück Familie für mich geworden. Vincenz und Rosalinde werde ich auch einladen.“

Na, hoppla! Jetzt bin ich peinlich berührt. Der Mann zeigt Gefühle für uns.

„Ich komme“, lege ich kurz meine Hand auf seine.

„Mir wäre es, um ehrlich zu sein lieber, Anton“, druckst Lotte nun herum, „wenn wir uns erst nächste Woche treffen?“ Anton scheint Gedanken lesen zu können.

„Ich gebe mich geschlagen!“ Lotte nickt erleichtert und begründet ihren Wunsch: „Für ein Treffen mit dir reicht kein kurzes Umkleiden. Ich werde auch zum Friseur gehen müssen.“

Zufrieden mustert Anton meine Freundin, er nickt. „Sicherlich wirst du zum Friseur gehen müssen, dein Ansatz ist grau. Mir ist das schon bei meiner Vernissage aufgefallen. Nur gut, Lotte, dass du das inzwischen selbst merkst. Das ist eine gute Entwicklung von dir!“

Ich kann mein Lachen erneut nicht zurückhalten, werde allerdings gerade nicht beachtet.

Der Zug fährt in Montabaur in den Bahnhof und wir verabschieden uns wortreich voneinander.

„Habe ich etwas Falsches angezogen?“, albert Marc, nachdem ich in seinem Wagen sitze. „Du bist unentwegt am Lachen.“

Amüsiert werfe ich ihm einen kurzen Blick zu. „Anton Wall hat es geschafft, mich so aufzudrehen, mit seinen Bemerkungen“, kläre ich Marc auf. Natürlich will er sogleich mehr wissen und ich fange an, von Antons kleinen Bemerkungen zu berichten.

Meine euphorische Stimmung trübt sich, als wir zu Hause angekommen sind und ich endlich von meiner Freundin Karin berichte.

„Sie ist tapfer und sehr stark“, beende ich meine Ausführungen.

Marc ist sehr einfühlsam und nimmt mich spontan in seine Arme. Einige Tränen kann ich nicht verhindern. Die Anspannung der letzten beiden Tage kommt zum Vorschein.

„Ich bin sehr glücklich, Karin besucht zu haben. Sie wird es schaffen, in ihr altes Leben zurückzufinden. Von ihr ging sehr viel positive Energie aus. Beneidenswert, Menschen, die immer die richtige Sichtweise auf ihr Schicksal haben, um damit umzugehen und im Frieden weiterleben zu können."

Marc öffnet uns eine Flasche Wein und wir wechseln das Thema. Ich erfahre von seinen Terminen und von dem, was Marc beschäftigt hat. Mit Marc kann ich auch über alles reden, was mich bewegt, das tut so gut. Später nimmt er mich in seine Arme und küsst mich zart auf meinen Mund. Ich spüre Glück in mir aufkommen. Die Zeiten, als wir uns heimlich getroffen und umeinander gekämpft haben, sie haben sich gelohnt.

Lotte

Mir fällt in meinem Haus sprichwörtlich die Decke auf den Kopf. Bei meiner Rückkehr habe ich direkt gewusst, mein Haus ist leer. Franz hat seinen Auszug angekündigt und ich kenne ihn gut genug, um zu wissen, er hält sein Wort. Geliebt habe ich diesen Mann. Und ja, ich dachte schon über eine Hochzeit nach. Umso ungerechter ist die Situation jetzt. Dass ich nicht ganz unschuldig bin an der Trennung, kommt mir so unvermittelt in den Sinn, dass ich sentimental werde.

Am liebsten würde ich ihn jetzt anrufen und um ein Treffen bitten. Ob diese Idee wirklich gut ist? Mir fehlt ein Gesprächspartner, jemand, mit dem ich das Erlebte teilen darf.

Mir fallen meine Antworten auf die Kontaktanzeige ein und ich fühle mich schon besser. Bereits in wenigen Tagen treffe ich Doktor Peter Schön zum Abendessen.

Diese Aussicht lässt mich ruhiger werden und Franz kurz vergessen. Beim Zubereiten meines Abendessens kommt Franz mir wieder in den Sinn. Ausgerechnet auf Bratkartoffeln habe ich Lust, die liebt er so. Kein Wunder, dass mich das Zubereiten an meinen letzten gemeinsamen Abend mit Franz erinnert. Nein, zum Wiederholen eignet sich dieses Erlebnis wirklich nicht. Es ist an der Zeit zu verstehen, Franz und ich passen nicht dauerhaft zusammen. Kurz keimt in mir die Frage auf, passe ich überhaupt dauerhaft zu einem Mann? Oder bin ich beziehungsunfähig? In meinem Kopf klingen die Worte meiner Mutter, sie zumindest ist davon überzeugt.

Meine Intuition Ina anzurufen, verwerfe ich sogleich wieder. Sie hat sich jetzt um ihr Kind zu kümmern und an ihrer Seite weilt ein Mann, der sicherlich auch voller Sehnsucht auf sie gewartet hat. Als kleinen Seelentröster bereite ich mir zu den Bratkartoffeln noch zwei Frikadellen. Mein Kühlschrank ist gut gefüllt, was mir sagt, Franz ist gleich nach meinem Verlassen aus dem Haus auch aufgebrochen. Am meisten empört mich noch immer sein Verhalten an unserem letzten Abend. Nach dem Essen fühle ich mich schon ein ganzes Stück zufriedener. Mit einer Tasse Kaffee und meinem Laptop setze ich mich in meinen Garten. Eine neue Nachricht von Vincenz ist eingegangen.

Liebste Lotte,

in Dresden hast du mir die kleine Reise in die Schweiz schon zugesagt, was mich wirklich glücklich macht. Darf ich schon anfangen, für uns zu planen? Einen Termin habe ich auch schon ins Auge gefasst.

Franz hat mir mitgeteilt, dass er bei dir ausgezogen ist. Einem alten Mann wie mir tut es weh, die Jugend leiden zu sehen. Zunächst musste ich in mich kehren, um nicht zu spontan zu reagieren. Rosalinde sagt, Franz habe nicht wirklich zu dir gepasst. Ich fand ihn jedoch sehr sympathisch, hatte natürlich keine großen Begegnungen mit ihm, die sein Verhalten im Alltag widerspiegeln können.

Du wirst schon wissen, liebe Lotte, was für dich das Beste ist. Anton Wall erzählt sehr gerne und viel, besonders nach einem Glas Wein. So durfte ich auch von deinem neuerlichen Versuch, über eine Kontaktanzeige einen Partner zu finden, erfahren.

Vielleicht bist du gewillt, mich einzubeziehen? Schreibe mir, wenn du den ersten Kandidaten triffst.
Dein Wohl liegt mir am Herzen!

Ich komme am kommenden Wochenende mit Rosalinde in dein Café nach Limburg. Wie sehr freue mich schon auf unser Wie-

dersehen! Und wir sind alle bei Anton Wall eingeladen, auch auf dieses Treffen freue ich mich sehr.

Dein
Vincenz

Seine Worte gefallen mir. Vincenz sorgt sich um mich, wie schön! Ob ich ihm gleich von meinem Treffen am Mittwoch schreiben soll? So ganz bin ich mir nicht sicher. Meine Angst, er möchte mir das Abendessen ausreden, hält mich von einer spontanen Antwort ab. Außerdem habe ich noch die Hoffnung, meine Freundin Karin kommt zurück und begleitet mich, immerhin angedeutet hat sie dies.

Die nächste Mail, die mir in die Augen sticht, kommt von Frau Krautwinkel, meiner Chefredakteurin. Schon beim Öffnen der Nachricht wird mir mulmig. Mir ist bewusst, in den letzten Tagen habe ich meine Arbeit für die Redaktion vernachlässigt. Im Café habe ich mich auch nicht sehen lassen. Dankbar darf ich aber sein, die Einnahmen stimmen und steigen kontinuierlich an. Meiner neuen Aushilfe muss ich einen Bonus überweisen, ohne sie könnte ich das alles nicht mehr alleine bewältigen. Wo, so frage ich in mich hinein, sind mein Antrieb und meine Leidenschaft geblieben? Die Mail meiner Chefredakteurin liegt nun offen vor mir und ich komme nicht umhin, diese zu lesen.

Liebe Frau Wolke,

in den letzten zwei Wochen sind Sie mir aufgefallen, allerdings nicht positiv. Ihre Beiträge kommen nur schleppend und auf den allerletzten Drücker in der Redaktion an. Sie selbst lassen sich auch nicht mehr sehen. Ich habe Verständnis für Ihr Café und die Arbeit, die zu bewältigen ist. Trotzdem kann und will ich nicht länger zusehen, wie die anderen Kollegen ihre Arbeit bewältigen oder korrigieren.

Am kommenden Mittwoch habe ich Termine in Frankfurt und finde diese Gelegenheit passend für ein Treffen.

Ich erwarte Sie um 16 Uhr in meinem Hotel in Frankfurt. Sollten Sie den Termin absagen oder einfach nicht kommen, sind Sie raus aus meinem Team.

Ihre
Chefredakteurin
Krautwinkel

Nach dem Lesen dieser Zeilen fühle ich mich schlagartig matt. Sorgenvoll gehe ich in meine Küche und hole eine Flasche Prosecco hervor. Mit der geöffneten Flasche und einem frischen Glas gehe ich in meinen Garten. Für mich ist gerade ein Kartenhaus innerlich am Zusammenbrechen und ich finde für mich nicht den sprichwörtlichen Strohhalm.

„Aber Hallo! Das nenne ich eine feuchtfröhliche Begrüßung! Oder erwartest du einen anderen Besuch?"

Eine mir bekannte Stimme klingt an meine Ohren. Sogleich fühle ich einen Auftrieb in mir.

„Wahnsinn!" Mein spontaner Ausruf kommt von Herzen. Ich war sogleich überzeugt zu wissen, wem diese Stimme gehört. „Ist das jetzt wahr?" Im Umdrehen ahne ich schon, wen meine Augen gleich entdecken werden.

„Karin! Wie schön dich zu sehen!" Ich eile meiner Freundin entgegen. Die große Tasche in ihrer linken Hand lässt sie unachtsam auf den Rasen fallen und eilt auf mich zu.

„Mir war nach einer Luftveränderung. Nachdem ihr abgereist wart, habe ich gleich angefangen zu packen und bin in mein Auto gestiegen."

„Ich freue mich über dein Kommen!" Meine Worte zeugen nicht von Übertreibung.

Meine Freundin kommt mir sehr gelegen.

„Mit Hermann Josef hast du nicht reden können?" Die Frage kommt über meine Lippen, bevor ich richtig darüber nachdenken kann. Karin verneint mit einem Kopfschütteln.

Rasch eile ich zurück in meine Küche, hole auch für Karin ein Glas Prosecco und bereite uns noch einen Teller mit Käse und Brot zu.

„An eine Diät muss ich ja nicht gerade jetzt denken", stelle ich die Bratpfanne in meine Spülmaschine. „Eine Frikadelle ist noch übrig", weise ich auf den kargen Rest meines Abendmahls. Karin angelt sich den Fleischklops und fängt im Stehen an zu essen.

Brot, Butter, Käse und Gurken für den gesunden Teil der Kost stelle ich rasch auf die Ablage. Meine Freundin leistet mir beim Zubereiten der kleinen Mahlzeit Gesellschaft.

„Franz ist ausgezogen?" Karin blickt sich in den Räumen um.

„Ja, wie angekündigt hat er sein Wort gehalten. Für den Moment ist es gut so", antworte ich mit einem Stück Käse im Mund. „Lass uns in den Garten gehen."

Gemeinsam decken wir den kleinen Tisch für uns. Karin hat auch an Servietten gedacht. Mit Franz habe ich die Teller einfach auf den Tisch gestellt, ohne Unterlage, ohne Servietten oder jedwede Deko.

„Wie lange kannst du bleiben?"

Bevor ich eine Antwort erhalte, trinkt Karin in Ruhe ihr Glas aus, knabbert den Käse und ein Brot. Ich übe mich in Geduld.

„Ich kann gerade keine richtige Auskunft geben. Ich werde mir in den nächsten Tagen die Zeit nehmen, um meinen neuen Weg zu finden."

Um Karin abzulenken, erzähle ich ihr von der Mail, die ich von Frau Krautwinkel erhalten habe.

„Du setzt dich jetzt hin und fängst an, deiner Chefredakteurin freundlich den vorgegebenen Termin zu bestätigen. Danach kümmerst du dich um deine Kolumne", fängt Karin an, den Tisch abzuräumen.

„So einfach ist das alles nicht", gehe ich in Gegenwehr. Meine Versuche, alles erst noch einmal durchzudiskutieren, werden unterbrochen. Karin ergreift unsere Gläser, stellt den Käseteller zur Seite und ignoriert meine Einwände. „Fang an zu schreiben, Lotte! Weglaufen löst keine Probleme."

Das sagst du, liegt auf meiner Zunge. Ich behalte diese Worte jedoch für mich. Meine Frage, wie ich die Verabredung mit Frau Krautwinkel und Doktor Schön unter einen Hut bringen soll, lächelt Karin weg.

„Ich werde dich fahren", im Umdrehen ergänzt sie, „zu beiden Terminen. Ein Psychologe kann mir jetzt guttun." Karin verschwindet in meiner Küche. So wie sie es sagt, klingt alles ganz einfach. Wie ein kleines Mädchen höre ich auf die Worte meiner Freundin. Die Antwort an Frau Krautwinkel ist rasch geschrieben. Die neue Kolumne hingegen lässt mich nachdenklich werden. Ich stehe auf und gehe durch meinen herrlichen Garten. Das Gras, so ist nicht mehr zu übersehen, muss dringend gemäht werden.

Lerne zu lieben. So lautet der neue Titel für meine nächste Kolumne, die ich eigentlich schon gestern abgesendet haben müsste.

Mir fällt mein Café ein. Die neue Aushilfe ist wirklich ein Geschenk für mich. Diese Frau springt immer für mich ein, auch kurzfristig. Meine eigene Disziplin ist in den Monaten an der Seite von Franz geschrumpft.

Die zündende Idee kommt so plötzlich in meinen Kopf, dass ich beim Zurückgehen zu meinem Laptop, über einen Stein falle. Karin hat meinen Aufschrei gehört und eilt rasch zu mir.

„Mir ist eine wirklich tolle Idee gekommen, für meine neue Kolumne“, raffe ich mich wieder auf die Beine und gehe, ohne weitere Worte, an meinen Tisch.

Karin verzieht sich stumm zurück in mein Haus. Ich denke, sie packt ihre Tasche aus.

Lerne zu Lieben

In Gedanken bei mir und meiner gerade erst gescheiterten Beziehung zu einem Mann, den ich vom Grunde her liebe und begehre, sind viele Fragen in meinen Kopf. Kann ich lieben? Liebe schenken? Spontan möchte ich ein lautes Ja rufen, dann aber wird es so stumm in mir. Zweifel kommen auf. Wieso, so hinterfrage ich mich, scheitern meine Beziehungen nach wenigen Monaten? Fast möchte man dieses Phänomen Mantra-artig nennen. Ich bin ein Wiederholungstäter, in meinen Augen zumindest. Meine letzte Beziehung war zu Beginn für mich das Schönste, was ich mir habe wünschen können. Jede einzelne Minute mit diesem Mann, an seiner Seiter, in seiner Nähe war für mich die Vollkommenheit. Diese Einstellung von mir erklärt wahrscheinlich auch die viel zu hohe Erwartungshaltung und somit erlebte Enttäuschung für mich.

Ich muss an einen Schmetterling denken. Er fliegt auch von einer Blüte zur nächsten und hält sich zeitlich nur bedingt bei seinem Objekt der Begierde auf. Oft schon habe ich überlegt, ob es Menschen gibt, die nicht dafür bestimmt sind, in einer festen Beziehung zu leben, immer an der Seite nur eines Menschen zu

sein. Suche ich nach einer Trennung zunächst die Fehler beim Mann, erkenne ich oft Tage später, ganz schuldlos war auch mein Verhalten nicht. Mein Ziel, doch noch die große Liebe zu finden, verfolge ich noch immer.
Am kommenden Mittwoch treffe ich das erste Mal auf einen Psychologen. Können Frau und Mann tatsächlich lieben lernen? Fest vorgenommen habe ich mir, den Psychologen diese Frage zu stellen. Mein Wunsch, mich rasch wieder zu verlieben, liegt in meiner Natur. Ein einsames Haus ängstigt mich. Eingehüllt in Schweigen kann ich nicht leben.
Das Gefühl verliebt zu sein, tut mir unabhängig davon auch gut. Meine Haare liegen am Anfang einer jeden neuen Romanze so schön, als sei ich täglich beim Friseur. Meine Haut ist prall und rosig, meine Stimmung lässt mich tanzen und meine Kräfte lassen mich Berge versetzen. Vermutlich liegt es einfach an den besagten Schmetterlingen im Bauch, die unsere Hormone tanzen lassen. Meine Freundin Ina sagt, diese Logik sei ihr neu.

Denke ich an meine gerade erst beendete Beziehung zurück, dann kann ich sagen, in den letzten Wochen fehlte jeglicher Glanz in meinen Augen. Meine Haut ist gerade unrein, leider zurzeit ein Dauerzustand. Lassen wir den Blick auf meine Haare fallen, so denke ich spontan an Stroh. Sie fühlen sich auch so an, strohig. Nicht glänzender sieht es mit meiner Stimmung aus. Ich kann sagen, meine Stimmung kommt nicht über die Gefriergrenze. Energie und Kraft blieben in der Endphase meiner letzten Liebe ebenfalls auf der Strecke.
Bedeutet lieben zu lernen, sich zu verbiegen? Muss ich alles schlucken, diese körperlichen und sehr deutlichen Veränderungen an mir hinnehmen? Soll ich ein leises Mäuschen werden?

Danke, dann verzichte, zumindest ich, auf dieses Projekt langjährige Partnerschaft und starte keinen Selbstversuch mehr.

Lieben bedeutet in meinen Augen, sich fallen lassen, genießen und aufsaugen, was die Freuden des Alltags an Auswahl bieten. Für mich ist die Liebe wie ein großer Obstteller der üppig gefüllt ist mit den Köstlichkeiten des Universums.

Meine Freundin sagt, ich sei verträumt und in mancher Hinsicht auch auf dem Standpunkt eines Kindes geblieben, was das Thema Beziehung anbetrifft. Kinder, so meine Antwort, gehen ganz natürlich an alles Neue heran. Wo soll da ein Problem sein? Meine Freundin hat meine Worte abgewunken. „Eine Partnerschaft muss täglich erarbeitet werden", kam ein neuer Ratschlag von ihr.
„Warum?", habe ich sie gefragt.
„Sei nicht so dumm, meine Liebe, du verstehst mich sehr gut." Inas Antwort kam gütig über ihre Lippen.
Gut, ich darf zugeben, zumindest nachgedacht habe ich über ihre Worte. Meine erste Reaktion war, das klingt nach Stress, nach sehr viel Stress, den ich nicht möchte. Gedanke Nummer zwei aber hat mich zu der Gewissheit geführt, dass an ihrer These ein Stück Wahrheit dran sein kann und unvermittelt bin ich wieder bei der Frage, wer von uns hat vergessen, sich täglich zu bemühen? Ich oder mein Ex?

Meinen Ex frage ich jetzt lieber nicht nach seiner Meinung. Meine Angst, nicht gut dabei wegzukommen, bekunde ich wahrheitsgemäß. Also bin ich doch erwachsen?
Die Frage, wieso ausgerechnet ich die Kolumnen der großen Gefühle schreiben soll, beantwortet mir meine Chefredakteurin mit den Worten: „Alle anderen Kolleginnen leben ein geordnetes Leben, haben Langzeitbeziehungen, Kinder, ein eigenes Haus, das monatlich abgetragen wird. Nur Sie, Frau Wolke, leben in den Tag hinein, lassen sich niemals länger als ein Jahr auf eine Bezie-

hung ein und spiegeln mit ihrer Art der offenen Liebe das Bild der meisten Leserinnen wider."
Ist das die Wahrheit? Geht es Ihnen, unseren Leserinnen, so wie mir? Meine drei anderen Kolleginnen in der Redaktion, die ebenfalls für Kolumnen zuständig sind, habe ich immer als den Spiegel unserer Leserinnen gesehen. Mich hingegen habe ich im Abseits eingeordnet. Niemals wollte ich glauben, ich verkörpere mit meinem Leben die Mehrheit unserer Leserinnen. Wenn das wirklich so sein soll, meine lieben Schwestern im Geiste, dann müssen wir gemeinsam eine Lösung finden. Mich zumindest erheitern dieser Gedanke und die Aussicht, nicht ganz alleine mit meinen Problemen zu sein. Wir könnten einen Club gründen, uns regelmäßig zum Stammtisch treffen und austauschen … Hoppla! Bitte nicht nur über gescheiterte Beziehungen sprechen. Lösungen, meine Schwestern im Liebeskummer, benötigen wir. Allerdings erfordert das eure Mithilfe.

Bitte schreiben Sie mir von sich und Ihren Beziehungen, und wie sie mit dem Ende einer einst so großen Liebe umgehen. Ich zumindest tröste mich gerne mich Chips, Prosecco, Käse und meinen Freundinnen, die mir immer wieder zur Seite stehen.
Nächste Woche schreibe ich von meinem Date mit dem Psychologen. Ob es so ‚Schön' sein wird, wie sein klangvoller Name verspricht? Vorfreude ist doch auch etwas Schönes und zumindest verspricht sie uns noch alles, auf das wir warten und hoffen. Die absolute Liebe!
In Erwartung auf viel Neues

Ihre
Lotte Wolke

Ohne lange nachzudenken, sende ich die Zeilen an meine Redaktion. Eine gute Stunde habe ich vor meinem Laptop gesessen, fühle mich jetzt bereit, für ein neues Glas Prosecco und einen Austausch mit Karin. Auf meinem Weg in die Küche kommt mir der Duft von Carbonara-Soße in die Nase. Ich bleibe kurz stehen, atme diese Köstlichkeit mit Freude ein. Mit Karin, so ist mir bewusst, ziehen wieder gute Tage in mein Haus ein.

„Heute gibt es für uns eine kleine Extra-Kalorienzufuhr, um unsere Seele zu streicheln", gießt Karin die Nudeln ab. Sie strahlt mich dabei an. Ihre Schatten unter den Augen lassen sich auch mit Make-up nicht verbergen, überlege ich einen Moment.

„Möchtest du eine extragroße Portion Seelenfutter?", höre ich Karin sagen. „Selbstverständlich, meine Liebe!"

Ich hole noch zwei Gläser Prosecco, zwei Teller und Besteck, bevor ich wieder in den Garten eile und den Tisch für uns eindecke. Meinen Laptop lasse ich an, stelle ihn aber auf die erste Treppenstufe. Mir liegt daran, eine eingehende Antwort der Redaktion direkt zu lesen. Mir ist bewusst, ich muss wieder mehr Einsatz zeigen, um diesen Job nicht zu verlieren. Bevor ich mit Franz fester zusammen war, habe ich ein grandioses Angebot meiner Chefredakteurin erhalten. Franz war so sauer auf mich, weil ich den Job zunächst angenommen habe, ohne mit ihm darüber zu sprechen, dass er gleich wieder ausziehen wollte. Wie kindisch sein Verhalten schon damals war, aber ich habe es nicht gemerkt. Richtig verbogen habe ich mich für diesen Mann. Das alles nur, weil ich einmal die Woche zu Teamsitzungen nach Stuttgart fahren sollte. Mit dem ICE ab Montabaur oder Limburg, kein Problem. Franz wollte nicht, dass ich eine Nacht in der Woche außer Haus bleibe.

„Du willst nur Party machen“, keifte er. Rückblickend war ich nur dumm gewesen, alles für einen Mann wie ihn aufzugeben.

Nervös beobachte ich meine Freundin. Karin füllt meinen Teller und hinterfragt meine Nachdenklichkeit. Rasch bringe ich sie auf den neusten Stand.

„Mich hat es damals gewundert, wie du so ein Angebot hast ausschlagen können. Die Arbeit war perfekt für dich und gut zu vereinbaren mit der weiteren Führung deines Cafés.“

Mein Glas halte ich meiner Freundin entgegen: „Männer sind wie Kaugummi, erst knackig und erfrischend, später nur noch zäh und fade.“

Lachen klingt an meine Ohren. Karin, die gerade einen Schluck trinkt, verschluckt sich. „Du bist wirklich köstlich, Lotte, mit deinen Vergleichen! Ich gebe aber zu, es ist ein Fünkchen Wahrheit dabei.“

Unsere Teller sind gerade leer, da kommt neuer Besuch durch mein Gartentor. Den Mann kenne ich schon seit Jahren.

„Lieb, das niemand hier im Dorf wartet, bis ich Herein gerufen habe!“ Meine Worte zeigen keine Reaktion. Vor uns steht mein alter Briefträger. Inzwischen ist er in Pension und ab und an hilft er im Café aus.

„Das ist heute für dich abgegeben worden, Lotte. Diese Briefe“, sein Atem stockt, er blickt kurz zu Karin. „Sie kenne ich doch“, hellt sich sein Gesicht auf, jedoch nur für wenige Sekunden. Mit versteinerter Miene fügt er nach: „Sie waren damals an dem Schlamassel mit den Männern beteiligt. Geht das Ganze jetzt wieder von vorne los?“

„Ein Glas Prosecco?“ Meine Einlage wird zunächst überhört. Ich wiederhole meine Frage. Mein alter Postbote blickt nun zu mir, sein Gesicht zeigt sich noch immer versteinert.

„Ich sorge mich doch nur um dich, Mädel. Seit du ein kleines Mädchen warst, komme ich hierher.“

„Und schon vor vielen Jahren ist aus dem kleinen Mädchen eine erwachsene Frau geworden, die inzwischen sogar die Vierzig geknackt hat." Karin nimmt nach dieser Antwort die Prosecco-Flasche und hält sie dem verdutzt blickenden Postboten entgegen. „Ein Schlückchen?"

Der Stapel mit Briefen und ein Päckchen landen auf dem Tisch.

„Wie schon erwähnt, Lotte, pass auf dich auf!" Fasziniert beobachte ich seinen Abgang. Mit hängendem Kopf verlässt er unseren Gartentisch.

Karin geht im Anschluss an den ungebetenen Besuch in meine Küche. Ich ahne, was sie vorhat. Rasch sortiere ich die Briefe.

„Was der Mann nur will. Nichts außer Rechnungen und Reaktionen auf meine letzte Kolumne. Die Fantasie scheint mit ihm durchgegangen zu sein." Ich betone dies, nachdem Karin mit einem Becher Eis wieder an meiner Seite weilt.

„Mich hat er in keiner guten Erinnerung", steckt sie einen Löffel Schokoeis in ihren Mund. Ich versuche völlig gleichgültig zu bleiben.

„Ein wenig fühle ich mich in den letzten Sommer zurückversetzt", zufrieden lehne ich mich im Gartenstuhl zurück. „Sollen wir Ina anrufen?" Karin findet meine Idee nicht so gut.

„Wir melden uns morgen bei ihr. Sie hat sich am Abend um ihren Sohn und um Johann zu kümmern. Petra und Marc sollten wir jetzt auch in Ruhe lassen. Vergiss nicht, Lotte, ihr seid gerade erst aus Dresden zurückgekommen."

Für einen kurzen Moment denke ich über ihre Worte nach, dann nicke ich und weiß, was Karin damit sagen will. Unsere Freundinnen möchten oder sollten sich jetzt um ihre Männer kümmern. Ein Ton klingt an meine Ohren, ich springe auf. „Eine E-Mail ist eingegangen", rufe ich verzückt aus und hole den Laptop auf den Tisch. „Frau Krautwinkel hat mir schon geantwortet", öffne ich die Nachricht von ihr. „Lies mir bitte die Antwort vor", zieht Karin ihren Stuhl ein Stück näher an den Tisch.

Liebe Lotte Wolke,

meine harten Worte zeigen offenbar Wirkung, sehr gut! Ihre Feder haben Sie geschwungen und mit Erfolg. Den eingesandten Beitrag werde ich verwenden und abdrucken, bereits in der nächsten Ausgabe. Eines möchte ich noch betonen: Mir gefällt, was und wie Sie schreiben, jedoch gehört zu einer guten Autorin auch eine Portion Disziplin, um die Arbeiten pünktlich abzuliefern. Mich würde es freuen zu sehen, Sie sind wieder auf dem richtigen Weg, Frau Wolke!

Ihr Potenzial sollten Sie ausschöpfen und richtig und gewinnbringend einsetzen.
Die eingehenden Reaktionen unserer Leserinnen, Sie werden alle beantworten!

Mit freundlichem Gruß

Ihre Chefredakteurin
Krautwinkel

„Wahnsinn! Mein Beitrag wird direkt angenommen, ohne Änderungswünsche", ich schwebe auf einer Wolke des Glücks. „Deinen Folgeauftrag hat sie auch schon bestätigt", strahlt Karin mich an. Sie hat recht. Zum einen soll ich auf die Reaktionen der Leserinnen antworten, was zum anderen auch bedeuten soll, ich verfasse eine neue Kolumne. „Wir stoßen an!" Ich verteile den restlichen Prosecco in unsere Gläser und wir stoßen kräftig auf mich an.

„Auf deine Zukunft!" Karin steht auf und umarmt mich. „Lieben Dank auch dafür, dass ich bei dir übernachten darf", höre ich im Anschluss.

„Sei nicht albern, du bist immer in meinem Haus willkommen."

Der nächste Morgen

Meine erste Nacht, männerlos in meinem Schlafzimmer, ohne Franz, sie war bedrückend. Wie dankbar bin ich jedoch, dass Karin unter meinem Dach ist. Das Gästezimmer ist ihr nicht fremd. Noch vor dem Schlafen haben wir gemeinsam das Bett bezogen und rumgealbert wie Teenager. Für einen kurzen Moment haben wir alle unsere Sorgen vergessen.

Müde bin ich anschließend in einen unruhigen und traumreichen Schlaf gefallen.

Franz kam auf einem weißen Schimmel in den Garten geritten, in seiner Hand trug er einen Kaktus.

„Feiern wir das Ende unserer Beziehung!"

Seine Worte hingen wie Sprechblasen in der Luft. Mit einer raschen Handbewegung warf er das stachelige Geschenk in meine Richtung. „Aua!" Beim Auffangen drangen einige Stachel in meine Handfläche und pikten arg. So rasch und unverhofft Franz angeritten kam, so rasch eilte er davon. Mit dem Kaktus in den Händen eilte ich wieder in mein Bett. Mein Traum begleitete mich weiter bis zum Aufwachen. Am Morgen, beim Blick in den Badezimmerspiegel, sehe ich mich, übersäht mit kleinen Stacheln. Dieser Anblick erschrickt mich so sehr, ich wache schreiend auf.

Wie kann man nur so einen Unsinn träumen, frage ich mich. Der Blick auf meinen Wecker zeigt, es ist erst fünf Uhr am Morgen. Mein Fenster öffne ich speerangelweit und atme die frische Luft des neuen Tages gierig ein. Mit einem Roman in den Händen lege ich mich wieder in mein Bett. Ans Einschlafen ist nicht zu denken. Immer wieder kreisen meine Gedanken um Franz. Dass ich ihn so vermissen würde, das habe ich nicht gedacht. Das unangenehme Gefühl, nicht genügend um meine Beziehung gekämpft zu haben, kommt auf und vermischt sich sogleich mit der Gewissheit, genügend Einsatz gezeigt zu haben.

Mein Handy zeigt den Eingang einer SMS. Hastig angele ich es von meinem Nachttisch und bin überrascht zu sehen, die SMS kommt von Franz. Hektisch öffne ich die neue Nachricht. Meine Hände zittern.

Hallo Lotte,
meine erste Nacht in ‚Freiheit', ich habe sie mir anders vorgestellt und gewünscht. Gestern am Abend war ich noch mit Freunden in der kleinen Kneipe ein Bier trinken. Mir hat es Freude bereitet, mit den alten Kumpels zu reden, zu lachen. Erst, als der Wirt die Kneipe schließen wollte, sind wir von dannen gezogen. Aufgedreht und noch immer der Meinung, mir geht es grandios, bin ich in das Gästezimmer von meinem Freund eingezogen. Nachdenklich liege ich jetzt in diesem fremden Bett. Mir ist alles so ungewohnt, das Zimmer wirkt kalt und gefühllos auf mich. Natürlich darf ich nicht undankbar über die Unterkunft sein. Verstehst du, was mir fehlt? Was ich zum Ausdruck bringen möchte?
Auf die Gefahr, ich blamiere mich unendlich, gebe ich offen zu, ich vermisse dich!

In ewiger Freundschaft
Franz

Mein Handy lasse ich neben mein Kopfkissen gleiten. Die Ruhe, weiter in meinem Roman zu lesen, ist nun endgültig verflogen. Mein Herz rast und ich bin unentschlossen, was ich nun tun soll. Im Inneren spüre ich das Verlangen, Franz zu antworten, ihm wenigstens über die Zeilen nah zu sein. In mein Grübeln kommt die nächste SMS von Franz.

Lotte? Bist du schon wach? Können wir telefonieren? Du bist doch noch online?
Bitte melde dich bei mir! Franz

Ohne wirklich weiter nachzudenken, wähle ich seine Nummer an. Schon beim ersten Klingeln geht er ran.

„Danke, Lotte!“ Seine Stimme klingt erleichtert. „Ich hatte Angst, du willst nicht mehr mit mir reden.“ Einen Augenblick schließe ich meine Augen.

„Du warst es doch, der unbedingt einige Wochen verstreichen lassen wollte, ehe wir uns wiedersehen oder in Kontakt kommen.“

Nicht verkneifen kann ich mir diese Worte. Franz atmet tief durch, das kann ich hören. „Ja, du sagst die Wahrheit. Wie verrückt ist das Leben? Ich habe in der Tat diese bedrückende Enge in deinem Haus gespürt.“

Was soll ich nun antworten? Ich starre an meine Decke.

„Lotte? Ich vermisse dich!“

Tränen kullern über meine Wangen. Worte, die mir in den Sinn kommen, schlucke ich hinunter.

„Du kannst auch nicht schlafen, das ist doch ein Zeichen“, spricht Franz hastig weiter. „Wir könnten am Mittwoch gemeinsam etwas unternehmen, nach Feierabend. Was sagst du?“ Mittwoch? Alle Alarmglocken in meinem Kopf klingeln gleichzeitig. Wieso sind alle Menschen darauf fixiert, mich am Mittwoch zu treffen? „Frau Krautwinkel hat mich zu einem

Gespräch gebeten. Sie ist am Mittwochnachmittag in Frankfurt und findet es passend, mich zu sprechen. Meine Arbeiten der letzten Wochen haben ihr nicht gefallen." Ich bin ziemlich nah an der Wahrheit geblieben, was mich beruhigt. Trotzdem geht mein Atem heftiger als ich möchte.

„Diese Frau konnte ich noch nie leiden. Schmeiß die Arbeit hin, Lotte!" Diese Worte von Franz gefallen mir nicht. Was glaubt der Mann nur, mir erneut in mein Leben reinreden zu wollen, obwohl er gerade erst aus meinem Leben verschwunden ist?

„Natürlich kannst du auch erst einmal hören, was die Frau dir zu sagen hat und wir treffen uns am Donnerstag?"

Oh! Denke ich, Franz rudert freiwillig zurück?

„Ja, das klingt schon besser", gebe ich gleich Auskunft. Wir verabreden uns für ein Treffen in seiner Kneipe. Nicht besonders romantisch aber auch nicht verwerflich.

Ein erneuter Blick auf meinen Wecker zeigt, wir sprechen schon über zwanzig Minuten miteinander.

„Können wir morgen wieder telefonieren?"

„In der Nacht?"

Franz lacht und fügt versonnen nach: „Am frühen Abend ist mir auch genehm."

Nach dem Telefonat hält mich nichts mehr in meinem Bett. Kurzentschlossen springe ich unter die Dusche. Lange halte ich meinen Kopf unter das kühle Nass. Mit noch feuchten Haaren gehe ich leise die Stufen hinunter in meine Küche. Karin schläft noch, was ich beruhigend finde. Sie hat genug in den letzten Tagen durchgemacht. Nachdenklich fange ich mit den ersten Vorbereitungen für unser Frühstück an.

Um halb neun höre ich Schritte die Treppe hinunterkommen. Karin erscheint kurz darauf in meiner Küche.

„Frühstück im Garten?“

Sie strahlt über ihr Gesicht bei meinem Anblick. In meinen Händen habe ich ein Tablett mit frischem Kaffee und Brötchen, Käse und Marmelade für uns. „Diesen Sommer müssen wir genießen“, lache ich sie an. Karin ist schon perfekt gekleidet und trägt bereits ein Tagesmake-up. Mir ist es nicht in die Wiege gelegt, am Morgen schon so gut auszusehen. An etwas Rouge oder Make-up habe ich vorhin im Bad nicht einmal gedacht.

Beim Frühstücken erzähle ich kurz von meinem Traum, später auch von dem nächtlichen Telefonat mit Franz.

Karin runzelt zunächst ihre Stirn. Die zweite Reaktion auf meine Worte finde ich schon besser.

„Wow!“ Karin lässt ihr Brötchen auf den Teller sinken. „Das klingt doch vielversprechend. Überhaupt ist es gut, dass ihr miteinander redet.“ Damit liegt sie richtig. In diesem Punkt bin ich ihrer Meinung.

„Franz sagt, er vermisst mich. Außerdem hat er um ein Treffen gebeten.“

Karin nimmt einen Schluck Kaffee und sieht mich wartend an.

„Geht es auch etwas genauer?“ Mir gefällt, dass ich eine Freundin an meiner Seite habe, mit der ich über meine Situation reden kann. Mein Telefonat gebe ich Karin fast eins zu eins wieder. „Ausgerechnet am Mittwoch wollte er mich sehen“, beende ich meine Ausführungen.

„Du hast gut reagiert, Lotte. Wichtig ist jetzt, du musst deine Arbeit regelmäßig in der Redaktion abgeben und einen Plan für dein Café erarbeiten. Dabei helfe ich dir gerne.“

Karin versteckt ihr Gesicht im Anschluss hinter ihrer Tasse. Ob sie wirklich hierbleiben und mit mir im Café arbeiten möchte? Anton Wall kommt mir in den Sinn.

„Was sagst du zu dem Angebot von Anton, in seiner Galerie zu arbeiten?"

Karin wirkt mit einem Male noch verlegener als zuvor. Die Tasse hat sie inzwischen abgestellt, dafür ein neues Brötchen aus dem Korb gefischt. „Keine Ahnung", hebt sie die Schultern. „Gerade ist mein Kopf wie ein Sieb. Ich kann mich nicht wirklich konzentrieren, weiß nicht, was ich genau möchte und wohin mein Weg mich führt."

Puh, denke ich, dagegen sind meine Probleme gerade überschaubar. Ich erfahre von ihr, Hermann Josef wird sie schon morgen hier in Bremberg besuchen.

„Das nenne ich eine Überraschung", gebe ich offen zu. „Wir sollten heute einen Putztag einlegen", blicke ich zur Küchentür, die offen steht und mir einen Teil des Raumes als Ansicht freigibt.

„Du musst dich um deine Aufgaben kümmern. Die Küche übernehme ich. Für mich kann Putzen eine gute Ablenkung sein."

Ok, so ganz verstehe ich Karin in diesem Punkt nicht, gebe mich aber freiwillig dem Vorschlag hin.

„Wir sehen uns am frühen Abend?" Nach dem Frühstück packe ich meine Tasche und fahre nach Limburg in mein Café.

Ina

Als Karin mich am Nachmittag anrief, um mir mitzuteilen, wieder in Bremberg zu sein, ich war sprachlos. Spontan haben wir uns für ein gemeinsames Abendessen verabredet. Rosalinde, die ich im Anschluss anrufe, sagt gerne ihr Kommen zu, um auf Wolfi aufzupassen. Johann liebt die gute Küche seiner Mutter und wird ebenfalls kein Problem haben, auf mich zu verzichten. Mit meiner neuen Patchworkfamilie habe ich richtig Glück.

19 Uhr

Mit einer Schüssel Kartoffelsalat stehe ich pünktlich vor Lottes Haus. Karin öffnet mir und ich rieche sogleich den frischen Duft von Putzmittel.

„Oh! Hier wurde geputzt? Das war auch bitter nötig", meine Schuhe will ich vor der Türe ausziehen, was Karin nicht erlaubt. Lottes Küche habe ich lange nicht mehr in einem so vorzeigbaren Zustand gesehen.

„Was die Sauberkeit angeht, hat Franz ihr nicht gutgetan." Meine Bemerkung fällt, als Lotte von mir unbemerkt ebenfalls in die Küche kommt. „Leider muss ich dir dieses Mal recht geben", lacht sie mich an. Einen ersten Versuch, mich zu entschuldigen, verwehrt Lotte. „Den Tatsachen soll man ins Auge sehen."

In einem großen Topf hat Karin Würste für uns warm gemacht. Gemeinsam decken wir im Garten den Tisch. Wie früher stellt Lotte für uns auch eine Flasche Prosecco hin.

„Ihr fangt doch nicht ohne mich an zu essen?" Ein Hauch von Frische weht mit diesen Worten durch den Garten an meine Nase. Leider weiß ich sogleich, zu wem der Duft gehört. Noch im Umdrehen höre ich Petra weitersprechen.

„Na, toll! An mich denkt wieder niemand!"

Sie zieht sich einen Stuhl heran.

„Gibt es auch etwas ohne die große Kalorienzufuhr zum Essen?" Ihr Blick fällt über den Tisch.

„In der Küche ist eine Schüssel mit Eisbergsalat und Tomaten, nur für dich", betont Karin. „Hoffentlich ohne Sahnedressing", eilt Petra in die Küche.

Wie unbefangen wir inzwischen mit unseren kleinen Macken leben können, es zumindest immer öfter schaffen, diese zu akzeptieren, betont Petra bei ihrer Rückkehr. So ganz gefallen mir ihre Worte nicht. Auf der Zunge liegt schon die Bemerkung: „Mit deinem Grünzeug verdirbst du mir den Appetit", ich schlucke die Worte hinunter. Lotte hebt ihr Glas. „Wir trinken auf die Zukunft."

„Vernünftig von dir, besonders, dass du wieder regelmäßig in dein Café willst und dich auch um deine Kolumnen kümmerst."

Lotte reagiert mit einem milden Lächeln auf meine Worte.

Karin hat auch an eine Nachspeise gedacht, es gibt Schokopudding mit Sahne. Mir läuft das Wasser im Mund zusammen, so freue ich mich auf die süße Köstlichkeit.

„Mir wird beim Zusehen schon ganz anders", schiebt Petra ihre Portion von sich weg.

„Mein Café war heute wieder so beliebt, ich habe keine Minute Pause gemacht", wechselt Lotte das Thema und berichtet uns von ihrem Tag. Einen Plan, so wie Karin ihr vorgeschlagen hat, sei sie am Fertigstellen.

„Soll ich dir helfen?" Karin bringt sich an dieser Stelle ein.

„Hilfe kann ich jetzt wirklich gut gebrauchen", hören wir Lotte antworten. Im Anschluss prosten wir Freundinnen uns zu.

Von Petra kommt der liebe Seitenhieb: „Strukturiert war Lotte noch nie. Mit Karin könnte sie es allerdings schaffen, etwas Ordnung in ihre Abläufe zu bringen."

In diesem Punkt stimme ich Petra zu, wenn auch schweigend. Meine Stimmung wird nach dem Genuss von Schokoladenpudding besser. Ich trinke auch ein zweites Glas Prosecco. Lotte erzählt uns ohne Umschweife und frei heraus von ihrer Verabredung am Mittwoch. Das scheint sie zu beschäftigen.

„Der Mann scheint dein Interesse zu wecken?", will ich wissen. Spontan schüttelt Lotte ihren Kopf.

„Meine Gedanken gehören Franz."

„Für Überraschungen bist du wirklich wie gemacht", komme ich aus dem Staunen nicht raus.

Im Anschluss erfahren wir von dem nächtlichen Telefonat. Karin hatte mir schon etwas angedeutet, wollte aber Lotte nichts vorwegnehmen.

„Wieso sagst du nicht die Verabredung für Mittwoch mit Doktor Peter Schön ganz ab? Es gibt für dich keinen Grund mehr, den Mann zu treffen, wenn du am Donnerstag mit Franz verabredet bist", ich steigere mich gerade in das Thema hinein.

„Du Vernünftige!"

Karin steht auf und geht in die Küche, ich blicke ihr nach. Petra verhält sich schweigsam, sie nippt an ihrem Glas Wasser und tut unbeteiligt. „Interessiert niemanden außer mir das Wohl von Lotte?" Meine Stimme ist gereizt. Ich mag es nicht, wenn Petra so auf souverän und cool macht.

„Bleib mal ruhig, Ina. Lotte ist keine Zwanzig mehr und kann selbst entscheiden, mit wem sie die Abende verbringen möchte."

Ich schnaufe auf ihre Worte. Karin kommt mit einer Schüssel zurück, die bis oben an den Rand mit Chips gefüllt ist.

„Deine Art Probleme zu lösen?", fragt Petra mit einem Zwinkern.

Karin bleibt vor dem Tisch stehen.

„Habe ich etwas verpasst oder geht es immer noch um die Verabredungen von Lotte?“

Petra nickt ihr zu.

„Lotte werde ich am Mittwoch zunächst zu ihrem Treffen mit Frau Krautwinkel in Frankfurt fahren, was mir gut passt“, Karin macht eine bedeutende Pause, stellt die Schüssel unterdessen auf den Tisch. Ich greife sogleich beherzt zu.

„Anton Wall möchte mir die Galerie zeigen, wo er im Allgemeinen ausstellt und die gerade noch eine Mitarbeiterin suchen.“

Petra scheint wieder Gefallen an der Unterhaltung zu finden und bringt sich ein. „Sehr gut! Das wäre eine Aufgabe, die zu dir passen kann, Karin“, lächelt sie über den Tisch. Provokativ schiebe ich die Schüssel mit Chips zu ihr.

„Nimm mich so, wie ich bin, liebe Ina. Du bist auch nicht frei von Fehlern. Dein ungesundes Zeug werde ich für dich nicht essen.“

„Dir ist deine Figur zu schade?“

Petra steht unvermittelt auf, schnappt ihre Tasche, trinkt im Stehen ihr Wasserglas aus.

„Wir sehen uns Donnerstag“, eilt sie davon.

Lotte läuft ihr nach, was ich nicht gerne sehe.

„Du hättest ruhig bleiben sollen. Dein Getue mit Petra und deine Versuche, ihr Chips aufzuzwingen, finde ich nicht gut“, kommt Lotte zurück an den Tisch. „Du willst immer austeilen, Ratschläge erteilen und Weisheiten zum Besten geben“, sie redet sich in Rage, was mir gerade nicht gefällt.

Beleidigt sage ich: „Mir ist nicht nach Diskussionen.“ Ich stehe ebenfalls auf und verlasse schneller als geplant die kleine Runde. Schade nur, mir läuft Lotte nicht nach. Auf den wenigen Metern von ihrem Haus zu meinem komme ich ins Grübeln. Bin ich wieder einmal in alte Muster verfallen? Ja, so überlege ich beim Aufschließen meiner Haustüre, bin ich.

Mein Handy angele ich noch aus der Tasche, bevor ich meine Jacke ausziehe.

„Es tut mir leid, wirklich. Keine Ahnung, was plötzlich mit mir los war", entschuldige ich mich bei Lotte. Zu meiner Freude und Erleichterung trägt sie keinen Groll in sich.

„Wenn du nochmal zurückkommen willst, wir freuen uns auf dich", bietet sie mir an. In diesem Moment geht die Tür zur Küche auf und Rosalinde erscheint mit Wolfi auf dem Arm.

„Wir sehen uns bald und für Mittwoch wünsche ich dir …" Ja, was wünsche ich Lotte überhaupt? Die Antwort kommt mir nicht in den Kopf. „Schon in Ordnung, Ina!" Das Telefonat ist beendet.

Von Rosalinde erfahre ich, dass Vincenz am Abend auch kurz bei ihr war. „Wir sehen uns alle nächste Woche, am Samstagabend, bei Anton Wall. Ich freue mich schon sehr auf den Abend. Es dürfte spannend werden", trällert sie und geht mit meinem Sohn auf den Armen zurück in die Küche. Verwundert gehe ich ihr nach, frage aber nicht, was sie mit der versteckten Botschaft meint.

„Bin ich zu zickig, Rosalinde?" Meine Frage lässt sie aufblicken.

„Ich bringe den Kleinen in sein Bett, dann reden wir in Ruhe."

Rosalinde kommt zu mir in das Wohnzimmer, als ich gerade die Nachrichten sehe.

„Wo ist Johann?", will ich von ihr wissen.

„Gemeinsam mit Vincenz in Limburg."

Diese Antwort lässt mich aufhören. „Davon weiß ich nichts!" Meine Stimme ist hart.

„Ina!" Rosalinde legt beschwichtigend ihre Hand kurz auf meine, setzt sich neben mich auf das Sofa und stellt den Ton vom Fernseher leiser. „Du bist nicht immer im Recht, über das Handeln deiner Mitmenschen zu urteilen. Lass es auf dich zukommen und dich auch einmal fallen." Stöhnend stehe ich auf, will mich in mein Bett verabschieden. Rosalinde hält meine Hand fest. „Weglaufen ist keine Lösung."

Sie sieht mich bittend an und ich lasse mich zurück auf das Sofa fallen.

„Für heute kann ich nirgendwo punkten", gifte ich sie an. Rosalinde überhört meine Gereiztheit.

„Niemand von uns ist perfekt in seinem Handeln, das kannst du mir glauben. Fehler sind gut, wenn man daraus lernt."

Ich kratze mich am Hals, bleibe aber still.

„Wenn du so weiter kratzt, muss ich dir Pflaster holen." Rosalinde sieht mich liebevoll an. Plötzlich sprudeln die Worte aus meinem Mund.

Ich erzähle von meiner kleinen Giftspritze gegenüber Petra, betone auch, wie sehr mir das Verhalten von Lotte missfällt.

„Sie will erneut einen Kandidaten aus dem Internet treffen. Besser wäre, sie würde sich von diesem Psychologen therapieren lassen! Petra kann sie gleich mitnehmen."

Eine direkte Antwort auf meine Ausführungen lässt auf sich warten. Rosalinde geht in die Küche. Ich höre, wie sie anschließend hantiert und warte im Wohnzimmer auf ihre Rückkehr. Mit zwei Gläsern Wein kommt sie zurück.

„Du und Johann seid jetzt schon längere Zeit ein Paar. Über die Monate hinweg müsstest du gemerkt haben, er liebt dich und Wolfi von Herzen. Lass Petra endlich in Ruhe und akzeptiere ihre Verbindung zu Marc! Die Vergangenheit kann und soll nicht die Zukunft bestimmen", kurz holt sie Luft, „und schon gar nicht beeinflussen."

Wir stoßen an und ich spüre, Rosalinde sagt die Wahrheit.

„Morgen rufe ich Petra an", betone ich.

„Nein, das ist keine gute Idee."

Jetzt bin ich richtig verwundert. „Du hast mir doch gerade erklärt, ich solle meinen Frieden mit ihr finden." Ein leises Lachen ist zu hören. „Ihr trefft euch am Donnerstag bei Lotte wieder?"

Mit einem Kopfnicken stimme ich ihr zu. „Verhalte dich ihr gegenüber an diesem Abend wie eine Freundin. Petra ist eine kluge Frau und wird eine Veränderung deinerseits spüren." Meine Augenbraue hebe ich kurz hoch. Was ich denke, behalte ich jedoch für mich. Wie bizarr ist das gerade hier, geht mir plötzlich durch den Kopf. Ich sitze mit meiner eventuellen Schwiegermutter auf dem Sofa und erzähle ihr von dem Verhältnis zu Petra, der Freundin meines Ex-Mannes.

„Um mich brauchst du dir keine Sorgen zu machen, Ina. Dein hübscher Kopf sollte mal an etwas Schönes denken", sieht sie mich von der Seite an.

Kurz verharren wir schweigend auf dem Sofa. Mein Blick fällt ohne Interesse auf den Fernseher, die Nachrichten sind längst vorbei.

„Was genau ist jetzt mit Lotte?", hakt Rosalinde später nach. Ich nehme einen Schluck aus dem Weinglas. Dann erzähle ich alles, was es zu diesem Thema zu erzählen gibt. Meinen Monolog beende ich mit einem Schluck Wein.

„In der Tat ist Lotte sehr schwankend, was ihre Beziehungen zu Männern betrifft. Deinen Einwand, sie könne doch die Verabredung mit dem neuen Mann absagen, verstehe ich."

Ein Strahlen huscht über mein Gesicht. Wenigstens Johanns Mutter scheint mich zu verstehen und ist auf meiner Seite.

„Franz war ungehalten zu Lotte, das darfst du nicht vergessen. Außerdem ist es nicht das erste Mal, dass die beiden eine Auszeit haben und sich gleichzeitig vermissen. Für mich wäre diese Art der Liebe zu kompliziert", Rosalinde lacht. Sie trinkt ihr Glas leer und steht auf. „Es wird Zeit für mich ins Bett zu kommen. Johann, so hoffe ich, kommt auch bald nach Hause. Lass die Sorgen bitte einmal hinter dir und genieße den restlichen Abend mit Johann." Im Aufstehen fügt sie nach: „Es würde euch beiden einmal wieder guttun, gelassen miteinander umzugehen. Um die Liebe muss man kämpfen, Ina. Lass dir diesen Tipp von einer älteren Frau ruhig geben."

Verblüfft sehe ich ihr nach. Die Türe fällt ins Schloss und ich bleibe mit den Erinnerungen an den heutigen Tag alleine auf dem Sofa zurück. Johann kommt, als ich schon im Badezimmer bin, meine Zähne putze. Müde gehe ich in den Flur, um ihm Hallo zu sagen. Auf der Schwelle zum Flur halte ich inne und denke an die letzten Worte von Rosalinde zurück.

„Wow! Was für eine liebe Begrüßung!" Johann hebt mich ein Stück in die Luft. „Mit so einem Kuss habe ich nicht gerechnet, vielmehr mit einem Donnerwetter, weil ich so spät dran bin."

Ich rieche seinen Atem, er hat Bier getrunken.

„Mit dem Taxi bin ich gekommen", hält er mich jetzt ein Stück von sich. Innerlich spüre ich, es ist an der Zeit, nicht immer die Polizistin in mir zum Vorschein kommen zu lassen. Johann ziehe ich an mich heran, küsse ihn erneut. Mein Verlangen scheint er zu spüren und zu meiner Freude auch zu genießen.

„Ich liebe dich, Ina!"

Wie kleine Glückspfeile, die mir mitten ins Herz schießen, treffen mich seine Worte. Überglücklich ziehe ich Johann mit mir in unser Schlafzimmer. Mein Hemd lasse ich rasch fallen, den Slip ebenfalls. Hastig ziehe ich Johann aus, fange an, mich an ihm zu erfreuen.

„Mir gefällt deine neue Art der Verführung“, flüstert er in mein Ohr. Es kitzelt und ich lache kurz auf. In den nächsten Minuten lasse ich mich fallen und kann seit Langem einmal wieder unbeschwert Johanns Nähe und unsere Intimität genießen.

Johann

Mittwoch

Ina, meine Freundin, war so positiv verändert, so locker und lebendig. Oft schon habe ich mir Ina genauso gewünscht. Was nur mit ihr los war? Von Ina kam eine Bemerkung, die mit meiner Mutter, Rosalinde, im Zusammenhang stand. Richtig kapiert habe ich ihre Aussage allerdings nicht. Mir war es aber auch egal. Meine männliche Seite nahm überhand und ich wollte Ina nur noch spüren und ihr nah sein. Diese Frau passt zu mir. Ina ist eine Frau, die anpacken kann, sich liebevoll um ihren Sohn Wolfi und beflissen um den Haushalt kümmert und mich trotzdem nie vergisst.

Mein Notariat läuft bestens. Ein Einbruch der Kundschaft, nachdem Hermann Josef von Breggele gekündigt hatte, um nach Dresden zu ziehen, blieb aus. Ina arbeitet inzwischen regelmäßig in meinem Notariat, kümmert sich um die Terminvergabe und den Vorbereitungen zu den Gesprächen. Wie wunderbar sich alles gefügt hat.

Mein Handy klingelt, ich bin verwundert beim Blick der Nummer auf dem Display.

„Hermann Josef! Welche Überraschung, deine Stimme zu hören!“, bekunde ich offen.

Ein Räuspern ist zu hören. „Was genau läuft zwischen meinem Onkel Vincenz und dir? Ich habe einen Anruf erhalten“, Hermann Josef höre ich schnaufen. Diese Angewohnheit hatte er schon während unserer Zusammenarbeit.

„Versuche dich nicht als Erbschleicher, damit kommst du mir nicht durch! Glaube mir, Johann, mir ist nicht entgangen, wie ihr alle um meinen Onkel kreist, wie die Aasgeier!“

Meinem ersten Impuls, einfach aufzulegen, folge ich nicht. „Keine Ahnung, was du dir wieder ausgedacht hast. Dein Onkel Vincenz ist der Lebensgefährte meiner Mutter, somit ist es selbstverständlich, dass wir uns öfter sehen."

„Vergiss nicht, Johann, ich bin niemand, den man hintergeht!"

Jetzt werde ich doch böse und ungehalten.

„Was genau willst du damit andeuten? Wer hat dich angerufen? Spiel bitte mit offenen Karten."

Es dauert eine Weile. Ich will schon das Telefonat beenden, weil ich glaube, es kommt keine Antwort mehr von Hermann Josef, als ich höre: „Da läuft ein ganz böses Spiel und du bist die Hauptperson."

Verwundert fahre ich mit der freien Hand durch meine Haare, überlege krampfhaft, was Hermann Josef mir andeuten und sagen will. Ein Klick ist zu hören. Er hat das Telefonat ohne Gruß beendet.

Ob er getrunken hat? Am helllichten Tag? Vom Grunde her bin ich froh, dass Hermann Josef jetzt in Dresden lebt. Für den Bruchteil einer Sekunde habe ich schon befürchtet, er will zurückkommen.

Nächste Woche Samstag werde ich auf Vincenz treffen. Wir sind alle bei Anton Wall eingeladen. Am Rande des Treffens findet sich bestimmt eine Gelegenheit, ihn auf die Andeutungen seines Neffen Hermann Josef anzusprechen.

Noch in der Nacht, nachdem ich beseelt in den Armen von Ina lag, hat sie mich gefragt, ob ich ganz bei ihr einziehen möchte. Ich sollte mich über die positive Veränderung von Ina freuen und mich nicht über Menschen ärgern, die es nicht verdient haben, mein Leben zu beeinflussen.

Karin

Mein Wecker klingelt unaufhörlich. Kurz muss ich mich selbst ermahnen, ihn nicht einfach wieder auszustellen. Eigentlich habe ich persönlich keinen Grund, um halb sieben aufzustehen, mir geht es aber um Lotte. Viertel nach sieben bin ich schon geduscht, schlüpfe in ein hübsches Kleid und fühle mich gut. Das Fenster in meinem Zimmer öffne ich, gönne mir kurz den Blick in Lottes Garten und atme die frische Luft dabei ein. Die nächsten Schritte führen mich geradewegs in Lottes Schlafzimmer.

„Aufstehen! Wir haben heute einen Tag vor uns, der vorbereitet sein möchte!" Meine Stimme klingt bis an Lottes Bett. Sie reißt die Bettdecke über ihr Gesicht. „Was soll das Theater? Nur noch eine halbe Stunde, bitte!" Ihr Jammern wird von mir nicht erhört. Stattdessen gehe ich durch ihr Schlafzimmer, öffne die Gardinen und beide Fensterscheiben.

„Begrüße den neuen Tag, liebe Lotte!"

Nach dieser kleinen Einlage verschwinde ich in Richtung Küche. Zu meiner Erleichterung vernehme ich Minuten später Geräusche aus der oberen Etage. Lotte scheint im Badezimmer zu sein.

„Wir müssen in deinem Café die Frühschicht übernehmen, später noch zum Friseur gehen und danach steht Frankfurt auf unserem Plan", meine Stimme klingt unternehmungsfreudig. „Mir tut es gut, wieder aktiv zu sein", gebe ich unumwunden zu. Lotte angelt sich gähnend ein Brötchen aus dem Korb. So ganz kann sie mit mir und meiner guten Laune nichts anfangen.

„Dir fehlt der richtige Rhythmus", belehre ich sie. Zu meiner Überraschung hebt Lotte ihren Kopf. „Ja, das stimmt. In den letzten Monaten bin ich in alte Muster zurück verfallen." Beherzt beißt sie in ihr Brötchen. Marmelade tropft herunter, sie kann gerade noch verhindern, dass ihre Hose einen Fleck bekommt.

„Was ist mit Hermann Josef?"

Lottes Frage hängt im Auto wie eine Wolke über meinem Kopf.

„Nichts, jedenfalls gerade ist nichts. Unser Gespräch hat er verschoben, wie zu erwarten war."

Im Café in Limburg angekommen, müssen wir zunächst die Vorbereitungen für die Öffnung treffen. Etwas später finde ich die Zeit, mich wieder einmal umzusehen. Die Einrichtung, die Gemälde von Anton Wall an den Wänden, alles wirkt beglückend auf mich. Besonders das Portrait von Lydia Lowere lässt mich kurz zur Ruhe kommen. Eine Gruppe von Japanern unterbricht meine sentimentale Stimmung und aktiviert meinen Arbeitssinn. Bis 12 Uhr finden weder Lotte noch ich die Gelegenheit, über etwas Privates zu sprechen oder nachzudenken. Die Gruppe hat nicht nur Frühstück, sondern im Anschluss noch Kuchen geordert. Obgleich es noch Vormittag war.

Mit einem schlechten Gewissen überlassen wir später das Café der Aushilfe.

„Alleine würde ich das nicht bewältigt bekommen", hole ich tief Luft. „Deine Aushilfe ist Gold wert."

„Unsere Kuchen sind aber auch ein Hingucker und inzwischen ein regionales Highlight", trällert Lotte auf dem Weg zum Friseur stolz. Vor der Tür zum Salon hält sie mich am Arm fest. „Weißt du noch, Karin, in der Zeit, als ich die Kontaktanzeige ‚Suche Mann zum Renovieren' aufgegeben habe, kam Hermann Josef in unser Leben."

Ich nicke versonnen. Wie könnte ich das vergessen? „In den Zeitschriften haben wir von ihm und Lydia Lowere gelesen. Die zwei waren überall abgelichtet." Lotte stimmt mir zu und ergänzt: „Das ungleiche Paar."

„Und doch schillernd und allem Anschein nach war Hermann Josef mit ihr glücklicher als in der Zeit mit mir."

Lotte sieht mich fragend an. „Bist du traurig, Karin?" Mit einem schwungvollen Griff öffne ich die Tür zum Salon. „Mir geht es wieder gut, wirklich. Das Leben und die Wege, die es mir ebnet, sie sind in meinen Augen vorgegeben, daran glaube ich. Jetzt kommen bessere Zeiten, das spüre ich."

Lotte gibt mir keine Gelegenheit, mich anzumelden. Sie hält mich am Arm zurück, tritt nah an mich heran. „Du kannst immer mit mir reden, möchtest du?"

„Wie erwähnt, wir haben telefoniert. Treffen werden wir uns, allerdings zu einem späteren Zeitpunkt. Ich bin ihm nicht mehr böse, höchstens enttäuscht." Lotte wirkt verwundert. Zu meiner Freude wird unsere intime Unterhaltung von der Friseuse unterbrochen, die uns herzlich begrüßt.

„Ich muss jetzt richtig aufs Gaspedal drücken, wenn wir noch pünktlich ankommen wollen", steigen wir im Anschluss in meinen Wagen. Strahlend schielt Lotte zu mir rüber. Die Zeit im Salon hat uns beiden gutgetan.

„Gegen 17 Uhr hole ich dich wieder ab", lasse ich Lotte in Frankfurt aus meinem Auto steigen. Kurz blicke ich ihr nach, bis sie in dem Hotel verschwunden ist, das ihr als Treffpunkt mit Frau Krautwinkel genannt wurde. Hübsch sieht Lotte aus, denke ich und starte den Motor. Zum Glück habe ich uns heute so früh aus den Federn gezogen. Mein Äußeres kann sich ebenfalls sehen lassen. Das neue Kleid wirkt wahre Wunder, wie ich gleich spüren kann, als ich das Atelier betrete und von Anton Wall begrüßt werde.

„Karin! Wie wunderschön du aussiehst. Ich freue mich!"

Seine Worte, das kann ich sehen, kommen aus seinem Herzen. Strahlend umarmt er mich. „Soweit alles gut mit dir?" Er hält mich ein Stück von sich weg und begutachtet nun mein Gesicht aus der Nähe. Eine Antwort gibt er sich selbst. „Ja, dir scheint es wieder besser zu gehen. Dann stelle ich dir einmal deinen zukünftigen Chef vor."

Die nächste Stunde vergeht für mich wie im Flug. Zunächst werde ich durch das Atelier geführt, bekomme Erläuterungen zu den gezeigten Gemälden. Selbstverständlich bin ich nicht unvorbereitet zu diesem Treffen gekommen. Mein angeeignetes Fachwissen über die gezeigten Werke und den ausstellenden Künstler, es kommt gut an.

Anton Wall zeigt seine Begeisterung offen, der Besitzer der Galerie ist zunächst verhalten.

„Sie beeindrucken mich erneut", darf ich dann doch noch hören. Wir stehen gerade in dem Teil der Galerie, wo Antons Gemälde hängen. Hier fühle ich mich stark und fange auch an, aus mir herauszugehen. Die Worte sprudeln über meine Lippen. Zwei Kunstinteressierte kommen in die Galerie. Ich soll sie begrüßen und durch die Ausstellung begleiten.

„Diese Gemälde sind von einem großartigen Künstler, der die heutige Zeitepoche, das Moderne, zu schätzen weiß. Seine ausgeprägte Leidenschaft zur Malerei ist durch den Schwung zu spüren, den sein Pinsel beim Malen über die Leinwand geführt hat." Kurz blicke ich über meine Schulter zu Anton Wall. Er nickt mir anerkennend zu.

„Mit Stärke und Energie wurden diese Gemälde zu Papier gebracht, wie wir nun in Farbe erkennen dürfen. Wenn Sie einmal einen Schritt nach hinten gehen, das Gemälde auf sich wirken lassen und kurz selbst überlegen, was Sie erkennen."

Meine Worte wirken. So ganz war ich zunächst nicht von mir überzeugt, doch im Verlaufe des Gesprächs bin ich immer selbstsicherer geworden. Meine gute Vorbereitung zeigt Früchte. Besser hätte mein Vorstellungsgespräch nicht verlaufen können. Mit einem Kaufabschluss kann ich punkten.

„Wir werden das Gemälde selbstverständlich zu Ihnen nach Hause liefern und aufhängen“, darf ich eine halbe Stunde später das Paar vor die Tür begleiten.

„Wir legen aber Wert darauf, dass Sie zu uns kommen.“

Dieser Bitte werde ich gerne folgen, strahle ich beim Verabschieden in mich hinein.

Mit Applaus begrüßt mich der Galerist bei meiner Rückkehr in die Ausstellung und Anton Wall öffnet im Hintergrund eine Flasche Champagner.

„Dein Einstig hätte nicht grandioser sein können!“

„Dann bekomme ich den Job?“

Selten habe ich so einen wunderbaren Augenblick in den letzten Wochen erleben dürfen. Mit feuchten Händen unterschreibe ich wenig später einen Vertrag. Für mich, so spüre ich, fängt ein neues Leben an. Eines, das zu mir passen wird. Endlich kann ich meine Liebe zur Kunst ausleben und darf noch anderen Menschen meine Freude mitteilen.

Beim Verlassen der Galerie bin ich aufgedreht, fühle mich stark und wunderbar. Mein Handy klingelt, ich sehe sogleich, Hermann Josef ruft mich an. Trotz spontaner Bedenken nehme ich das Telefonat an.

„Du hörst dich so aufgekratzt an, so happy, ist alles gut bei dir?“

Seine Worte lassen mich auflachen. Im Anschluss setze ich ihn über meinen Nachmittag und den neuen Job in Kenntnis.

„Das freut mich für dich, Karin, wirklich. Dann kommst du nicht mehr zurück nach Dresden?“

In seiner Stimme klingt mehr die Hoffnung als Traurigkeit mit. Zufrieden sage ich ihm zu, er kann mir meine restlichen Sachen aus der Wohnung zuschicken.

„Du wohnst bei Lotte?“ Darüber ist er allerdings verwundert. „Pass auf dich auf, Karin. Lotte ist so anders als du, so ...“, kurz kommt Hermann Josef ins Stocken, „so chaotisch eben.“

Ich stehe vor meinem Auto und fingere nach dem Schlüssel. „Zu einer der nächsten Vernissagen hier in der Galerie werde ich dich erwarten“, sage ich, bevor ich das Gespräch beende. Beim Starten meines Autos bin ich froh darüber, nur an dem Glas Champagner genippt zu haben. Ich denke, Anton Wall ging es nur um die Geste, weniger darum, dass ich mein Glas austrinke. Lieb, wie er sich um mich bemüht und für mich eingesetzt hat. Ohne ihn hätte ich diese Chance und den neuen Job niemals erhalten. Mein Gehalt ist nicht üppig, jedoch ausreichend, um mir bald eine kleine Wohnung zu suchen. Ich weiß auch schon, wo ich suchen werde. Zufrieden fahre ich los.

Dass ich so ohne Groll mit meinem Ex-Freund telefonieren konnte, zeigt mir, ich bin auf dem richtigen Weg. Nur wer loslassen kann, findet den Weg in die Zukunft. Ballast von sich abstreifen, so denke ich weiter, tut der Seele gut.

Lotte kommt mit reichlich Verspätung zu dem verabredeten Treffpunkt. Inzwischen bin ich vier Mal im großen Bogen um das Hotel gefahren, eine Parkmöglichkeit habe ich nicht gefunden.

„Bist du sauer auf mich?“

Mit roten Flecken im Gesicht sitzt Lotte wenig später endlich neben mir. Sie zieht ihre leichte Strickjacke unachtsam aus, während ich den Wagen aus der Stadt lenke. Lotte redet und redet auf mich ein. Gelassen höre ich ihr zu. Mir geht es gerade so gut, wie lange nicht mehr.

Ob es gut ist, zu dem Treffen mit Doktor Peter Schön zu gehen, will Lotte wissen, nachdem ich mein Auto eingeparkt habe.

„Die Entscheidung liegt in deinen Händen."

„Stimmt", holt Lotte tief Luft. Sie hakt sich bei mir unter und wir marschieren los. „Sitzenlassen kann ich ihn auch nicht, das wäre unhöflich. Außerdem habe ich Hunger."

Mit nur acht Minuten Verspätung erreichen wir das Lokal in Limburg, wo Lotte mit Doktor Schön verabredet ist.

Zögerlich bleibe ich vor dem Lokal stehen. „Eigentlich ist es doch doof, wenn du mich jetzt mitnimmst, so als Aufpasserin oder Gouvernante." Mein Lachen folgt im Anschluss. Lotte mustert mich kurz.

„Dir geht es richtig gut! Wie war dein Termin in der Galerie?"

„Traumhaft!" Mehr Worte kommen nicht über meine Lippen, da sich ein Mann zu uns gesellt.

„Lotte? Sind Sie nicht mit mir verabredet? Wollen Sie mich alleine am Tisch sitzen lassen?"

Mein Blick wandert zu dem Mann, dessen Stimme ich gerade aufgenommen habe. Kurz hole ich Luft, mir gefällt, was ich sehe. Meinem Gegenüber scheint es genauso zu gehen. Galant reicht er mir seine Hand, stellt sich mir vor. Erst dann blickt er wieder zu Lotte. „Wir sollten Ihre Freundin mitnehmen." Zu mir gewandt sagt er: „Sie machen mir doch Freude und essen mit uns?"

So viel Glück an nur einem Tag, überlege ich beim Betreten des Restaurants. Galant zieht Doktor Peter Schön für Lotte und mich den Stuhl zurück und wartet, bis wir Platz genommen haben. Lotte, das nehme ich belustigt wahr, versteht zunächst die höfliche Geste nicht und zieht unserem männlichen Begleiter ihren Stuhl aus seinen Händen. Ein Lachen kann ich mir verkneifen, es wäre ungerecht und unangebracht, wie mir bewusst ist. Meine Freundin ist ein großartiger Mensch mit Herz. Chaotisch fällt mir erst beim nächsten Gedanken ein.

Weitere Gelegenheit zum Grübeln bleibt mir nicht. Doktor Peter Schön verwickelt uns in ein anregendes Gespräch, an dem zumindest ich gerne teilnehme.

Lotte sitzt völlig unbeteiligt neben mir, ist mit ihren Gedanken ganz woanders.

Im Verlaufe des Abends gähnt Lotte ungeniert, was allerdings nur Doktor Schön und mir auffällt. Lotte zeigt nur Aufmerksamkeit für ihr Handy.

Der nächste Tag

Meinen Wecker habe ich leider gestern am Abend vergessen umzustellen, sodass er viel zu früh klingelt. Der unnachgiebige Ton holt mich rapide aus den Tiefen meiner Träume. Wohlig strecke ich mich noch mit geschlossenen Augen im Bett aus. Automatisch wandern meine Gedanken zu dem gestrigen Abend. Der Wecker schellt erneut, ich muss ihn nicht richtig ausgestellt haben.

Meine Augen sind so plötzlich offen, dass ich nicht verhindern kann, nachzudenken und somit mir selbst eine weitere Portion Schlaf nehme. Gähnend öffne ich mein Fenster, erfreue mich an dem Anblick des neuen Tages. Alles riecht noch so frisch und leicht. Der Himmel zeigt schon ein helles Blau. Ich fühle mich beschwingt, was ich auf den gestrigen Abend zurückführe. Doktor Peter Schön ist ein galanter Mann, ein exquisiter Unterhalter und, das hat mir besonders imponiert, er liebt die Kunst. Seine Fragen, die er zunächst Lotte und mir gestellt hat, kamen für mich dienstlich herüber. Die kleine Spitze, ihm dies unter die Nase zu halten, konnte ich nicht verhindern.

„Wir sind nicht als Patientinnen zu Ihnen gekommen, Doktor Schön."

„Gratulation, Karin! Sie haben meinen Versuch, mehr über Sie herauszufinden, erkannt."

Im Anschluss an seine Worte hob er sein Glas, prostete uns zu. Von den Nachbartischen fielen Blicke auf uns, was mich nicht verwunderte. Ein Mann mit zwei Frauen am Tisch, beide hübsch zurechtgemacht und im selben Alter, das lässt Fragen aufkommen.

„Sie sollten nicht zu viel darüber nachdenken, was die anderen Gäste von unserem Treffen halten. Mich kennen hier einige der Menschen, aber ich nehme es mit Humor. Mein Vater sagt immer, wer im Gespräch ist, der lebt noch."

Verwundert habe ich ihn daraufhin angesehen.

„Ich werde mir kurz meine Hände waschen gehen", entzog ich mich seinem Blick. Kaum, dass ich die Toilette geöffnet hatte, hörte ich Lotte hinter mir.

„Ist doch ein zäher Abend. So richtig werde ich mit diesem Mann nicht warm", teilte sie mir mit, kaum dass wir den Raum betreten hatten.

„Och, das sehe ich nicht so."

„Wow! Der Mann gefällt dir?"

„Keine Ahnung", redete ich meine Gefühle herunter.

„Wir sollten zurück an den Tisch gehen."

Noch vor dem Hauptgang waren wir beim Du angekommen. Lotte ließ auch am Tisch durchblicken, gelangweilt zu sein. Immer wieder lugte sie auf ihr Handy, tippte auch während des Hauptgangs immer wieder Nachrichten ein. Ob sie glaubte, wir würden das nicht mitbekommen? Peter hatte es mit einem Blick aufgenommen, den ich nicht deuten konnte. Dafür war die Begegnung zu kurz.

Den Nachtisch hatte Lotte nicht mit uns eingenommen. Sie hatte sich kurz entschuldigt, war in Richtung Toiletten aufgebrochen, kam aber erst nach zwanzig Minuten zurück, als Peter schon für uns alle bezahlt hatte.

„Bin ich eine Kandidatin für deine Therapie?"

Meine Frage kam einfach so über meine Lippen. Es muss an dem Wein gelegen haben, den ich getrunken hatte.

Vehement hat Peter abgewunken. „Auf keinen Fall!" Na ja, so mein spontaner Gedanke, du kennst noch nicht alles von mir. Es gibt diese Erlebnisse, die geradezu nach einem Therapeuten schreien. „Niemals fange ich eine Freundschaft oder gar eine Beziehung mit einer Patientin an."

Diese Worte hatte mir Peter zum Abschied ins Ohr geflüstert.

Auf dem Weg zum Badezimmer singe ich ein Lied. Natürlich bin ich leise, um Lotte nicht zu wecken. Sie hat heute erst Spätdienst im Café. Am Nachmittag wird sie mich mit nach Limburg nehmen, damit ich mein Auto abholen kann. Am gestrigen Abend sind wir mit dem Taxi zurück nach Bremberg gefahren.

Unter der Dusche halte ich mein Gesicht unter das Wasser. Noch immer fühle ich diese positive Energie, die von Peter am gestrigen Abend ausging.

„Leugnen ist zwecklos", habe ich von Lotte gehört, als wir gestern Abend im Taxi saßen. Meine Bemühungen, mich dumm zu stellen, sie fruchteten nicht.

„Peter gefällt dir als Mann", Lotte war für mich eine Spur zu laut. Der Taxifahrer, so war nicht übersehen, fing an, unser Gespräch zu verfolgen

Im Haus von Lotte angekommen, wollte meine Freundin unbedingt noch kurz mit mir in ihrem Garten sitzen, um den Tag Revue passieren zu lassen. Ich war auch zu aufgedreht, um gleich ins Bett zu gehen und bin ihrem Wunsch gerne nachgekommen. Mit einer Tüte Chips haben wir die Nacht und die Ruhe, die über dem Dorf lag, genießen können.

„Jetzt erzähl schon, Karin! Peter gefällt dir, das war nicht zu übersehen.“ Lotte ließ nicht locker. Zu meiner Freude konnte ich ihren Redeschwall zuvor im Taxi noch stoppen, im Garten musste ich mich der Wahrheit stellen, so meine Gedanken in dem Moment.

„Peter ist ein interessanter Mann“, war meine kurze Antwort. Meine Freundin blieb unzufrieden, sie hakte nach. Ich gab mich schließlich dem Drängen von Lotte hin, ihr mehr von meinen Gefühlen zu erzählen. „Noch ist alles so frisch für mich. Der Verlust meines Kindes, die Trennung von Hermann Josef“, fing ich langsam an zu reden. Zwischendurch knabberte ich die leckeren Chips, ganz, ohne an meine Figur zu denken.

Mein Blick unter der Dusche fällt auf meinen Bauch. Ich bin nicht als dünn zu bezeichnen, mehr als fraulich. Meine Rundungen waren auch gestern in dem hübschen Kleid nicht zu verstecken. Peter muss gesehen haben, worauf er sich mit mir einlassen wird. Soll ich uns eine Chance geben? Lotte habe ich am Abend diese Frage gestellt.

„Natürlich, Karin! Die Sterne haben dir jetzt diese Begegnung mit Peter geschenkt und du darfst das nicht ignorieren.“

In mir kamen Zweifel auf. „Ich habe doch so viel Glück mit dem neuen Job. Ist das nicht schon genug?“

Lotte hob kurz ihre Hände vor ihr Gesicht. So ganz konnte ich nicht einschätzen, was sie damit ausdrücken wollte.

„Karin! Jetzt ist deine Zeit. Es gibt immer im Leben diese Phasen, wo einem sprichwörtlich alles in den Händen zerbricht und zum Glück kommen immer wieder diese Phasen, wo alles gelingt. Greif nach deiner Chance und mach was daraus! Beruflich wie auch privat."

„Jetzt habe ich eine Frage an dich. An dem Essen kann es nicht gelegen haben, Lotte, dass du so lange auf der Toilette warst", wechsele ich geschickt das Thema.

Wie von mir vermutet, hatte sie sich zum Telefonieren mit Franz zurückgezogen.

„Feine Freundin!" Belustigt warf ich ein paar Chips in ihre Richtung. „Lässt mich alleine mit einem fremden Mann am Tisch zurück."

Der gestrige Abend und die Begegnung mit Peter lassen mich nicht los. Selbst beim Abtrocknen meiner Haut nach dem Duschen denke ich an ihn. Lotte mag mit dem, was sie mir am Abend gesagt hat, richtig liegen. Zumindest spricht nichts dagegen, Peter wiederzusehen. Während des Essens habe ich so viel von mir erzählt, im Nachhinein bin ich über mich selbst verwundert. Normalerweise öffne ich mich nicht so schnell anderen Menschen gegenüber. Ob es an seinem Beruf liegen mag, dass ich mich so verhalten habe?

In der Küche stelle ich für Lotte und mich frischen Kaffee auf. Meine Suche nach Brötchen, die ich aufbacken kann oder einem Brot, schlagen fehl. Spontan entscheide ich mich, zu der kleinen Bäckerei im Tal zu fahren. Rasch angele ich mir den Autoschlüssel von Lottes Wagen und verlasse beschwingt das Haus.

„Überraschung!" Ich spüre auf meiner Schulter eine Hand, als ich gerade das Kleingeld über die Theke reiche und mir die

Tüte mit den frischen Brötchen angeln möchte. Im Umdrehen ist mir schon bewusst, die Stimme gehört zu Ina.

„Du strahlst ja so", kann ich mich nicht mit einem Kompliment zurückhalten. Die anderen Kunden drehen sich kurz zu uns um.

„Mir geht es richtig gut", trällert Ina. So kenne ich meine Freundin nicht. Mir gefällt, was ich sehe. Auf dem Weg zu unseren Autos erfahre ich von dem Gespräch mit Rosalinde. „Sie hat mir die Augen geöffnet", gibt Ina direkt zu.

Auf meiner Zunge liegt die Bemerkung ‚Hoffentlich hält es dieses Mal auch etwas an, mit den guten Vorsätzen von dir.' Stattdessen sage ich: „Sehr gut, so gefällst du mir viel besser, Ina!"

Ein feines Lächeln erhellt ihr ohnehin schon strahlendes Gesicht.

Unser Abschied bis zum Abend fällt herzlich aus.

„Soll ich uns etwas zum Essen mitbringen?"

Ina bleibt noch einmal an ihrem Wagen stehen, blickt zurück. „An was hast du gedacht?"

„Gerne kann ich uns Penne Tomate Mozzarella vorbereiten", schlage ich vor. Ina hebt ihren Daumen hoch, steigt in ihr Auto. Ich blicke ihr nach, wie sie von dem Parkplatz fährt.

„Ina so verändert zu erleben, das war eine Freude", berichte ich Lotte beim gemeinsamen Frühstück in ihrem Garten.

„Petra wünsche ich es von Herzen, dass Ina am heutigen Abend keine Spitzen in ihre Richtung schießt. Immer ist sie die liebe und geduldige Freundin, die Person, die alles schlucken muss, was Ina so an Boshaftigkeiten loslässt." Lotte schaut versonnen in den Himmel. „Für mich kann der Sommer immer bleiben."

„Du springst, meine Liebe. Zurück zu unserem heutigen Abend und deinen Worten. Das soll heißen, ich muss auch an den obligatorischen Salat für Petra denken.“ Scherzhaft sehe ich die Freundin an. „Dein Gesicht, Lotte“, blicke ich sie genauer an. „Gibt es ein Geheimnis, das auch dich zum Strahlen bringt?“

Von Lotte erfahre ich später, Franz hat sich schon vor dem Frühstück bei ihr gemeldet.

„Soll ich ihn nächste Woche Samstag mitnehmen zu der Einladung von Anton Wall?“

Ihre Frage verwundert mich, lässt mich für mehrere Sekunden ruhig sein. Ich denke über ihre Worte nach.

„Du findest meine Idee nicht gut?“ Lotte drängt auf eine Antwort.

„Mir war nicht bewusst, wie sehr du noch an Franz hängst bzw. er an dir. Für mich war es vielmehr so, ihr beide nehmt euch jetzt eine Auszeit und wir sehen, was die Zukunft bringt. Jetzt sagst du mir, ihr wollt gemeinsam diese Einladung annehmen. Natürlich bin ich sprachlos.“

Lotte fängt an, den Tisch abzuräumen. Ich spüre, meine Antwort hat ihr nicht gefallen. Scheppern erklingt aus der Küche. Ich stöhne kurz auf und ahne, was passiert ist.

„Mir sind die Teller aus der Hand gerutscht“, jammert Lotte, nachdem ich auch in der Küche angekommen bin.

„Lass mal alles liegen, ich mache das schon. Du kennst ja auch den Spruch“, weiter komme ich nicht. Lotte fällt mir ins Wort.

„Scherben bringen Glück?“, ergänzt Lotte. Wir fangen an zu lachen, beide.

Gegen 12 Uhr fahren wir nach Limburg. Im Auto komme ich noch einmal auf Franz zu sprechen. „Kann es sein, Lotte, du und Franz, ihr liebt euch noch immer, könnt aber nicht im Alltag miteinander leben?“

Hektisch lenkt Lotte den Wagen über die Straßen. Ich muss sie kurz ermahnen, nicht zu sehr in die Kurven zu rasen. „Mein Leben fängt gerade erst wieder an, mir Spaß zu machen", bemühe ich mich locker zu klingen.

„In deinen Worten liegt die Wahrheit", höre ich Lotte sagen. „Schon in Dresden haben wir darüber gesprochen, ich wollte es zunächst nicht hören. Die Probleme zwischen Franz und mir, sie sind weg, wenn wir nicht rund um die Uhr aufeinanderhängen."

„Also getrennte Wohnungen als Lösung für euer Beziehungsproblem?" Richtig glauben kann ich es nicht, bemühe mich aber für den Moment zu schweigen.

„Bis zum Abend, ich freue mich", lässt Lotte mich schon entspannter an meinem Auto aussteigen. Liebe ohne Leiden, denke ich beim Einsteigen in mein Auto, gibt es das überhaupt?

Doktor Peter Schön

Täglich kümmere ich mich um die Sorgen und Ängste meiner Patienten, mich selbst vernachlässige ich oft. Seit ich Karin getroffen habe, spüre ich eine ungeahnte Energie in mir. Alles geht mir so leicht von den Händen, meine Geduld den Patienten gegenüber ist fast grenzenlos. Heute hat mich meine Mitarbeiterin auf meine Ausgeglichenheit angesprochen. Die positive Energie, die von mir ausginge, sei bemerkenswert. „Steckt eine Frau dahinter?“, wollte sie dann auch gleich wissen.

Kurz vor Feierabend gönne ich mir eine Tasse Kaffee, in aller Ruhe. Meine Gedanken kreisen erneut um den gestrigen Abend. Mir hat gefallen, wie Karin gelacht hat, ihre Art zu erzählen, ihr Auftreten in dem Lokal, alles an ihr war für mich beeindruckend. Ob ich mich verliebt habe?

Meine Mitarbeiterin hat sich über die Akte von Lydia Lowere auf meinem Schreibtisch gewundert.

„Das muss Sie nicht beschäftigen“, habe ich ihre Frage unterbunden. Rasch kehren meine Gedanken wieder zu Karin zurück. Das von mir ausgewählte italienische Restaurant ist ein Geheimtipp. Nicht nur die Küche ist grandios auch die Atmosphäre hat etwas ganz Besonderes.

Schicksalhaft finde ich, am Morgen hat Vincenz angerufen und um einen neuen Termin gebeten. Auf ihn freue ich mich schon sehr. Bereits morgen wird er zu mir kommen. Für Menschen wie ihn habe ich immer eine Lücke in meinem Kalender, das weiß meine Mitarbeiterin zu berücksichtigen.

„Komisch, auch seine Akte habe ich am Morgen auf Ihrem Schreibtisch gesehen“, war aus ihrem Mund zu hören. Nur ein belustigter Blick war meine Antwort.

Mir hat einmal ein lieber Freund gesagt: „Alles im Leben ist vorbestimmt. Dein Verhalten, deine Fehler, deine Begegnungen mit anderen Menschen.“ Mir scheint, ein Fünkchen Wahrheit steckt in diesen Worten. Lotte werde ich gerne als Patientin aufnehmen, soweit sie dazu bereit ist. Im Augenblick macht sie nicht den Eindruck auf mich. Gestern am Abend war sie unkonzentriert, hat immer wieder auf ihr Handy geschaut, Nachrichten während des Essens eingetippt und dann war sie für längere Zeit auf der Toilette verschwunden. Meinen Kopf schüttele ich automatisch. Ohne Karin wäre ich gegangen. Natürlich nicht ohne die Rechnung zu begleichen. Lotte war mein Gast. Ihr Verhalten lässt mich an einer guten Kinderstube zweifeln. Nein, sie ist keine Frau, die an meine Seite passen würde, niemals! Mich verwundert, dass Karin mit ihr so eng befreundet ist. Vom Grunde sind sie zwei verschiedene Charaktere.

Karin war so offen in ihren Worten, hat frei erzählt, dass ihre Beziehung gescheitert ist, ohne ein böses Wort über den Verflossenen fallen zu lassen. Das hat mir ihre innere Größe gezeigt. Über den schmerzlichen Verlust ihres Kindes hat sie auch gesprochen, wenn auch nur kurz. In diesem Punkt werde ich ihr in den nächsten Wochen sicherlich noch helfen können. So leicht, wie Karin tut, kann das Erlebte nicht zu verdauen sein.

„Lydia Lowere war deine Tante, Lotte?“ Diese Frage brannte in mir. Lotte hatte dann auch für einen Augenblick einmal ihr Handy vernachlässigt und gerne Auskunft gegeben. Ihre Tante scheint sie noch über den Tod hinaus zu bewundern. Karin hat mir später mehr Einblicke in die familiären Verhältnisse von Lotte gegeben. Zu diesem Zeitpunkt gehörte Lottes Interesse schon wieder ihrem Handy.

„Vincenz ist jetzt ein väterlicher Freund von Lotte?" Verwundert habe ich diese Frage gestellt. Das Leben ist doch gespickt mit Überraschungen.

Morgen wird dieser großartige Mann nun wieder zu mir kommen. Ob es eine Gelegenheit geben wird, ihn auf Lotte anzusprechen? Vom Grunde bin ich davon überzeugt. Meine Devise ist es immer, offen alles anzusprechen. Dies verlange ich auch von meinen Patienten.

Ein Wiedersehen mit Karin wünsche ich mir. Leider habe ich am gestrigen Abend den richtigen Punkt verpasst, sie nach einem weiteren Treffen zu fragen. Eine Handynummer von Karin habe ich auch nicht. Mir ist bewusst, ich komme nur über Lotte an diese Frau. In mir wächst der Wunsch, sie zu kontaktieren. Dann jedoch kommen Zweifel auf. Wie wird Lotte reagieren? Beleidigt oder verletzt? Macht sie sich noch Hoffnungen auf eine Verbindung zu mir? Nein, wirklich glauben will ich diese Gedanken nicht. Ihr Verhalten am Abend war nicht gerade förderlich oder in irgendeiner Weise als anmachend zu bewerten. Im Gegenteil, sie hat mir die kalte Schulter gezeigt mit ihrem permanenten Rumtippen auf dem Handy.

Mein Entschluss, den Besuch von Vincenz abzuwarten und im Anschluss zu überlegen, wie ich Karin wiedertreffen kann, ist gefasst.

Petra

In der Mittagspause habe ich mir einen Besuch beim Friseur gegönnt. Ich liebe es, verwöhnt zu werden und kann diese Minuten richtig genießen. Das Resultat der Behandlung stimmt mich zufrieden. Meine Arbeit beende ich gegen halb fünf. Lotte hat für diesen Abend zu einem Mädelsabend in ihrem Garten eingeladen. Zunächst hatte sie den Abend verschieben wollen, von Karin habe ich die Info erhalten, Franz sei der Grund. Am Morgen aber hat Lotte mich noch einmal an unser Treffen erinnert. Meine Freundin ist sprunghaft, das wiederum kenne ich ja von ihr. So richtig freue ich mich nicht auf den Abend. Die Aussicht, wieder von Ina angefeindet zu werden und auf das fettige Essen der Freundinnen, lassen mich überlegen, zu Hause zu bleiben. Marc geht am Abend zum Tennis mit seinen Freunden, wie ich bei meiner Rückkehr in unsere Wohnung erfahre. Er bietet an, mich bei Lotte am Haus rauszulassen, sodass ich mit den Freundinnen einen Prosecco genießen kann.

Sein Angebot überredet mich, doch zu Lotte zu fahren. Rasch ziehe ich mir ein sommerliches Outfit bestehend aus kurzer Hose und ärmelloser Bluse an, schminke meine Lippen nach und streife meine Sandalen über.

„Du siehst wieder umwerfend schön aus", höre ich von Marc. Diese Eigenschaft von ihm, mir immer wieder etwas Liebes zu sagen, hat mich von Beginn an angezogen. Marc ist so aufmerksam. Viele Männer merken es nicht einmal, wenn die Freundin beim Friseur war oder ein neues Outfit trägt. Ganz anders ist mein Freund.

Gerne möchte ich ihn fragen, ob er Ina, seine erste Frau, früher auf ihr Äußeres angesprochen hat, lasse es aber sein. Wieso in alten Wunden rühren, denke ich mir.

Beschwingt greife ich nach meiner Tasche und wir verlassen gemeinsam unsere Wohnung. „Morgen werde ich schon vor der Arbeit zum Joggen gehen." Meine Worte lassen Marc beim Starten des Wagens auflachen. „Du denkst schon jetzt an das fettige Abendessen bei Lotte?"

Ich nicke. „Es ist immer dasselbe. Würstchen und Kartoffelsalat oder Nudeln. Es gibt nie etwas Leichtes zum Essen. Die Desserts mit Chips oder Eis sind der krönende Abschluss."

Beim Aussteigen aus dem Wagen vor Lottes Haus höre ich schon die Stimmen der Freundinnen. Rasch hauche ich Marc noch einen Luftkuss zu, dann fährt er davon. Mit gemischten Gefühlen auf das, was mich nun erwarten wird, gehe ich durch das alte knarrende Gartentor.

Meine Freundinnen sehe ich schon am Tisch sitzen, angeregt in ein Gespräch vertieft. Bisher hat mein Kommen noch niemand bemerkt. Von weitem kann ich die große Schüssel mit Nudeln sehen. Nicht einmal auf mich gewartet haben sie mit dem Essen, ärgere ich mich. Kurz hole ich Luft, dann stampfe ich auf den Tisch zu.

„Petra! Schön siehst du heute aus."

Meine Verwunderung, diese Worte aus dem Mund von Ina zu hören, sie ist groß. Meine Tasche hänge ich über die Stuhllehne und setze mich zu den anderen. Lotte legt ihr Besteck zur Seite. „Für dich gibt es heute Abend auch etwas Leckeres." Kichernd eilt sie in ihre Küche.

„Ich bin jetzt aber gespannt", gebe ich in die kleine Runde. Karin stopft munter Pasta in sich hinein. Die Zeit, in der sie ihre Diät verfolgte, scheint passé zu sein.

„Ab nächster Woche lebe ich wieder etwas gesünder", höre ich Karin sagen.

Peinlich berührt blicke ich sie an. In diesem Moment kommt Lotte aus ihrer Küche.

„Hier, Petra, das ist für dich“, reicht sie mir eine kleine Schüssel. Verwundert blicke ich auf. „Tomatensalat mit Zwiebeln und Essig-Öl-Dressing?“ „Die Zeit ist reif für Veränderungen.“ Ina hebt ihr Glas in meine Richtung. Lotte schenkt mir rasch Prosecco in ein freies Glas. Ich stoße im Anschluss mit Ina, Lotte und Karin an.

„Auf uns Freundinnen und dass wir uns so nehmen, wie jede von uns sein möchte!“ Inas Worte lassen mich erneut staunen. So ganz kann ich noch nicht glauben, was ich gerade höre.

Auch, nachdem ich meinen Salat aufgegessen habe, meine Freundinnen ihre Pasta mit Soße verschlingt haben, ist Ina noch immer freundlich zu mir. Allmählich werde ich ruhiger.

Die Stimmung ist ausgelassen, wir reden und albern, stoßen mit dem prickelnden Inhalt unserer Gläser an.

„Letzte Nacht habe ich Johann gefragt, ob er bei mir und Wolfi einziehen möchte“, gibt Ina den Grund ihrer guten Stimmung preis. Wir sehen sie gleichermaßen neugierig an. „Er hat Ja gesagt!“

„Ich freue mich so sehr für dich“, springe ich von meinem Stuhl auf und umarme Ina. Ups, denke ich unvermittelt, so eng waren wir beide noch nie miteinander umgegangen. Immerhin lebe ich jetzt mit Inas erstem Mann zusammen. Wenn das nicht Grund genug ist, sich zu verstehen, auch für Wolfi.

„Die Zeit hat so vieles verändert“, höre ich Ina sagen, nachdem auch Lotte und Karin sie umarmt und gratuliert haben. Lotte bittet Ina, mit ihren Worten zu warten, bis sie eine neue Flasche Prosecco aus dem Kühlschrank geholt habe.

„Mir ist es wichtig, dass ich euch als Freundinnen behalte. Auch dich, Petra. Ich kann mir auch gut vorstellen, dass du gemeinsam mit Marc auf Wolfi aufpasst.“

Der letzte Satz lässt mich aufhören. Ich tupfe mit der Serviette meinen Mund ab. So ganz kann ich nicht glauben, was ich gerade gehört habe.

„Um ehrlich zu sein, noch am Nachmittag habe ich überlegt, heute überhaupt zu dem Treffen zu kommen. Bisher war ich es doch immer, die einstecken musste."

Ina nickt. „Von mir, nicht wahr? Ich kann ziemlich hart sein, wenn ich es auf jemanden abgesehen habe?"

„Ja!" Mehr sage ich nicht, dann fallen wir ins Lachen. „Genug der großen Worte", hören wir Karin sagen. „Es gibt jetzt Nachtisch und bevor ihr noch sentimentaler werdet, berichte ich euch von dem Treffen mit Doktor Peter Schön am gestrigen Abend."

Während wir gemeinsam den kleinen Tisch abräumen und das Geschirr in die Spülmaschine von Lotte stecken, ist die Stimmung grandios. Karin bereitet drei Becher mit Eis vor, ich beobachte ihr Handeln kommentarlos. Lotte öffnet ihren Kühlschrank und holt für mich einen Naturjoghurt zum Vorschein.

„Habt ihr euch heute abgesprochen, besonders nett zu mir zu sein? Und darf ich mich daran gewöhnen?"

Auf dem Weg zurück in den Garten komme ich noch nicht über das Verhalten der Freundinnen hinweg.

Karin lässt mit ihren Ausführungen des gestrigen Abends nicht lange auf sich warten und somit bin ich rasch abgelenkt.

„Bisher dachte ich, Lotte war mit diesem Mann verabredet", werfe ich spontan ein.

„Lotte trifft sich doch bald wieder mit Franz", kommt die rasche Antwort von Karin.

„Moment mal", ich sehe die beiden Freundinnen an. „Wir haben uns gerade drei Tage nicht gesehen und schon ist alles auf den Kopf gedreht, was zuvor noch heftig diskutiert wurde? Wo, bitte, habe ich den Faden verloren?"

Erneut höre ich Lachen auf meine Worte, was mir gerade gut gefällt.

„Ich bin auch überrascht", gibt Ina Auskunft. „Allem Anschein nach sind wir beide nicht up to date", sieht sie mich zufrieden an.

Eben in diesem Moment vibriert das Handy von Lotte. Es liegt auf dem Tisch und gleichzeig recken wir unsere Köpfe, um etwas zu erhaschen.

„Ihr seid unmöglich", zieht Lotte ihr Handy an sich. „Franz hat mir erneut geschrieben", säuselnd kommen diese Worte über ihre Lippen. Mit verzücktem Blick hält sie uns die SMS hin. Ich greife als erste zu und ziehe das Handy an mich. Ina und Karin springen von den Stühlen auf, um über meine Schulter zu sehen und mitzulesen.

Meine Lotte,

für mich bist du wie ein Stern, der aufgegangen ist und nur über mir zu leuchten scheint. Am Abend, wenn ich einsam in meinem Bett liege, ich denke an dich. Jetzt stehe ich an meinem Fenster und blicke zum Himmel in der großen Hoffnung, ich sehe meinen Stern. Wie tief die Gefühle doch in mir sind, ich habe es erst gemerkt, nachdem ich dein Haus verlassen habe. Sehnsucht kann richtig wehtun, Lotte. Wie gerne möchte ich dich jetzt, noch am späten Abend, besuchen, dich küssen und lieben. Denkst du auch noch öfter an unsere schönen Spielchen?
Nächste Woche Samstag werde ich meine kleine Prinzessin sehr gerne zu dem Essen bei Anton Wall begleiten. Für dich tue ich alles!
Mich mit dir zu verabreden, dieses Flirten, was sich wieder zwischen uns in Bewegung gesetzt hat, es ist so prickelnd. Ich bin verrückt nach dir!

Mit einem Kuss auf deinen Bauchnabel verabschiede ich mich in die einsame Nacht und hoffe in meinen Träumen, nicht vor Sehnsucht zu zergehen, dein Franz.

Schmalz, schmalz, möchte ich laut rufen, lasse es aber sein. Die Stimmung war heute am Abend so schön, wie lange nicht mehr und ich will nicht der Grund für neuerlichen Streit sein. Außerdem bin ich mir nicht sicher, ob meine Sichtweise auf eine Beziehung unbedingt auf Lotte übertragen werden muss.

„Leben und leben lassen“, hören wir aus Karins Mund.

„Nicht so ganz folgen kann ich den Worten von Franz.

Er vermisst dich jetzt wieder, ist allem Anschein nach geläutert und bereit für einen Neuanfang?

Was war mit dem Abend als du die rote Wäsche für ihn übergezogen hast?“ Ina bringt das aufs Tablett, was auch ich wissen möchte.

„Er wollte mich schon heute wiedertreffen. Zunächst habe ich zugesagt, dann aber doch einen Rückzieher gemacht. Ich bin aufgewühlt.“

„Nächste Woche Samstag bringst du Franz tatsächlich mit zu der Einladung von Anton Wall?“ Meine Verwunderung kann ich nicht verbergen.

Eine halbe Stunde später sind wir etwas schlauer. „Kannst du den Abend der Schmach vergessen?“ Erneut bin ich es, die offen ausspricht, was sie gerade denkt. Lotte schluckt, das ist nicht zu leugnen. „Ehrlich gesagt, ich habe den Abend noch nicht ganz verwunden. Tatsache aber ist, ich liebe diesen Mann noch immer. Inzwischen glaube ich zu wissen, Franz und ich können nicht dauerhaft zusammenleben. Unsere Liebe hat nur eine Chance, wenn jeder von uns auch sein eigenes Reich und Privatleben hat.“

Ina und ich sehen uns kurz an. Erst vor einer Stunde hat diese stolz erzählt, Johann werde ganz bei ihr einziehen. Diese

Tatsache und ihre positive Veränderung gehören zusammen. Jetzt berichtet uns Lotte von einer Lebensweise, die genau das Gegenteil für richtig aufzeigt.

„An den Worten von Karin scheint ein Funken Wahrheit zu sein", bemühe ich mich die Leichtigkeit des Abends zurückzuholen. ,,Leben und leben lassen."

Wir stoßen erneut an, auf Lotte und ihre Versuche, doch noch mit Franz glücklich zu werden.

„Wirst du dich erneut mit Doktor Peter Schön treffen?" Karin grinst auf meine Worte. „Ich wünsche mir ein Wiedersehen", sie blickt kurz zum Boden. „Tatsache aber ist, wir haben nichts verabredet und keine Telefonnummern ausgetauscht."

Lotte holt auf Drängen von mir später ihren Laptop hervor. Wir googeln erneut den Psychologen.

„Du kannst dich als Patientin anmelden", kommt ein Ratschlag von Ina. Karin schüttelt energisch ihren Kopf. „Mit seinen Patientinnen fängt er niemals ein Verhältnis an, das hat er mir gleich beim ersten Treffen gesagt."

Lotte geht auf die eingehenden E-Mails von sich.

„Die ersten Reaktionen auf meine Kolumne sind schon eingegangen. Ich fasse es nicht! Die Veröffentlichung war erst heute. Wahnsinn!"

Jetzt sind wir natürlich ganz bei diesem Thema angekommen. Zunächst muss Lotte uns die eingesendete Kolumne vorlesen. Dann möchten wir noch die Reaktionen hören.

„Bis jetzt sind zwei Reaktionen eingegangen", ihre Stimme zittert.

„Vorlesen!" Karin ist mir zuvorgekommen.

Liebe Lotte Wolke,

schon oft haben Sie sich Gedanken über die Liebe gemacht. Ich kann mich so gut in Sie hineindenken. Sie sprechen mir förmlich aus der Seele. Ihre Chefredakteurin sagt, so wie Sie leben, das ist der Spiegel der Gesellschaft. Nun hoffe ich doch, es gibt sie noch, die glücklichen Paare auf dieser Welt. Menschen, die sich so lieben wie sie sind und bereit sind, jedes Tief miteinander zu teilen. Diesen Glauben möchte ich noch nicht ablegen.

Mir ist dieses Phänomen bisher verborgen geblieben. Um ehrlich zu sein, geht es mir nicht anders als Ihnen. Mit Kontaktanzeigen habe ich auch schon so meine Erfahrungen gemacht. Im Augenblick habe ich eine neue Beziehung, die auch schon seit vier Monaten hält. Die Wohnung im Haus nebenan wurde neu vermietet und das Glück hat es gut mit mir gemeint. Der neue Mieter ist mein neuer Freund. Noch finden wir es gut, dass jeder seine eigene Wohnung hat. Ein kleiner Rückzugsort kann doch auch seine Vorteile haben, was sagen Sie dazu?

Jetzt würde mich noch brennend interessieren, wie ist Ihr Treffen mit dem Psychologen verlaufen? Neugierig wie ich bin, zog ich sogleich meinen Laptop hervor. Sie haben von Doktor Peter Schön in Ihrer Kolumne geschrieben, das stimmt doch? Meinen Freundinnen habe ich Ihre Kolumne gezeigt und zwei sind meinem Vorschlag eine Therapie zu beginnen, gefolgt. Heute ist es doch normal, sich professionelle Hilfe zu holen.

Nächste Woche habe ich einen Termin bei dem Arzt. Komisch finde ich nur, bei der telefonischen Anmeldung hat die Mitarbeiterin so verstört auf den Hinweis mit der Kolumne reagiert?

Bei meinem Termin werde ich versuchen, das zu klären. Hoffentlich kann Doktor Peter Schön mir helfen, das Leben und die Liebe etwas positiver und gelassener zu sehen.
Schreiben Sie bitte weiter, lieber Frau Lotte!

In schwesterlicher Zugehörigkeit
Elisabeth

Es ist kurz still. Lottes Blicke, nachdem sie uns die erste Nachricht vorgelesen hat, sprechen Bände.

„Das riecht förmlich nach Ärger“, hören wir aus Karins Mund. „Peter wird davon erfahren und sich deine Kolumne durchlesen, Lotte. Jetzt will er sicherlich auch kein Treffen mehr mit mir“, fügt sie traurig nach. Die wunderschöne Stimmung geht in Richtung Gefrierpunkt.

In dieser Situation erreicht mich der Anruf von Marc, er sei gleich vor Lottes Haus. Hektisch springe ich von meinem Stuhl auf.

„Ich werde jetzt abgeholt“, verabschiede ich mich schnell.

Ina lächelt mir zu, was mich wirklich erfreut. Karin ist so mit sich und der Sorge um ihren Psychologen und seine Reaktion beschäftigt, sie blickt nur auf Lottes Laptop.

„Kommst du morgen kurz ins Café? Ich habe ab 12 Uhr Dienst“, verabschiedet Lotte mich.

„Gut, ich komme auf einen Kaffee in der Mittagspause vorbei.“

Zeitgleich mit Marcs Eintreffen erreiche ich das Gartentor. Beim Einsteigen in den Wagen bin ich beseelt über meine Beziehung, mein privates Glück.

„Du siehst so aus, als hättest du viel zu erzählen“, küsst mich Marc auf die Wange, dann fährt er los.

„Bist du Hellseher?“ Meine Bemühung, locker zu klingen, fruchtet nicht.

„Morgen am Abend bringe ich dich auf den neuesten Stand in puncto Liebe meiner Freundinnen. Puh! Liebe kann richtig kompliziert sein und anstrengend.“

„Ich werde dich zuvor mit einem Steak verwöhnen und für dich kochen“, lenkt Marc den Wagen ruhig und sicher weiter. Ich lehne mich im Sitz zurück und genieße seine Nähe. „Wie wunderschön es ist, dich an meiner Seite zu haben“, lege ich meine Hand auf sein Bein.

Ein Tag später

Doktor Peter Schön

Vincenz ist wie zu erwarten war, pünktlich. Ihm öffne ich persönlich die Tür und führe ihn gleich in mein Zimmer. „Darf ich Ihnen etwas zum Trinken anbieten?"

Vincenz kennt sich in meinen Räumen aus, setzt sich sogleich auf das bequeme Sofa, streckt seine Füße mit einem Seufzer aus. „Vermisst habe ich Sie, Doktor Schön!" Seine Worte schmeicheln mir. Bei meiner Mitarbeiterin ordere ich zwei Cappuccino. Mir ist noch bekannt, Vincenz liebt dieses Getränk.

Erst, als der Cappuccino vor uns steht, wir die allgemeinen Freundlichkeiten ausgetauscht haben, wird er privater.

„Mein Leben hat sich verändert, um 180 Grad." Vincenz verzieht kurz seinen Mund. „Nicht nur Rosalinde ist mein Leben gekommen …"

In den nächsten vierzig Minuten tauche ich ein in die Welt von Vincenz. Fasziniert folge ich seinen Erläuterungen, besonders den Passagen, in denen er mir von Lotte berichtet.

„Was meinen Sie, wie soll ich mich jetzt verhalten?" Kurz stehe ich von meinem Platz auf, gehe zu dem großen Fenster, das seinen Blick auf meinen Garten freigibt. „Sie müssen dankbar sein für diese Wendung in Ihrem Leben", sage ich offen, was ich denke. „In Ihrem Alter ist das wie ein Lottogewinn. Pardon, ich will nicht unhöflich sein."

Ohrfeigen könnte ich mich für meine unsensible Ausdrucksweise. Ihn zu beleidigen, war nicht meine Absicht.

„Ja, das sehen Sie richtig. Trotzdem wirft mich diese Neuigkeit etwas aus der Bahn. Was habe ich alles versäumt und was in meinem bisherigen Leben alles verpasst? Diese Fragen beschäftigen mich derzeit mehr denn je."

Vincenz bittet mich um ein Glas Wasser. Seinem Wunsch komme ich gerne nach. Meine Mitarbeiterin legt ein frisches Stück Apfelkuchen auf einen Teller.

„Steht es so schlimm um mich?“ Vincenz bemüht, sich gelassen zu wirken.

„Das ist nur ein kleiner Willkommensgruß. Die kleinen Extras im Leben, die uns die Zeit versüßen. Mich freut es, dass Sie wieder mein Patient sind.“

„Mir genügt ein freundliches Gespräch mit Ihnen. Die kleine Beigabe jedoch nehme ich gerne zu mir.“

Interessant der Mann, denke ich.

„Um nun zu Ihrer Frage zu kommen, lieber Vincenz. In meinen Augen haben Sie, wie erwähnt, großes Glück. Nehmen Sie die Neuigkeit mit offenem Herzen auf und an. Ich kann Ihnen nur raten, sich nicht zu verschließen. Ihnen würden eine Öffnung und klärende Worte helfen.“

Mit offenem Mund sieht er zu mir. Ich warte geduldig auf eine weitere Reaktion.

Vincenz stellt den Teller zur Seite, er hat nur zwei Bisse von dem Kuchen genommen.

„Entspricht er nicht Ihrem Geschmack?“

Vincenz steht behäbig auf. Kurz überlege ich, ihm zur Seite zu stehen, dann jedoch lasse ich es sein. Er ist nicht der Mann, der gerne Schwächen zeigt.

„Seien Sie sicher, ich nehme mir Ihren Ratschlag zu Herzen. Mir fällt es wirklich nicht leicht“, er stockt. „Der Kuchen war gut, wenn ich bei meinem nächsten Besuch“, wieder hört er mitten im Satz auf zu reden. Ich nicke ihm zu. „Selbstverständlich.“

An meiner Tür angekommen, dreht sich Vincenz noch einmal um. „Können Sie mir zur Seite stehen?“

Mit einem Mal sehe ich in ihm einen alten Mann. Seine Augen haben an Glanz verloren, was mich sorgt.

„Wie kann ich Ihnen behilflich sein?"

Seine Augen gewinnen wieder an Ausstrahlung. Vincenz nimmt seine Hand von dem Griff der Tür und kommt mit schweren Schritten zu mir, gesellt sich an meine Seite. Wir sehen beide aus dem großen Fenster auf meinen Garten.

„Sehr schön der Ausblick", zieht Vincenz ein Taschentuch hervor. Am liebsten möchte ich ihm meine Hand auf die Schulter legen, die allem Anschein nach so vieles tragen muss und ihm das Leben gerade erschwert. Ich lasse es sein, bleibe auf Distanz.

„Sie könnten mir, wie bereits erwähnt, helfen einen Schritt zu gehen, der vieles verändern wird, nicht nur für mich."

Kurz blicken wir uns in die Augen, dann wendet Vincenz seinen Blick wieder aus dem Fenster. Ich tue es ihm gleich.

„Haben Sie am Abend Zeit für ein Treffen in, sagen wir, einer privateren Atmosphäre?"

„Sie können sich auf mich verlassen", begleite ich zwanzig Minuten später Vincenz bis zu seinem Wagen. Sein Fahrer steigt aus, nickt mir freundlich zu und öffnet zeitgleich seinem Chef die Wagentür.

„Doktor Peter Schön?" Eine kreischende Frauenstimme ist zu hören, dann noch eine weitere. Irritiert blicke ich mich um. Vincenz hält in seiner Bewegung, in den Wagen zu steigen, inne.

„Was hat das zu bedeuten?"

Eine Antwort kann ich ihm nicht geben. Meine Augen sehen gerade eine Gruppe von ungefähr 13 oder mehr Frauen, alle unter Fünfzig, wie eine erste Beurteilung von mir ausfällt.

„Wir haben die Zeitschrift gelesen und von Ihnen erfahren."

Noch immer stehe ich ratlos an der Seite von Vincenz. Die Frauen kommen immer näher.

„Das Feld überlasse ich Ihnen", steigt Vincenz in den Wagen. „Wir sind ja verabredet", fällt die Tür ins Schloss. Sein Fahrer bringt den Wagen unvermittelt auf die Straße.

„Wie war Ihr Treffen mit Lotte Wolke? Ist sie nun Ihre Freundin? Haben Sie die Nacht miteinander verbracht?"

Umzingelt von den fragenden Frauen stehe ich noch immer vor meiner Praxis, hilflos zu reagieren. Diese Situation kann ich nicht einordnen. Was haben diese Frauen mit Lotte Wolke zu tun und weshalb stand unser Treffen in der Zeitung?

„Herr Doktor, Ihr nächster Patient wartet", übertönt die Stimme meiner Mitarbeiterin die Frauen. Kurz wird es still, alle blicken zu meiner Mitarbeiterin, die selbstsicher durch die Menge schreitet und ihre Worte nochmals wiederholt. Resolut packt sie meinen Arm und zieht mich von den Frauen weg.

„Wahnsinn! Können Sie mir sagen, was das sollte? Ich kenne diese Frauen nicht", überrascht blicke ich aus dem Fenster, das eine Sicht auf den Parkplatz freilässt. Im Anmelderaum meiner Praxis klingelt unaufhörlich das Telefon.

„So geht das schon den ganzen Morgen. Wir haben Termine für die nächsten sechs Monate vergeben."

„Ich gehe jetzt raus und hinterfrage das kleine Meeting vor meiner Praxis", drehe ich mich beherzt um und verlasse die Praxis.

„Augen auf die Tür", höre ich eine Frau rufen, Sekunden später bin ich wieder umzingelt.

„Jetzt möchte ich wissen, was Sie von mir wollen!"

Meine Stimme klingt dieses Mal gefestigt und lässt nicht daran zweifeln, ich will eine Erklärung. Zunächst höre ich zwei, drei Frauen ineinander reden.

„Ruhe! Ich möchte, dass nur eine von Ihnen mir alles erklärt!"

Fast habe ich den Eindruck, jetzt habe ich über das Ziel hinausgeschossen, als mit einem Male doch noch eine ruhige Stimme erklingt.

„Sie wissen doch von der Kolumne? Lotte Wolke hat über Sie in der Zeitschrift …"

Das, was ich nun höre, erschreckt und verwundert mich zugleich. Augenscheinlich ruhig bedanke ich mich für die Auskunft. „Jede von Ihnen, die einen Termin bei mir wünscht, soll auch berücksichtigt werden. Nur eines sollten Sie wissen. Niemals fange ich etwas mit einer Patientin von mir an. Mein Anliegen ist es, Ihnen zu helfen, das Leben wieder anzunehmen, mit allen Höhen und Tiefen."

Applaus erklingt, gerade so, als habe ich eine Rede als Anwärter zum Bürgermeister gehalten.

Kopfschüttelnd komme ich bei meiner Mitarbeiterin wieder in ihrem Zimmer an. Die Frau hat das ganze Szenario von ihrem Fenster aus beobachtet.

„Nun erzählen Sie doch schon, Doktor Schön. Was wollen die ganzen Frauen von Ihnen?"

Aus meinem Portemonnaie ziehe ich einen Fünf-Euro-Schein heraus. „Gehen Sie bitte zum Kiosk und holen für mich die Zeitschrift: Frau mit Herz!"

Meine Mitarbeiterin kennt mich seit Jahren. Ohne zu zögern, verlässt sie die Praxis. „Ich schließe aber kurz ab", klingt es durch den Flur. Mir ist es nur lieb. Rasch verziehe ich mich in mein Büro, falle in meinen Stuhl. Einen ersten Impuls, Lotte Wolke anzurufen, lasse ich fallen. Zu spontan wäre dieses Verhalten. Zunächst muss ich mich um meine anderen Patienten kümmern, dann werde ich diese Kolumne lesen, von der die Rede war.

Karin

Lotte ist schon in Limburg in ihrem Café und ich kümmere mich gerade um unsere Wäsche, als es an der Tür klingelt. In Erwartung des Briefträgers ziehe ich die Tür weit auf.

„Du?" Mehr Worte fallen mir beim Anblick von Doktor Schön, sprich Peter, nicht ein. „Ich bin gerade etwas überfordert", bitte ich ihn dann doch ins Haus. Rasch überfliege ich mein Äußeres im Flurspiegel. Mir gefällt, was ich sehe. Zum Glück habe ich mir am Morgen die Haare frisch gemacht, lächele ich mein Spiegelbild an.

„Ich bin auch sehr zufrieden mit deinem Anblick", geht Peter an mir vorbei, direkt in die Küche. „Möchtest du mir nicht eine Tasse Kaffee anbieten?" In seiner Stimme liegt etwas, das ich nicht deuten kann. Peter beobachtet mein Vorgehen, sagt nichts und lässt mich auch nicht aus seinem Blick, während ich seinem Wunsch nachkomme.

„Machst du bitte die Tür zum Garten auf?" Mit dem Tablett in den Händen drehe ich mich zu ihm um und deute mit meinem Kopf auf die Tür, die ins Grüne führt.

„Das Haus gehört Lotte?" Auch im Garten blickt er sich um, ohne eine Miene zu verziehen. Habe ich mich am Mittwochabend so in diesem Mann getäuscht? In meiner Erinnerung war er so galant, lustig und unterhaltsam. Gerade habe ich den Eindruck, ein lauernder Tiger sei in meiner Nähe.

„Was verschafft uns die Ehre deines Besuchs?" Ich möchte locker klingen, während ich den Kaffee einschenke.

„Redest du öfter in der Mehrzahl?"

Peters Tasse, die ich gerade am Füllen bin, läuft über, so hat er mich aus dem Konzept gebracht. Verärgert stelle ich die Kanne auf den Tisch.

„Was genau ist passiert? Du wirkst so verändert auf mich, Peter, so", ich halte kurz zurück, was mir auf der Seele brennt.

Dann springe ich von meinem Stuhl auf, gehe zurück in die Küche und greife mir eine frische Tasse.

Peter wartet geduldig, bis ich die neue Tasse für ihn gefüllt und den kleinen Tisch abgewischt habe.

„Schon gut, ich freue mich über deinen Besuch und doch spüre ich eine Veränderung an dir. Liege ich richtig?"

„Kennst du die Kolumne von Lotte?" Mein Blick trifft direkt den seinen.

Ich hole tief Luft. Mir war klar, dass das Ärger geben wird. Ich straffe mich innerlich, ehe ich antworte: „Darum geht es also!"

„Was hat sich Lotte nur dabei gedacht, mich so vorzuführen? In meiner Praxis klingelt unentwegt das Telefon und nur, wirklich nur Frauen rufen an und bitten um einen Termin. Sind sie dann erst einmal in meiner Nähe, werde ich entweder angemacht oder über mein Treffen mit Lotte Wolke ausgefragt. Heute hat eine Patientin ihre Bluse geöffnet und sich in einem schwarzen BH präsentiert."

Prustend sitze ich vor Peter. Irritiert blickt er zu mir. „Amüsierst du dich gerade über mich?"

Meine Tasse stelle ich zur Seite. „Nein, bitte!" Ich überlege kurz. „Lotte hat mit den Andeutungen zu deiner Person wirklich einen großen Fehler gemacht. Glaube mir, es wird Lotte leidtun, von deinen Umständen mit den weiblichen Patientinnen zu hören. Meine Freundin hat mit ihrem Elan über das Ziel hinausgeschossen", rudere ich mit meiner ersten Reaktion zurück.

Peter sieht mich fragend an. „Du hast nichts mit dieser Kolumne zu tun?" Automatisch schüttele ich meinen Kopf. „Das Schreiben ist Lottes Aufgabe."

Mit Nachdruck füge ich an: „In diesem Bereich habe ich leider kein Talent. Umso ungerechter ist jetzt die Situation.

Du kommst zu Besuch und bringst eine negative Stimmung mit, wofür ich keine Verantwortung trage."

Gegen Abend

Kaum erwarten kann ich Lottes Rückkehr aus dem Café.

„Er ist einfach so gegangen? Ohne sich noch etwas mit dir zu unterhalten oder den Kaffee auszutrinken?" Lotte will nicht glauben, was mir am Nachmittag passiert ist.

„Sein Verhalten kann ich nicht einschätzen. Peter kennen wir auch noch nicht wirklich. Schade finde ich nur, dass sein Auftritt heute mir eine Seite gezeigt hat, die ich nicht beim zweiten Treffen schon kennenlernen wollte. Er gefällt mir und eigentlich war ich richtig glücklich und etwas nervös wie bei einem Date, als er so plötzlich vor mir stand."

Lotte blickt mich traurig an. „Das habe ich dann gut vermasselt."

„Lust auf eine Pizza?", möchte ich uns ablenken.

Meine Frage bleibt nicht lange unbeantwortet.

„Sehr gute Idee! Wir fahren in die kleine Pizzeria in Limburg."

Auf der Fahrt grübele ich darüber nach, ob Lottes Idee so gut ist. „Wenn wir Peter begegnen? Um ehrlich zu sein, ich kann heute Abend keine weiteren Aufregungen vertragen."

„Mir würde es gelegen kommen. Eigentlich wünsche ich mir ein Treffen mit ihm, damit ich mich entschuldigen kann."

Lotte überrascht mich.

„Dann hast du keine Angst, ihn zu sehen? Er war aufgebracht", gebe ich zu bedenken. Meine Freundin nimmt meine Worte gelassen auf.

„In einem Restaurant macht er keine Szene. Ein Mann wie Peter hat Stil."

Beim Betreten der Pizzeria fällt mir sogleich ein Tisch ins Auge. Zwei Männer, die wir kennen, sitzen vereint und scheinen sich angeregt zu unterhalten. Rotwein steht vor ihnen.

„Noch können wir den Rückzug antreten, uns hat noch niemand gesehen", deute ich mit der Hand in die Richtung des Tisches.

„In mir ist die starke Seite zum Vorschein gekommen", flüstert Lotte über meine Schulter hinweg und schreitet mit erhobenem Kopf an mir vorbei, geradewegs auf den Tisch und die beiden Männer zu.

„Dürfen wir uns zu euch setzen?" Mit einem breiten Lächeln reicht Lotte zunächst dem völlig überrumpelten Doktor Peter Schön ihre Hand, dann umarmt sie herzlich Vincenz. Er steht zu unserer Begrüßung höflich von seinem Stuhl auf. Seine Freude, über unser Erscheinen ist echt.

„Wenn ich vorstellen darf."

Geduldig warten wir, bis Vincenz wieder auf seinem Stuhl sitzt.

„Peter, Karin und ich kennen uns schon", trällert Lotte über den Tisch. Sie hat freiwillig den freien Stuhl neben Peter genommen, mich an die Seite von Vincenz gesetzt. Mein Blick trifft den von Peter. Bevor ich meinen Mund öffnen und etwas sagen kann, spricht Lotte weiter.

„So etwas Verrücktes", ihre Stimme klingt fremd für mich. Sie passt auf eine Theaterbühne, sinniere ich.

„Meine neueste Kolumne schlägt hohe Wellen, habt ihr schon davon gehört?"

Peter, soweit er sich noch bis gerade im Griff hatte, wird blass um seine Nase.

„Lotte? Was genau möchtest du uns sagen?" Vincenz ist kein Mensch, den man unterschätzen darf. Ihm ist die Situation nicht geheuer.

Lotte stutzt kurz, blickt ihn an. „Mir ging es nur darum, die Praxis von Doktor Peter Schön etwas zu bewerben. Das ist mir auch gelungen, oder?“ Rasch wendet sie ihren Blick auf Peter.

Peinlich empfinde ich die Situation. Mein Blick wandert auf die Tischplatte. Einem plötzlichen Empfinden, kurz der Runde zu entfliehen, gebe ich nach.

„Ich möchte meine Hände vor dem Essen waschen“, spreche ich höflich aus.

Im Waschraum angekommen, frage ich mich, was Lotte bezwecken möchte. War die Situation bis vorhin schon peinlich und unschön, jetzt ist sie kaum mehr zu retten. Beim Verlassen des Raumes stoße ich fast mit Peter zusammen.

„Für meinen Besuch am Nachmittag, mein Verhalten dir gegenüber, Karin, möchte ich mich entschuldigen.“

Mein Blick wandert zu dem kleinen Tisch, an dem jetzt nur noch Lotte und Vincenz sitzen.

„Lotte sollte doch eine Therapie bei mir anfangen, ihre Fantasie ist grenzenlos.“

Es sind weniger die Worte von Peter als vielmehr der kleine Kuss, den er mir ohne Ankündigung auf die Wange haucht, die mich umhauen. Meine Beine sind wie Watte.

„Wir treffen uns gleich wieder am Tisch“, verschwindet Peter auf der Männertoilette.

„Habe ich etwas verpasst?“, betont freundlich komme ich zurück an den Tisch.

Vincenz rückt meinen Stuhl zurecht, er ist ein Kavalier. „Lotte sollte eine Therapie bei Doktor Schön anfangen“, poltert Vincenz dann unerwartet hart los. Entsetzt über den Ton in seiner Stimme sehe ich ihn an.

„Vielleicht ist es keine schlechte Idee. Mein Leben ist gerade wieder wie eine Achterbahn“, hören wir aus Lottes Mund.

„Sehr gut! Ich werde meine Mitarbeiterin bitten, dir einen Termin in der nächsten Woche zu geben“, Peter ist wieder zurück auf seinem Platz. „Jetzt sollten wir uns aber etwas zum Essen bestellen, ich habe Hunger“, bemüht er sich, die angeknackste Stimmung zu erhellen.

Vincenz erkundigt sich nach dem Essen, das wirklich köstlich war, nach Hermann Josef.

„Man muss ihm zugestehen, so zu leben, wie er es für sich für richtig hält“, bekunde ich meine Gedanken zu ihm.

„Für mich bist du eine der wunderbarsten Frauen, Karin. Du hast Größe!“

Dieses Kompliment kommt von Vincenz. Peter erhebt sein Glas in meine Richtung. „Auf den schönen Abend und seinen doch noch glücklichen Verlauf!“

Zu meiner Freude hat er nichts zu meinem Verflossenen gesagt. Mir liegt auch nicht daran, Hermann Josef vor seinem Onkel Vincenz ins schlechte Licht zu rücken. Es ist nicht meine erste Beziehung, die gescheitert ist und innerlich bin ich mir darüber im Klaren, viele Fehler, die zum Scheitern geführt haben, sind von mir begangen worden.

Immer wieder suche ich an diesem Abend den Blickkontakt mit Peter. Ihm scheint es zu gefallen und an seiner Art zu reden, mich immer wieder mit einzubeziehen, spüre ich, er mag mich. Gut, ich hoffe innerlich, dass meine Empfindungen stimmen, ich mich nicht täusche in diesem Mann oder mir etwas vormache, was am Ende nicht eintrifft. Für den Moment zumindest tut mir seine Nähe sehr gut.

Lotte

So ein Abend wie heute, der kostet Kraft. Dankbar bin ich, mit Peter wieder im Reinen zu sein. Jetzt muss ich nur sehen, wie ich ihn aus der nächsten Kolumne heraushalte.

Meine Leserinnen erwarten eine Antwort von mir, dessen bin ich mir bewusst. Selbstbewusst habe ich dies auch angesprochen. Zunächst dachte ich, Peter würde sein Besteck auf den Tisch legen und gehen. Ob es an Vincenz lag oder an Karin? Er blieb ruhig.

„Gute Idee, Lotte! Ich male mir mal nicht aus, wie du die neue Kolumne schreibst. Mir reicht es, wenn ich darin keine Rolle mehr finde."

Karin war sehr müde, als wir vorhin in mein Haus zurückkamen. Sie ist gleich auf ihr Zimmer gegangen.

„Dafür mache ich morgen das Frühstück für uns." Gähnend hatte sie sich noch etwas zum Knabbern geholt und war auch rasch aus meinem Sichtfeld verschwunden.

Meinen Laptop angele ich mir, um die neusten Reaktionen auf meine Kolumne zu lesen.

Liebe Lotte Wolke,

heute habe ich mir schon einen Termin bei Doktor Peter Schön ausgemacht. Richtig neugierig bin ich auf diesen Mann und Therapeuten. Wenn Sie, liebe Lotte, so von ihm schwärmen, dann muss er gut sein. Nicht nur als Therapeut.

Lieben Dank für den Tipp und Grüße
Anna

Kurz blicke ich aus dem Fenster. So war meine Kolumne nicht gedacht. Außerdem habe ich keine direkte Werbung für Peter als Sexobjekt ankurbeln wollen. Anna hat meine Worte falsch verstanden. Ihr werde ich nicht schreiben, zumindest jetzt nicht. Meine Chefredakteurin Frau Krautwinkel kommt mir in den Sinn. Mahnend sehe ich sie vor mir, jeder Frau zu antworten. Meinen Entschluss revidiere ich daher wieder.

Liebe Anna,

nicht den Mann meiner Begierde habe ich in diesem Therapeuten gefunden, jedoch den Arzt, der mir helfen soll, das Leben zu leben. Mich selbst zu finden, wieder mehr Optimismus in mein Handeln und meinen Alltag einfließen zu lassen, sind meine Wünsche. Mein Herz gehört zu 100 Prozent Franz, dem Mann, von dem ich mich gerade erst getrennt habe.
Wie viele Therapiestunden ich nun benötigen werde, um dieses Phänomen selbst zu verstehen, bleibt noch offen.
Bisher dachte ich mir, wenn zwei Menschen erwachsen sind, sich lieben, ziehen sie eines Tages zusammen und gestalten gemeinsam den Alltag. Was, so überlege ich jetzt, ist normal? Müssen alle Menschen in ein Raster passen, sich anpassen und so verhalten, wie die Gesellschaft es gerne sieht?
Leben nicht viel mehr Menschen in Zwängen als es gut ist? Bleiben nicht Paare zusammen aus Gründen, die mit Geld und dem Ansehen oder den Erwartungen der Familie zu tun haben?
Diese Fragen werde ich versuchen zu klären, zumindest für mich. Etwas habe ich schon jetzt verstanden. Franz kann nicht mit mir unter einem Dach leben, er braucht seine Freiheiten. Und was brauche ich? Franz!
Natürlich gehöre ich auch zu den Menschen, die freiheitsliebend sind. Daher kann ich dem Wunsch von Franz folgen und ihn verstehen.

Seine Art, mir Einblicke in seine Wünsche zu geben, das war nicht lieb. Auch darüber werde ich reden, mit dem Therapeuten aber auch mit Franz.
Mein Ziel ist es zu lernen, sich respektvoll zu begegnen und offen über die eigenen Wünsche und Ziele zu sprechen.
Franz ist mir noch immer sehr wichtig, trotz der Enttäuschung, die ich einstecken musste.
Für die nächste Woche bin ich in seine neue Wohnung eingeladen. Franz wird für mich kochen! Bisher habe ich mich immer am Abend, nach meiner Schicht in meinem Café darum kümmern müssen.

Wenn das nicht schon ein erster Schritt in die richtige Richtung ist, zumindest empfinde ich es so.

Liebe Anna, laufen Sie nicht einem Idealbild nach! Hören Sie auf Ihre innere Stimme! Nicht das, was für mich als richtig einzuordnen ist, gilt auch für Sie.
Eine Therapie ist nur so gut wie der Patient, der sie beginnt. Es liegt in Ihren Händen, machen Sie für sich etwas daraus, nehmen Sie Ratschläge und Hilfe an.
Darf ich auch erfahren, wieso Sie einen Partner suchen? Was ist passiert? Waren Sie verheiratet oder sind es zumindest noch auf dem Papier? Ich freue mich, von Ihnen wieder zu lesen.

Ihre
Lotte Wolke

Freitag

Meine Gedanken sind auch jetzt, am Morgen, wieder bei Anna. Gähnend stehe ich auf, strecke mich und öffne mein

Fenster, atme tief ein. Auf dem Weg in mein Badezimmer halte ich kurz inne, gehe zunächst an meinen Schreibtisch, um nachzusehen, ob Anna mir schon geantwortet hat. Alle Antworten, die ich sende, laufen über den Server der Redaktion. Mein Handy, das gleich neben meinem Laptop liegt, zeigt einen verpassten Anruf bereits um 7.30 Uhr aus der Redaktion, Vorzimmer von Frau Krautwinkel, meiner Chefredakteurin. Was das nur zu bedeuten hat? Eine Rückmeldung von Anna ist nicht eingegangen.

Meine Überlegung, wie ich mich jetzt verhalten soll, wird durch das erneute Klingeln meines Handys unterbrochen. Noch im Schlafanzug nehme ich das Telefonat an. Die Nummer lässt mich unvermittelt wissen, es ist erneut meine Chefredakteurin, die nach mir verlangt.

Mir graut vor dem Telefonat und ich verharre einige Sekunden, bis ich bereit bin, mit ihr zu telefonieren.

„Frau Wolke, Ihre Antwort an Anna gefällt mir und ich werde diese erste Reaktion abdrucken. Bitte denken Sie daran, in Ihrem Posteingang befinden sich inzwischen sechs neue Nachrichten und es werden sicherlich über den Tag noch mehr werden. Für die Ausgabe in der kommenden Woche benötige ich noch die neue Kolumne bzw. die Fortsetzung für unsere Leserinnen. Wir alle sind neugierig auf Ihr Date mit diesem Therapeuten. Wie aufregend!"

Die Stimme meiner Chefredakteurin überschlägt sich. Ob sie schon am Morgen zu Prosecco greift, frage ich mich unvermittelt.

„Das mit dem Doktor hat sich erledigt", bemühe ich mich, die ganze Angelegenheit herunterzureden.

„Auf keinen Fall!" Frau Krautwinkel zeigt ihr Temperament. „Sie müssen weiterschreiben und über Ihr Treffen berichten! Es hat doch stattgefunden?" Sie hält inne.

„Ja, ich war mit dem Mann essen. Meine Freundin Karin hat mich begleitet." Wahrheitsgemäß gebe ich Auskunft und komme mir vor wie ein Kindergartenkind.

„Das ist jetzt neu für mich. Ihre Freundin war bei dem Essen anwesend? Nun ja, dann berichten Sie uns, wie der Abend verlaufen war. Ich erwarte einen blumigen Schreibstil. Unsere Leserinnen sollen beim Lesen das Gefühl bekommen, sie saßen mit am Tisch. Diesen Doktor Schön habe ich gegoogelt."

Mein Stöhnen kann ich nicht zurückhalten. „Sie also auch", im Anschluss berichte ich von den Vorkommnissen vor der Praxis.

„Grandios! Sie haben mit Ihrer Kolumne etwas bewegt, auf den Weg gebracht. Der Doktor muss Ihnen doch die Füße küssen vor Dankbarkeit. Kostenlose Werbung usw."

Meine Chefredakteurin denkt nicht im Geringsten an die Gefühle von Doktor Peter Schön. Die entstandene Sensation und die Hoffnung auf neue Leser für die kommende Woche sind nicht zu überhören.

„Arbeiten Sie, meine Liebe! Im Übrigen wird im kommenden Jahr wieder eine interessante Stelle frei in der Redaktion."

Sie beendet an dieser Stelle unser Telefonat und lässt mich im Unklaren zurück.

Meine Gedanken wandern zu Franz. Ich tippe spontan seine Nummer ein und zu meiner Freude meldet er sich auch sofort.

„Hallo Lotte, ich freue mich über deinen Anruf."

Mir gefällt die Männlichkeit in seiner Stimme und ich fühle ein Kribbeln auf meiner Haut. Das, was Franz mir voller Freude über seine neue Wohnung berichtet, macht mich jedoch traurig.

Franz

Ich bin ein Chaot. Mein Kollege hat mit seinen Worten das gesagt, was viele über mich denken. In den letzten Tagen durfte ich bei ihm auf dem Sofa schlafen. Das sei kein Zustand für die Ewigkeit, was er mir auch gleich mitteilte. Meine alte Wohnung ist neu vermietet, wie ich bei einem Anruf bei meinem alten Vermieter erfahre.

„Im Erdgeschoss die Wohnung ist aber gerade frei geworden. Die Wohnung ist auch noch möbliert." Den Worten des Vermieters folge ich erfreut. „Genau das Richtige für mich", lache ich in mein Handy.

„Sie haben sich von der reizenden Frau, für die Sie ausgezogen sind, getrennt?"

Diese Frage überhöre ich gekonnt. „In der Mittagspause komme ich mir die Wohnung ansehen. Wenn der Vormieter die Wände nicht alle in Grün gestrichen hat, die Möbel nicht wirklich schrecklich sind, dann kommen wir ins Geschäft."

Die Aussicht, wieder in der alten Gegend zu leben, sie gefällt mir. Beim Einzug in Lottes Haus habe ich nur wenige Möbel mitgenommen, Lottes Einrichtung war komplett. Eine Kommode, von der ich mich nicht trennen wollte, hat Lotte nie gefallen. In den nächsten Tagen werde ich sie abholen, so meine Überlegung.

Als Lotte`s Anruf kam, hatte ich mich gerade mit dem Vermieter verabredet. Lotte war, das habe ich aus ihrer Stimme herausgehört, enttäuscht.

„Falls mir die Wohnung zusagt, können wir uns zu einem schönen Abend in meiner neuen Wohnung verabreden. Ich werde für dich kochen und später verwöhne ich meine Prinzessin. Wie gefällt dir diese Aussicht?"

„Klingt gut. Allerdings hört es sich so an, als wäre die Wohnung bereits von dir gemietet“, höre ich die zarte Stimme von Lotte.

„Denk an nächste Woche Samstag, da werde ich dich zu Anton Wall begleiten.“

Immerhin diese Aussage von mir stimmt Lotte wieder milde.

„Du nimmst eine Einladung, falls ich die neue Wohnung miete, zum Abendessen an?“

„Wieso nicht? Ja, ich werde dich besuchen, Franz.“

„Aber nicht wieder kurzfristig absagen, bitte! Du wirst sehen, Lotte, uns tut die räumliche Trennung gut. Jedes Date wird wieder so prickelnd wie das erste Treffen sein. Ich liebe dich, vergiss das bitte nicht.“

Ihre anschließende Frage, was ich heute Abend mache, irritiert mich zunächst.

Typisch Lotte, denke ich bei ihrer Frage. Nach einer kurzen Gedenkpause, sage ich milde: „Wir können uns kurz sehen. Soll ich bei dir vorbeikommen? Gegen 20 Uhr?“

Beschwingt beenden wir unser Gespräch. Nicht leugnen will ich, mich sehr auf Lotte zu freuen.

Pünktlich um 12 Uhr treffe ich bei meinem alten Vermieter ein. Gleich beim Öffnen der Wohnungstür bin ich angenehm überrascht, mir gefällt spontan, was ich sehe. Die kleine Führung durch die Wohnung endet in der Küche. Mit den Worten: „Ein Gruß des Hauses“, öffnet mein Vermieter den Kühlschrank.

„Bier?“ Mein Staunen kann ich nicht verbergen. Wir hatten immer ein gutes Verhältnis, erinnere ich mich spontan.

„Kartoffelsalat und Fleischwurst hat meine bessere Hälfte beigesteuert“, legt er mir die Schlüssel in die Hand. Mir gefallen die Einrichtung und die Küche. Lotte wird begeistert sein.

Sie soll ruhig glauben, ich habe alles ausgesucht und in der Kürze eingerichtet.

Mein Wunsch ist es, wieder mehr Zeit für mein Hobby Fußball zu finden. Auch aktiv Sport zu machen, hat mir gefehlt. Jeden Abend mit Lotte vor dem Fernseher zu liegen, mit einem Bier in den Händen, das halte ich nicht bis ins Rentenalter durch. Mir hat die Lebendigkeit gefehlt. Das große, perfekte Glück, so bin ich überzeugt, gibt es nicht. Nur die kleinen schönen Momente, die wir nicht erdrücken, sondern genießen müssen.

Lotte

So richtig gefallen hat mir das Telefonat mit Franz zu Beginn nicht. Die Aussage, er beziehe bald schon seine eigene Wohnung, sie stimmt mich noch immer traurig. Ich denke, Franz hat mir mein Tief angemerkt.

„Wie gefällt dir die Idee, ich komme am Abend kurz bei dir vorbei? Lotte? Ich habe in der Nacht von dir geträumt. Für mich ist es völlig in Ordnung, diese Nacht bei dir zu schlafen, wenn du das auch möchtest?“, hatte Franz vorgeschlagen.

Innerlich hatte ich auf diese Frage gehofft. Mit einem Lachen im Gesicht beendete ich das kurze Telefonat. Meine Vorfreude auf den Abend lässt hoffen. Wie ich am Abend nur Karin loswerde, überlege ich nun auf dem Weg ins Badezimmer. Unter keinen Umständen will ich ihr vor den Kopf stoßen. Mit Franz einige Stunden alleine zu verbringen, darauf lege ich großen Wert.

Mir geht es so gut, denke ich beim Duschen. Mein Leben ist nicht gerade als perfekt einzuordnen, jedoch als lebenswert. Beschwingt ziehe ich mir ein Sommerkleid über, verzichte auf die bequemen Leggins, die leider wieder viel zu viel Platz in meinem Kleiderschrank einnehmen. Mit einem Lied auf den Lippen gehe ich die Stufen zur Küche hinunter.

Karin ist noch nicht zu hören. Sie scheint gut zu schlafen. Rasch stelle ich für uns Kaffee auf. Mit einem Becher voll frischem Kaffee setze ich mich an meinen Schreibtisch und fange an die anderen Reaktionen auf meine kleine Kolumne zu lesen.

Liebe Frau Wolke,

Sie machen mich neugierig, was Ihre Verabredung mit dem Doktor betrifft. Gestern am Abend habe ich meine Freundinnen ge-

treffen. Einmal im Monat haben wir Frauenabend. Das ist immer ein Highlight, auf das ich mich freue. Wir haben alle Kinder, arbeiten zusätzlich in Büros oder als Arzthelferinnen. Der Alltag ist stressig und somit jede von uns happy, wenn unser Frauenabend wieder auf dem Kalender steht. Bei mir ist dieser Tag immer rot angekreuzt, so wichtig nehme ich ihn.

Am gestrigen Abend war das Hauptthema Ihre Kolumne. Gemeinsam haben wir uns ausgemalt, wie wird der Abend für Sie verlaufen sein. Fünf Frauen haben fünf verschiedene Wege ausgemalt. Jetzt sind wir alle gespannt und neugierig, wer von uns den richtigen Weg erahnt hat, oder aber ist doch alles ganz anders gekommen, als wir es dachten?
Schreiben Sie Ihre Kolumne bitte weiter und verraten uns den Verlauf des Treffens.

Meine vier Freundinnen und ich leben so ganz anders als Sie es tun. Trotzdem macht es Freude, in Ihr Leben Einblick zu erhalten. Ich denke mir, Frau Wolke, niemand ist täglich glücklich, rund um die Uhr. Wir alle streben nach dem ganz großen Glück, dem Gefühl, das alles in uns brennen lässt und eventuell unser Leben noch einmal komplett ändert?
Ja, auch wir, die Vollzeitmamis mit Halbtagsjob träumen ab und an von der großen weiten Welt, der Reise, die mit Kind gerade nicht anzutreten ist, dem Mann, der plötzlich aufmerksam wird und uns im Alltag auch mal im Haushalt unter die Arme greift. Einer Omi, die immer und mit Freude die Kleinen zu sich nimmt, damit wir zum Sport können oder ins Kino. Ohne diese Träume, meine kleinen Sterne der Hoffnung, wie ich meine innersten Wünsche nenne, wäre mein Alltag oft grau.
Mir obliegt es nicht zu jammern, auf keinen Fall. Mein Leben mit Kindern und Mann ist für mich das Schönste und Beste, trotz mancher Hindernisse und Zugeständnisse an mein Leben.

Meine Worte sollen Sie bewegen, Ihnen zeigen, dass Sichtweisen zum eigenen Leben je nach Ansicht unterschiedlich zu bewerten sind.

Jetzt ist es an der Zeit zu kochen und schnell noch den Müll rauszubringen, bevor ich mich ärgere, dass mein Mann dafür keine Augen hat.

Ihre treue Leserin
Monika

Als ich endlich auch die anderen Kolumnen gelesen habe, taucht Karin auf.

„So gut habe ich lange nicht mehr geschlafen", lacht sie mich an. Gemeinsam gehen wir in meine Küche, stapeln die Becher, den Kaffee und Brot auf ein Tablett. Heute ist wieder einer dieser herrlichen Sommertage, die viel zu schade sind, um nicht im Freien zu sein.

„Die Terrasse von unserem Café wird am Nachmittag brechend voll sein." Lasse ich mich auf einem Stuhl nieder. Karin bietet an mir zu helfen, was mir gefällt. „Heute ist etwas Hilfe bestimmt nötig", antworte ich und greife nach einer Scheibe Brot.

„Du hast aber noch etwas auf der Seele, Lotte", sieht Karin mich schmunzelnd an.

„So gut kennst du mich inzwischen? Oh, nein! Ich fühle mich wie ein offenes Buch!" Bemüht amüsiert zu klingen, antworte ich meiner Freundin: „Franz kommt am Abend zu mir."

„Ah! Dann soll ich also am Abend verschwinden? Du setzt deine Freundin auf die Straße, um deiner Freude zu frönen."

Kurz bin ich mir nicht sicher, meint Karin das nun ernst oder macht sie einen Scherz?

„Keine Sorge, Lotte! Ich werde euch schon aus dem Weg gehen."

Das wiederum überrascht mich.

Beseelt lächelt Karin vor sich hin, was sicherlich an Peter und ihren eigenen Plänen für den Abend liegen wird.

Vinzenc

Um Lotte mache ich mir Sorgen, was ich auch Rosalinde mitteile. Sie sieht meine Besorgnis gelassener.
„Lotte hat Temperament und ihre eigene Sichtweise auf das Leben. Nur, weil du glaubst mit deiner Art zu leben, alles richtig zu machen, muss das nicht auf Lotte zutreffen."

Mein Einwand, etwas mehr Gradlinigkeit würde Lotte guttun, lacht Rosalinde weg. „So wie ich Lotte inzwischen kennenlernen konnte, darfst du dich von deinen Hoffnungen verabschieden."

Rosalinde ist ein Glücksfall für mich. Schade nur, wir haben so viele gemeinsame Jahre verloren. Ich war schon immer zu gradlinig und wenn ich einmal einen Weg eingeschlagen habe, ich bin ihn weitergegangen, bis zum Ende.

Nur ein einziges Mal war ich verrückt in meinem Verhalten, das war in dem Sommer als ich Rosalinde traf. Nur einen Sommer lang durfte ich frei sein, eine Frau lieben, der schon damals mein Herz gehörte.

Für mich wäre niemals ein Weg richtig gewesen, der die bereits gewählten Wege von Rosalinde oder mir zerstört hätte. War ich zu feige, um das Glück festzuhalten?

Ja, zu feige war ich, das hefte ich mir auf meine Brust. Falsch war mein Weg trotzdem nicht, mein Leben war gut und beruflich bin ich immer auf der Überholspur unterwegs gewesen, was mir auch gut gefiel.

„Lotte erinnert dich an deine verstorbene Tochter. Du fühlst dich verantwortlich für sie", dringen Rosalindes Worte an meine Ohren. Mit dem, was sie sagt, liegt sie nahe bei der Wahrheit. Etwas befremdlich sehe ich ein, für Rosalinde bin ich schon so offen wie ein Buch, das man jahrelang in seinen Händen hielt. Ich ziehe mich kurz zurück in mein Arbeitszimmer, um Lotte zu schreiben.

Liebste Lotte,

nach unserem Treffen bei Anton Wall sollten wir die Zeit finden, um in die Schweiz zu fahren.

Deine Freundin Karin hat Größe, innere meine ich natürlich. Über ihre Lippen kommt kein böses Wort zu meinem Neffen Hermann Josef. Ihn kann ich kaum erreichen. Immer sagt mir seine Sekretärin, er habe ein Meeting. Sicherlich will er mir aus dem Weg gehen, sich vor einer Aussprache drücken. Das passt zu ihm. Halte mich nicht für hart, liebe Lotte. Ich sorge mich nur um die Menschen, die mir am Herzen liegen.
Nächste Woche Samstag werde ich noch nicht von meinem Geheimnis berichten. Mir liegt daran, alles gut vorzubereiten. Aber du gehörst zu den ersten Menschen, die davon erfahren werden.

Doktor Peter Schön besuche ich schon sehr viele Jahre. Bei ihm habe ich deine Tante Lydia Lowere kennengelernt. Ist das nicht ein außergewöhnlicher Zufall? Jetzt sitze ich seit langer Zeit einmal wieder mit diesem Mann zusammen und dann tauchst du auf. Meine Freude dich zu sehen, sie kam aus dem Herzen.
Verbergen möchte ich aber auch nicht, der Verlauf der Gespräche hat mir nicht zugesagt. Ich bitte dich, lass Doktor Peter Schön in Ruhe. So nachdrücklich kennst du mich noch nicht, es ist aber besser so, für dich und für ihn.
Deine ständigen Versuche, über Umwege den Mann für das Leben zu finden, da komme ich in meinem Alter nicht mehr mit. Folgen kann ich deinen Intuitionen auch nicht mehr. Was aber bleibt, ist meine Zuneigung zu dir, Lotte, als Mensch. Für mich bist du wie meine Tochter.
Doktor Schön hat mich am Morgen zu Hause angerufen, sich für den Verlauf des gestrigen Abends entschuldigt. Dafür gab es keinen Grund, was ich ihm auch sagte. Vielmehr liegt es in deinen

Händen, Entschuldigung zu sagen. Der Mann ist durch deine Kolumne in eine prekäre Lage geraten. Auch heute Morgen, so seine Worte, standen schon acht Frauen vor seiner Praxis. Nicht jeder ging es um eine klassische Therapie. Du verstehst, was ich andeuten möchte?

Offen hat mir Doktor Schön von seiner Einladung an Karin zu einem ganz privaten Essen erzählt. Stell dir vor, er hat mich um eine Erlaubnis gebeten.
„Sie war doch mit Ihrem Neffen liiert", hat er sich ausgedrückt.
Karin wird ihren Weg schon finden, davon bin ich überzeugt. An der Seite von Hermann Josef habe ich sie gerne gesehen und innerlich gehofft, sie werde ihn noch etwas formen. Aus meinem Neffen einen liebevollen Menschen zu machen, das hat auch Karin nicht geschafft. Nur aus diesem Grund freue ich mich für sie, wenn Sie einen Mann findet, bei dem sie es besser hat.

Nächste Woche werden wir uns wiedersehen, ich freue mich sehr auf dich!

In väterlicher Verbundenheit
Dein Vincenz

Ina

Mir geht es so gut, wie lange nicht mehr. Johann bringt täglich neue Tüten und Kleider in mein Haus. Er meint es ernst damit, zu mir zu ziehen. Früher wäre ich verrückt geworden bei Unordnung oder Chaos. Die kleinste Veränderung hat mich nervös gemacht und aus der Bahn geworfen. Ein Tropfen Kakao oder Krümel, die auf dem Boden liegen, sie stellten ein Horror-Szenario für mich da.

„Tote Materie zu sehr zu pflegen, bringt niemandem etwas. Dir nicht und den Menschen in deinem Umfeld auch nicht. Fange an dich zu lieben, so wie du bist, Ina!"

Rosalinde hat mir diesen Ratschlag erteilt. Seit Johann und seine Mutter in mein Leben gekommen sind, geht es mir besser. Rosalinde ist so liebevoll zu mir, sieht in mir keine Konkurrenz um ihren Sohn, nein, sie sieht in mir eine dazugewonnene Tochter.

Ihre Verbindung mit Vincenz scheint auch für sie beflügelnd zu wirken. Zunächst fand ich es komisch zu sehen, wie beide miteinander umgehen. Menschen mit achtzig Jahren, so glaubte ich zu wissen, sitzen in einem Schaukelstuhl, lesen die Tageszeitung und der einzige Ausflug der Woche ist ein Besuch beim Arzt. Wie ich mich doch getäuscht habe. Mein Leben war eingefahrener und spießiger als das von den beiden. Zum Glück habe ich die Augen geöffnet bekommen und angefangen, mein Leben mehr zu lieben und zu genießen.

Die Treffen mit Lotte, Petra und Karin sind leider zu einer Seltenheit geworden. Gut, es gibt zum Glück auch diese Phasen, wie gerade, da sehen wir uns alle paar Tage. Zuvor haben wir es höchstens einmal im Monat geschafft, uns die Zeit füreinander zu nehmen. Ganz unschuldig war ich nicht an dieser Situation. Allzu oft habe ich ein Treffen aus fadenscheinigen Gründen abgelehnt.

Jetzt weiß ich, mir tun meine Freundinnen gut. Sie sind ein Teil meines Lebens, meiner Freude und auch eine Herausforderung. Jede von uns ist anders, was oft auch zu kleinen Reibereien führt. Mit Petra komme ich so ganz allmählich ins Reine. Sie ist sehr hübsch, klug, liebevoll, freundlich und somit die beste Freundin, die ich mir wünschen könnte. Nur die Tatsache, Petra lebt inzwischen mit meinem ersten Mann unter einem Dach, hat mich auf Abstand gehen gelassen. Auch hier hat Rosalinde mir geholfen.

Wie weise sie doch ist. Ihre eigene Tochter lebt in Berlin und kommt nur selten zu Besuch. Ich denke mir, ich sollte die beiden wieder zusammenführen. Für dieses Unterfangen lasse ich uns aber noch etwas Zeit.

Johann war am gestrigen Abend so nervös, es lag sicherlich nicht an der Tatsache, dass wir nun unter einem gemeinsamen Dach leben. Eine einzige Andeutung von ihm, die über seine Lippen kam, hing mit Vincenz zusammen. Beruhigend für mich, wie ich spontan dachte. Keine Ahnung, worum es geht, jedoch habe ich zu Vincenz grenzenloses Vertrauen.

Karin hat mich vorhin angerufen, sie hat gleich von ihrer Verabredung erzählt.

„Geht das nicht alles viel zu schnell?" Ich musste ihr sagen, was ich denke. Karin lachte in ihr Handy.

„Das ganze Leben verläuft rasend schnell. Worauf, bitte, soll ich warten?"

„Du bist doch noch jung."

„Ja, natürlich. Trotzdem möchte ich jetzt das Leben spüren. Mein Verlangen, etwas Verrücktes zu tun, mich aus meinem Kokon zu befreien, nimmt überhand."

„In meinen Augen läufst du gerade vor dir selbst davon."

„Soll ich jetzt Mami zu dir sagen?" Karin klang aufgebracht.

Mir hat der Verlauf unserer Unterhaltung nicht gefallen. Meine Frage, ob wir uns am Nachmittag kurz sehen können, wurde verneint. Sie habe Lotte zugesagt, im Café zu helfen. Nach dem Telefonat grübele ich mal wieder über meine Reaktion Karin gegenüber. Ich komme zu dem Entschluss, einmal mehr war ich hart und bestimmend gewesen. Obgleich, und davon will ich nie ablassen, die Wahrheit soll bei mir immer erste Priorität haben. Und sollte man sich unter Freundinnen nicht alles sagen können, auch wenn die Wahrheit unbequem ist?

Am Nachmittag

Rosalinde ist mein Anker in der Not, so auch jetzt wieder. Meine Frage, ob ich ihr Wolfi für zwei Stunden bringen kann, wurde mit einem fröhlichen Ja beantwortet.

In Limburg angekommen, finde ich rasch einen Parkplatz. Sofort eile ich zu Lottes Café. Von weitem sehe ich schon, die kleine Terrasse ist gut besucht. Ina und Karin fallen mir ins Auge, sie schleppen Tabletts mit Kaffee und Kuchen zu den Gästen. Für einen Moment lehne ich mich an die Mauern eines Fachwerkhauses und lasse alles auf mich wirken. Idyllisch überlege ich, wirkt der Anblick auf mich. Innerlich aber brodelt es wieder in mir und eine Hälfte von mir sagt, Lotte und Karin müssen gebremst werden in ihrem Umgang mit ständig neuen Männern.

Auf dem Weg zum Café höre ich die andere Seite in mir sagen: ‚Bleib ruhig, Ina. Du trinkst jetzt eine Tasse Kaffee, isst ein Stück Kuchen und wünschst beiden Freundinnen das Beste für ihre Zukunft.'

Mit einem kurzen Hallo und einer liebevollen Umarmung kommt Lotte auf mich zu. Sie hat mich zuerst entdeckt. „Wir haben heute Nusstorte, die liebst du doch so", strahlt Lotte mich an. Keine Minute später hat sie mir einen Platz an einem Tisch besorgt, einen Cappuccino sowie ein Stück Nusstorte vor meine Nase gestellt."

Karin rennt derweil zwischen voll besetzen Tischen hin und her, nickt mir zwischendurch freundlich zu. Lieb finde ich, dass sie Lotte unterstützt. Mich wundert, dass Karin schon wieder so fit ist.

Eigentlich wollte ich heute etwas weniger essen, jedoch lacht mich die Nusstorte geradezu an. Mit jedem Bissen fühle ich mich ein Stückchen besser. In den letzten Wochen habe ich versucht, meine Figur in den Griff zu bekommen. Selbst für einen Kurs im Fitnessstudio habe ich mich angemeldet. Die Gebühr wird monatlich abgebucht, das Studio habe ich leider erst drei Mal von innen gesehen. Umso mehr genieße ich diese außerordentliche Kalorienzufuhr.

„Der Kuchen hier ist das Beste, das ich seit Jahren gegessen habe", spricht mich eine Dame an meinem Tisch an.

„Ich kann Ihnen nur recht geben", lache ich sie an.

Karin kommt zu mir, als neben mir ein Stuhl frei wird. „Die kleine Pause kann ich gut gebrauchen", lehnt sie sich zurück. „Bei dir ist alles gut?" Karin legt ihre Hand kurz auf meine. Mit wenigen Worten berichte ich ihr von Johann und unserem Unterfangen mit dem Zusammenleben. „Täglich bringt er neue Taschen in mein Haus. Bei all dem Durcheinander fühle ich mich glücklich, das muss doch ein gutes Zeichen sein."

„Meine Liebe, du wirst mein Vorbild sein. Hoffentlich wird es mir auch eines Tages vergönnt sein, so eine glückliche Beziehung zu führen."

Alles, wirklich alles, was in mir steckt, um Karin von dem Treffen mit Doktor Peter Schön abzuhalten, ich kann es zurückhalten. Frei heraus berichtet Karin mit leuchtenden Augen von ihrer Einladung zum Abendessen. „Keine Ahnung, was daraus wird, ich lasse es auf mich zukommen." Melancholisch blickt sie in das Blau des Himmels.

Meinen letzten Bissen stecke ich in den Mund, fast verschlucke ich mich daran. „Du kannst doch auch immer zu mir kommen, falls es dir bei Lotte einmal zu eng wird. Ich möchte sagen, wenn Franz unverhofft vor ihrer Türe steht."

Karins Aufmerksamkeit wird von einer Kundin verlangt.

„Sorry, Ina, ich muss abrechnen bei der Frau", steht Karin auf. Sie beugt sich ein Stück zu mir und umarmt mich lieb. „Du bist natürlich eingeladen", eilt sie wohlgestimmt von meinem Tisch. Meine Bedenken und die letzten Worte, sie hat sie nicht wirklich aufgenommen. Eine Weile beobachte ich Karin. Sie wirkt glücklich auf mich. In meinem Kopf macht sich die Stimme von Rosalinde breit: ‚Akzeptiere auch die Verhaltensweise von anderen Menschen. Versuche nicht, alle Menschen gleich zu machen, Ina. Auch du liegst nicht immer richtig mit deinem Vorgehen.'

Beim Verlassen des Cafés, winke ich Lotte noch einmal zu. Dann gehe ich, ohne meine gewohnten Ratschläge und Weisheiten zum Besten gegeben zu haben. Aufgewühlt erreiche ich mein Auto, steige ein und fahre zurück nach Bremberg.

Kurz vor meinem Haus denke ich an Karins Worte. Mit einem Mal kommt ein Lächeln auf mein Gesicht. Meine Gedanken gehören jetzt Johann und der Gewissheit, er kommt am Abend wieder zu mir nach Hause.

Doktor Peter Schön

Karin hole ich am Café ab. Eine Weile habe ich sie beobachtet bei ihrer Arbeit. Mir hat gefallen, wie locker und freundlich sie von Tisch zu Tisch geeilt ist, mit einigen Gästen kurz geredet und dann wieder Tabletts mit Kuchen verteilt hat.

„Sollte ich nicht zu dem Italiener kommen?" Karin lacht mich freudig an, als sie mich entdeckt. „Ich bin gleich bei dir."

Mein Erscheinen bekommt auch Lotte mit. Geradewegs marschiert sie auf mich zu. Ihre Frage, ob ich ein Stück Kuchen möchte, verneine ich.

„Für deine Freundin Karin werde ich heute Abend in der Küche stehen", flüstere ich ihr ins Ohr.

„Sehr gut!" Lotte lächelt mich eine Spur zu zufrieden an.

„Das ist sie! Ja! Und der Mann an ihrer Seite ist dieser Therapeut", kreischend kommt eine Frau zu uns geeilt, ihr folgen drei weitere Frauen im reiferen Alter.

„Ihr Café haben wir in der Hoffnung aufgesucht, Sie zu sehen. Wir haben Ihre Kolumne gelesen", umzingeln sie Lotte und mich. Wie in einem Kessel fühle ich mich.

„Darf ich den Damen den wahren Grund meines Erscheinens vorstellen?" Karin kommt in diesem Augenblick zu mir. „Das ist die Frau, in die ich mich hoffentlich für immer verlieben werde."

Karin zieht ihre Schürze aus und ich ergreife ihre Hand. „Wer kennt das nicht? Das Leben mit all seinen Umwegen, Höhen und Tiefen?"

Die Damen blicken mich theatralisch nickend an.

„Sie sagen es!" Einstimmig nicken mich die vier Frauen an.

„Überraschung!" Lotte zieht die Aufmerksamkeit auf sich und rettet die Situation auf ihre Weise.

„Wir verkaufen seit einigen Tagen Liebesteilchen", höre ich sie sagen. „Angeblich bringen diese kleinen Köstlichkeiten Glück in der Liebe."

Ihre Stimme ist locker, keineswegs aufgeregt oder verstört.

„Dann nehme ich drei Stück für meine Tochter mit." „Für mich auch drei Liebesteilchen", die nächsten Rufe lassen nicht auf sich warten.

„Deine Freundin zeigt unerwartete Talente", ziehe ich Karin albern mit mir aus dem Café.

Zufrieden gehe ich mit Karin weiter.

„Der Italiener liegt doch in der entgegengesetzten Richtung", höre ich leisen Protest aus Karins Mund.

„Mir liegt daran, einen ruhigen und schönen Abend mit dir zu verbringen, ohne Störungen. Deshalb möchte ich für uns kochen, in meiner Wohnung."

Petra

Eine Woche später

Mein Termin beim Friseur habe ich schon vor drei Wochen festgemacht. Das Schöne an der Tatsache, dass ich in Limburg wohne, sind die kurzen Wege. Zu Fuß kann ich zu meinen Einkäufen gehen und heute zum Friseur.

Kurz muss ich noch warten, die Friseuse ist noch mit einer anderen Kundin beschäftigt. Während ich warte, fallen mir auf dem Tisch Zeitschriften ins Auge, automatisch angele ich mir eine davon. Die ersten Seiten blättere ich rasch durch. Wieder ein Filmstar, der sich trennt, ein Fußballer, der heiraten will, auf der nächsten Seite wird von der angesagten Diät einiger Schauspielerinnen berichtet. Gelangweilt blättere ich weiter.

„Petra? Das ist ja eine liebe Überraschung!“ Beim Aufblicken stehen Karin und Lotte vor mir.

„Ihr hättet mich mal anrufen können“, umarme ich beide.

„Wir sehen uns doch am Abend bei Anton Wall“, übergeht Karin meine Worte.

Lotte grinst mich unentwegt an. Ich überlege, ob es an meinem Outfit liegen könne.

„Franz besucht wieder regelmäßig Lotte“, klärt mich Karin auf. Ihr ist der selige Blick von Lotte auch nicht entgangen.

„Wow! Ich habe gedacht, es sei zunächst Funkstille. Zumindest bis zum heutigen Abend? Oder habe ich etwas nicht mitbekommen?“

Lotte muss ich nicht erst bitten zu berichten, sie trällert beherzt los, stört sich auch nicht daran, als meine Friseuse frei wird und sich neben mich stellt. „Sie haben ihm verziehen und jetzt treffen Sie den Mann wieder regelmäßig, das ist doch richtig?“

Diese kleine Zusammenfassung kommt von meiner Friseuse. Sie wirkt richtig angetan von Lottes Geschichte. „Ihre Kolumne lese ich auch immer. Sie schreiben ja so verständlich."

Ich gebe zu verstehen, dass ich jetzt an der Reihe bin, verschönert zu werden.

„Dann sind Sie nicht mit dem Therapeuten zusammengekommen? Schade, eigentlich."

Ich fühle mich dazu bewogen, nochmals auf mich aufmerksam zu machen, ohne Erfolg.

Karin bringt sich auch noch ein. „Gestern am Abend hat der Therapeut für mich gekocht", ihre Wangen glühen. Frau muss schon sehr dumm sein, um nicht zu kapieren, dass auch geküsst wurde.

„Sind Sie sich nähergekommen?" Meine Friseuse zeigt Standfestigkeit. Zu meiner Freude wird nun auch Lotte aufgerufen. Tief durchatmend werde ich zu einem freien Stuhl am Waschbecken geführt.

„Ob Ihre Freundin nochmal richtig glücklich sein wird mit ihrem Franz? Also wenn Sie mich fragen, dann denke ich ja ..." Erholung habe ich gesucht, keine Märchenstunde, wie Lottes Liebesleben weitergehen wird.

Irgendwann herrscht Ruhe über meinem Kopf. Ich schließe meine Augen und fange an zu entspannen.

Zumindest gelingt mir das für fast zwei Minuten. Lotte sitzt plötzlich neben mir und über meinem Kopf mit frischer Farbe hinweg wird munter weitergeredet über die Liebe und Männer im Allgemeinen.

„Ich habe meinen Ex vor die Türe gesetzt. Der braucht mir nicht mehr anzukommen", Lotte nickt beherzt auf diese Worte meiner Friseuse.

„Franz ist ja ganz anders. Richtig Schluss war auch noch nicht zwischen uns."

Jetzt blicke ich auf. Was, bitte schön, sagt Lotte da? Er hat doch seine neue Wohnung gemietet und alle Klamotten gepackt.

„Werden Sie in der neuen Kolumne über Ihre frische Liebe schreiben?“

„Sicherlich!“

Die Dialoge gehen unaufhaltsam so weiter, bis meine Farbe endlich zum Abwaschen eingezogen ist.

„Hübsch sehen Sie aus“, lobt mich meine Friseuse nach Vollendung ihrer Künste an mir. „Bei Ihnen ist aber in der Liebe noch alles im Lot?“

Ich nicke gelassen.

„Nun, ja. Dann gratuliere ich Ihnen!“

Karin hat nur ihre Haare föhnen lassen und ist schon lange fertig frisiert. Amüsiert sitzt sie auf einem Stuhl und hat unsere Gespräche verfolgt.

Als ich neben ihr stehe, lacht sie mich an. Ein Kaugummi ist zwischen ihren Zähnen zu erkennen.

„Die Liebe macht uns locker, Petra“, kommt sie zu mir.

Zu Hause angekommen, berichte ich Marc von meinem zufälligen Aufeinandertreffen mit Lotte und Karin. „Deine Freundinnen sind immer für eine Überraschung gut.“ Er nimmt mich in seine Arme, wir küssen uns.

„Macht die Liebe lockerer?“ Meine Frage geht unter in dem nächsten Kuss. Marc streift mein Shirt über meine Schultern. „Ich habe doch gerade erst meine Haare frisch frisiert“, der leise Protest hält nicht lange an.

Am Abend

Ich fühle mich glücklich und gut. Marc hat mich überredet, ein kleines schwarzes Kleid anzuziehen. Anton Wall ist voller Lob über mein Aussehen. „Petra! Wie ich mich freue. Du siehst so hübsch aus. Das Kleid ist wie für dich entworfen."

Marc wird im Anschluss ebenfalls freundlich begrüßt. Verwundert stellen wir fest, wir sind die letzten Gäste, alle anderen sitzen schon in dem großzügigen Esszimmer und warten auf uns.

„Wir sind doch pünktlich", betrete ich den Raum.

Lotte und Franz fallen mir sogleich ins Auge. Beide sind auf ihre Art gekleidet. Meine Freundin, so denke ich, frisst ihrem Franz aus den Händen. Karin hat sich für ein Kleid entschieden, das ihr sehr gut steht. Sie strahlt, was sicherlich an der Verbindung zu Doktor Peter Schön liegen wird. Mich überrascht zu sehen, dass sie ihn bereits an ihrer Seite sitzen hat. Der Mann, das ist nicht zu leugnen, sieht sehr gut aus. Rosalinde und Vincenz sind in ihrer Erscheinung elegant. Ina und Johann bestechen durch solide und zurückhaltende Kleidung. Was die anderen über Marc und mich nur denken? Meine Frage vergesse ich, Anton bittet uns zu Tisch.

„Was haltet ihr von meiner Idee?" Schweigen breitet sich aus, nachdem Vincenz nach dem Zuprosten einen Vorschlag unterbreitet hat.

„Anton wird für den künstlerischen Teil sorgen und somit Farbe in den Urlaub bringen. Die letzte Ausstellung war doch ein Erfolg", Vincenz schaut uns erwartungsvoll an. „Was meint Ihr zu meiner Idee? Eine gemeinsame Reise an Bord eines Kreuzfahrtschiffes wird uns alle näherbringen."

„Die Freude liegt in meinem Herzen“, hebt Anton sein Glas Champagner. Mir ist die Idee, gemeinsam eine Kreuzfahrt anzutreten, neu.

„Wir sind mit an Bord. Mit Wolfi natürlich“, bekunden Johann und Ina. Meine Freundin wirkt positiv verändert auf mich. Lächelnd blickt sie zu mir. „Ihr kommt doch auch mit?“

Verlegen schaue ich zu Marc. Sanft legt er einen Arm um meine Schultern, nickt mir zu. „Wenn du möchtest?“

„Dann sind wir auch dabei“, hebe ich mein Glas.

„Wir dürfen dann ja nicht fehlen“, albert Lotte und strahlt Vincenz an.

„Wie beglückend die Aussicht auf eine Woche mit euch für mich doch sind. Rosalinde und ich werden im Anschluss noch auf dem Schiff bleiben und für weitere fünf Wochen reisen.“

„Hoffentlich bin ich mit achtzig Jahren auch noch so fit“, flüstert Marc in mein Ohr.

„Das habe ich gehört“, wirft Vincenz zufrieden über den Tisch. „Dank meines Hörgerätes bin ich nicht zu unterschätzen.“

Später, nach dem Hauptgang, zeige ich Marc die anderen Räume der alten Villa. Besonders angetan sind wir beide von dem großen Badezimmer mit den goldenen Wasserhähnen.

„Unsere Dachgeschosswohnung passt locker in dieses Badezimmer.“ Marc ist richtig erstaunt. „So eine Villa würde mir auch gefallen.“

Beim Nachtisch werden wir in zweierlei Hinsicht überrascht.

„Karin“, spricht Anton mit gewichtiger Stimme. „Möchtest du bei mir einziehen, jetzt wo du in Frankfurt arbeiten wirst.“

Alle Augen liegen unvermittelt auf Karin. Niemand möchte ihre erste Reaktion verpassen. Sichtlich gerührt über das Angebot, fehlen ihr die Worte.

„Möchtest du nicht lieber zu mir ziehen, Karin?“ Diese Frage an Karin kommt von ihrem neuen Freund, Doktor Peter Schön.

Der Abend, so glaube ich, birgt noch mehr Überraschungen. Meine Fantasie lasse ich schon einmal arbeiten. Was ich mir gerade ausmale, wird von der Realität rasch getoppt.

„Du bleibst doch bei mir wohnen“, keift Lotte. Über dem Tisch liegt plötzlich eine Spannung, die noch für Überraschungen sorgen wird, ahne ich.

Marc greift unter dem Tisch nach meiner Hand, streichelt sie zärtlich. Wenigstens wir beide sind uns einig, schiele ich zu ihm herüber.

„Für die nächsten Wochen werde ich in die Wohnung von Rosalinde ziehen. Es ist bereits alles geregelt. Nach der gemeinsamen Woche auf dem Schiff, das habt ihr alle gehört, werden beide noch eine Weile auf See bleiben. Schenkt mir alle die Zeit und Ruhe, mich und mein neues Leben zu finden. Jedes Angebot ist mir lieb und ich bin wirklich glücklich, so gute Freunde zu haben.“

„Ich würde sogleich mit dir zu Anton in die Villa ziehen“, kommt Marc ein Stückchen näher.

„Die Wohnung unter dem Dach ist noch frei.“

Anton schenkt die Gläser nach. „Champagner ist wie Brause für Erwachsene!“

Nach dem Anstoßen fügt der Gastgeber nach: „Meine kleinen Partys müsst ihr aber schon akzeptieren. Die Kunstszene ist ein feierfreudiges Volk.“

Eine Antwort heben wir uns für irgendwann auf. Marc greift erneut nach meiner Hand. Das Leben im Hier und Jetzt genießen, so grübele ich, den kleinsten Augenblick aufzusaugen, der uns Freude bereitet, mit einem Mann wie Marc an meiner Seite wird es mir immer öfter gelingen.

Fünf Tage später

Lotte

Karin wird schon nach der kleinen Schiffsreise ausziehen, der Gedanke betrübt mich.

„Dann kann ich kommen und gehen, wie es uns passt", kam die direkte Bemerkung von Franz.

„Du denkst auch nur an dich!" Meine kleine Spitze hat er gekonnt weggeküsst. Ich schmelze in den Armen dieses Mannes jedes Mal dahin. Für mich, so glaube ich zu ahnen, ist es gut so, dass Franz auf seine eigenen vier Wände besteht. Immerhin kocht er jetzt ab und an für mich, räumt seine Wohnung selbständig auf und wäscht seine Wäsche selbst, was mir viel Freizeit schenkt.

Meine neue Kolumne ist abgedruckt, stolz nehme ich die Zeitschrift in meine Hände.

Liebe mit Freuden

Wie fühlt sie sich an, die Liebe? Meine Frage habe ich in den letzten Tagen immer wieder gestellt, an Frauen und Männer jeden Alters.
Kribbelnd, schön, angenehm, vertraut, habe ich gehört. Besonders das Wörtchen vertraut kam immer wieder über die Lippen der Befragten.
Franz, Sie erinnern sich sicherlich an meine letzte Kolumne, ist wieder in mein Leben getreten. Noch vor zwei Wochen sah ich nur Wolken am Horizont und jetzt spüre ich wieder die Kraft, die mir unsere Liebe schenkt. Die Sonne ist zurück in meinem Herzen.
Eines habe ich inzwischen verstanden, es gibt kein Rezept für die glückliche Beziehung, keinen Weg, der für uns alle gleichermaßen

richtig wäre. Jede und jeder von uns muss für sich selbst herausfinden, was gut ist. Wie viel einfacher doch das Leben wäre, wenn es wie beim Backen ein allgemeines Rezept gäbe, das zumindest für die meisten von uns gut verträglich wäre.

Meine Verabredung mit Doktor S. hatte für Wirbel gesorgt. Weniger sind bei dem Treffen in mir die Sicherungen durchgebrannt, als vielmehr bei einigen meiner Leserinnen. Fast wäre die gerade erst zarte Pflanze einer wachsenden Freundschaft verdorrt.

Meine lieben Leserinnen, bitte lassen Sie den Mann in Frieden seine Arbeit verrichten. Sollten Sie jedoch ein psychisches Problem haben, dann kann ich ihn als Therapeuten nur empfehlen. Die Macht der Liebe hat ihn schon eingeholt. Glauben Sie mir, es gibt sie, diese Zufälle des Lebens, die uns zu der Person lenken, die wir schon so lange vergeblich gesucht haben.

Sicherlich interessiert Sie noch, wie Franz und ich mir unsere neue/alte Verbindung nun vorstellen, was meine Wünsche sind.

Eine Woche, meine lieben Leserinnen, wenige Tage haben mein Leben auf den Kopf gestellt. Als positiv sehe ich die Tatsache, meinen Kleiderschrank wieder für mich alleine zu haben. Auch, dass ich jetzt im Badezimmer auf der Ablage wieder in aller Ruhe meine Schminkutensilien ausbreiten kann, muss noch erwähnt werden.

Meine kalten Füße in der Nacht werden nun nicht mehr alltäglich gewärmt, was ich mit dicken Socken ausgleichen kann. Mein Wäschekorb wird nun nur noch von meinen Kleidern gefüllt, der Kühlschrank nur noch mit meinen Lieblingsprodukten bestückt. Soweit klingt alles perfekt für meine Zukunft.

Tatsache ist aber auch, ich bin ein Mensch, der nicht gerne alleine ist und dem schnell die Decke auf den Kopf fällt. Ina, meine Freundin ist zuversichtlich, dass ich jetzt wieder mehr Zeit für unsere Mädelsabende finden werde, was auch stimmen mag. Die Treffen mit Ina, Petra und Karin haben mir gefehlt. Nach einem langen Tag in meinem Café einfach einmal die Füße hochlegen

und nicht den Druck zu verspüren, für den Liebsten am Herd stehen zu müssen, da er hungrig von der Arbeit kommt, ist auch ein Plus.
Mit den Momenten der Einsamkeit werde ich mich arrangieren müssen und lernen, auch diese Zeiten als Gewinn für mich einzusetzen.
Franz hat schon nach wenigen Tagen eine eigene Bleibe gefunden. Ich hätte auf meine Vorahnung diesbezüglich hören sollen, dann wäre ich gelassener geblieben. Für mich war diese Nachricht zunächst eine harte Nuss, schwer zu verdauen. In meinem Kopf herrschte zunächst ein totales Vakuum.
Meine Freundinnen haben mich aber sehr schnell wiederaufgebaut und inzwischen kann ich die positiven Aspekte für mich erkennen.
Als Bereicherung empfinde ich, dass wir uns nun gezielt treffen und wieder richtig verabreden können, wie zu Beginn unserer Liebe. Für uns kann dies bedeuten, wir schaffen es, die Liebe und unsere Beziehung aufrecht und kribbelnd zu halten. Ist das nicht der Wunsch aller Liebenden? Wie vielen gelingt es tatsächlich? Leben nicht allzu oft die Menschen nach einigen Jahren wie Geschwister nebeneinander, meistern den Alltag mit all seinen Herausforderungen von Arbeit, Haushalt, Kindern, Vereinsarbeit, ohne wirkliche Glücksmomente der Liebe zu spüren?
Auch hier sei gesagt, mein Weg, die Liebe zu suchen, ist für mich gerade richtig, muss aber kein Ratgeber für Sie sein. Wichtig ist mir inzwischen, ich lebe mit Freuden und liebe mit Hingabe.
Jetzt spüre ich wieder Herzklopfen, wenn Franz mich anruft. Ich lerne meinen Freund gerade wieder neu kennen, verliebe mich in den Mann, ohne die Gedanken an die Vergangenheit zu vergeuden.

Ihre Briefe haben mir nur bestätigt, meine Leserinnen verstehen, was ich auch heute für Sie geschrieben habe. Lieben Dank für Ihre Zuschriften und Einblicke in Ihr Privatleben.
Kommen Sie gut durch die Woche, mit dem ein oder anderen Highlight, sei es bei der Liebe oder im Job.

Ihre
Lotte Wolke

Vincenz

Meine Liebe, die ich im Alter wieder habe finden dürfen, sie beflügelt und stärkt mich. Dank Rosalinde sehe ich viele Dinge aus einem anderen Blickwinkel heraus. Die Einladung in Anton Walls Villa war eine schöne Abwechslung für mich. Genießen konnte ich die Anwesenheit von Menschen, die mir etwas bedeuten. Überrascht habe ich alle mit meiner spontanen Einladung für alle Anwesenden zu einer Kreuzfahrt. Wie sehr freue ich mich darauf!

Doch zunächst geht es in die Schweiz, in Begleitung von Lotte. Aufgeregt stehe ich jetzt vor ihrem Haus und klingele. Mein Fahrer wartet in meinem Wagen, den er an der Straße geparkt hat.

„Pünktlichkeit ist eine Tugend", strahle ich Lotte an, nachdem sie mir die Tür geöffnet hat.

„Das passt zu einem Menschen wie dir", ihre Worte sind durchaus positiv zu werten.

„Das ist dein ganzes Gepäck?"

„Wir verreisen gerade einmal für zwei Nächte", greift Lotte nach einer kleinen Reisetasche. „Ich bin schon neugierig auf dein Haus."

Auf dem Weg zu meinem Wagen überlege ich, mit Lotte einkaufen zu gehen. In der Nähe meiner alten Heimat kenne ich eine schöne Stadt mit Boutiquen, die Lotte hoffentlich ebenfalls gefallen werden.

„Am Abend gehen wir schick essen", erzähle ich im Laufe der Fahrt von meinen Plänen.

„Warum hast du mir nichts davon gesagt? Jetzt habe ich nur sportliche Kleidung eingepackt", regt Lotte sich auf.

Von meinen Plänen, mit ihr in die Stadt zu fahren, fange ich an zu berichten.

„Gut, ich lasse mich auf deine Idee ein. Sicherlich werde ich mehr Freude beim Stöbern und Anprobieren finden als du", nimmt sie gelassen meine Idee mit dem Einkaufen an.

Mein Fahrer parkt vor einer Boutique, die ich früher oft mit meiner Frau aufgesucht habe. Kurz halte ich die Luft an. Die lange Fahrt und die wenige Bewegungen währenddessen machen sich bemerkbar und haben meinen Körper etwas steif werden lassen.

„Wir müssen nicht aussteigen", legt Lotte ihre Hand auf meine. Mir tut ihre Nähe gut.

Mit einem Ruck öffne ich meine Tür, mein Fahrer eilt mir schon entgegen. „Alles in bester Ordnung."

Auf der Schwelle zu dem Laden bleibe ich kurz stehen, dann aber öffne ich beherzt die Tür.

„Kann ich das Kleid tragen? Sehe ich nicht zu dick darin aus? Der Ausschnitt ist auch gewagt", Lotte dreht und wendet sich vor dem großen Spiegel der Boutique. Zu meiner Freude bekomme ich einen Espresso angeboten, die Verkäuferin scheint mir meine Müdigkeit angesehen zu haben. Die Fahrt war doch anstrengender als ich erwartet habe.

„Mein Kleiderschrank wird platzen! Was sage ich nur? Die neuen Stücke werden nicht alle ihren Platz an der Kleiderstange finden, das befürchte ich zumindest." Begeistert stöbert Lotte in den Auslagen und verschwindet immer wieder zur neuen Anprobe in die Umkleide.

Unser Abstecher in die Boutique hat sich gelohnt. Lotte ist von Kopf bis Fuß neu eingekleidet und hat, zu meiner großen Freude, direkt eines der neuen Kleider angelassen.

„Sie sehen sehr schick aus, wenn ich mir diese Bemerkung erlauben darf", mein Fahrer hält Lotte mit einem Nicken die Türe auf.

„Ich brauche gleich eine Tasse Kaffee“, lehnt Lotte ihren Kopf an die Kopfstütze. „Wie lange dauert es noch, bis wir an deinem Haus angekommen sind?“

„Keine fünf Minuten mehr.“

„Perfekt.“

Mein Fahrer lenkt den Wagen über die Einfahrt und Lotte ändert ihre Sitzposition. Sie schaut aus dem Fenster. „Wahnsinn! Vincenz ist das schön hier!“

Mit Freude im Herzen höre ich ihre Worte.

„Hier habe ich viele Jahre mit meiner Frau und meiner Tochter gelebt. Nach dem Unfall bin ich nur zwei Mal hier gewesen.“

Beklommen steige ich aus dem Wagen, Lotte weilt an meiner Seite. Sie legt ihre Hand, in die meine und ich kämpfe gegen aufkommende Tränen an. Mein Fahrer, das ist nicht zu übersehen, wirkt auch gerührt. Wir beide sind schon seit über dreißig Jahren zusammen, mit ihm habe ich mehr Zeit verbracht als ich es je mit meiner Familie tat. Immer stand meine Arbeit im Vordergrund.

Mit zittrigen Händen öffne ich die große Holztüre. Es bedarf etwas Kraft von mir, die Tür zu öffnen. Sie klemmt. Nur noch einmal in der Woche kommt ein Ehepaar aus dem Nachbardorf hierher und kümmert sich um das Haus und den Garten.

„Herzlich Willkommen zu Hause“, dringt eine freundliche Stimme an mein Ohr. „Ich habe mir erlaubt, für Sie einen Kuchen zu backen, zur Begrüßung“, meine Haushaltshilfe kommt mir entgegen, ihr Mann ebenso. Rasch greift er nach Lottes Gepäck und später trägt er meines in eines der oberen Zimmer.

„Ob ich das schaffe?“

„Du bist nicht alleine, Vincenz. Wenn es dir zu viel werden sollte, dann schlafen wir in einem Hotel in der Nähe. Jederzeit bin ich bereit, mit dir loszufahren."

Lottes Worte beruhigen mich. Die Frage, ob ich in mein Zimmer möchte, um mich von der Fahrt frisch zu machen, verneine ich. Zu groß ist die Angst vor der Vergangenheit, die mich in der Nacht ohnehin wieder einholen wird.

„Nichts hat sich verändert", atemlos bleibe ich auf der Schwelle zum Esszimmer stehen. „Selbst die kleine Figur auf dem Fensterbrett", überwältigt breche ich meine Worte ab. Lotte folgt meinen Blicken.

„Sehr geschmackvoll." Ihre Stimme ist ungewohnt weich. Lotte ist so beherzt, hakt mich unter und nimmt mich mit zu dem reichlich gedeckten Tisch.

„Ihr Lieblingskuchen", höre ich meine Hilfe sagen. In der Tat habe ich früher am liebsten Schwarzwälder Torte gegessen. „So viele Erinnerungen kommen in mir hoch."

Lotte zieht einen Stuhl vor und ich lasse mich darauf nieder. Erschöpft lege ich mein Gesicht in meine Hände.

„Wenn du aus deiner Vergangenheit erzählst, dann immer mit einem ganz besonderen Strahlen in den Augen. Vergiss aber nicht, auch die Zukunft hat noch ihre schönen Seiten für dich, Vincenz."

„Ja, ich habe wunderschöne Jahre hier in diesem Haus verbracht. Meine Tochter wurde hier geboren und ist hier in diesen Räumen groß geworden."

Ein Stöhnen kommt über meine Lippen. Sanft löst Lotte meine Hände von meinem Gesicht.

„Wir probieren jetzt den Kuchen, ich habe Hunger", sie spricht so sanft zu mir, wie zu einem Kind. Gerade tut es mir wirklich gut.

„Danke, Lotte, ohne dich wäre ich nicht mehr hierhergekommen. Mit Rosalinde“, meine Worte breche ich ab. Lotte legt ihre Hand auf meine.

„Ich verstehe, was du mir sagen möchtest. Aus Rücksicht auf deine verstorbene Frau konntest du nicht mit Rosalinde diese Reise antreten.“

Mir tut das Verständnis von Lotte gut, sie öffnet eine Seite in mir, die ich versucht habe, zu schließen. Langsam erlaube ich mir, mich umzusehen. Meine Haushaltshilfe legt mir ein großes Stück Kuchen auf den Teller, schenkt uns Kaffee ein.

„Wir sind sehr glücklich über Ihr Kommen“, zieht sie sich zurück.

Wie sehr ich doch das Haus und alles hier vermisst habe, es wird mir erst jetzt bewusst.

Meinen Kuchen esse ich, obgleich es mir schwerfällt und ich jeden Bissen krampfhaft runterschlucken muss. Meine Hilfe hat den Kuchen köstlich gebacken, an ihrem Talent liegt es nicht.

Nach dem Essen kommt von Lotte der Wunsch, sich kurz zurückzuziehen. „Für das Abendessen möchte ich mich umziehen.“ Ihr Lächeln erfüllt den Raum, ebenso wie es früher meine Tochter verstand, alles mit ihrer Fröhlichkeit zu bereichern.

„Komm, begleite mich bitte nach oben, Vincenz. Einmal musst du ja in dein Zimmer gehen.“

Ich nicke, stehe behäbig von meinem Stuhl auf.

„Erschreckend, Lotte!“, ich kann kaum über die Schwelle treten und in mein altes Schlafzimmer gehen. „Nichts hat sich verändert. Nur aufgeräumt wurde. Am Tag des Unfalls ist meine Frau schon sehr früh mit unserer Tochter aus dem Haus. Als die Nachricht kam, war ich gerade im Badezimmer, das Bett war noch nicht gemacht.“

„Möchtest du alleine sein?"

„Auf keinen Fall, Lotte. Bei meinen letzten Besuchen hier im Haus konnte ich nicht in die obere Etage gehen. Ich schlief außerhalb in der Stadt."

„Möchtest du lieber in ein Hotel?" Lottes Worte höre ich wie aus der Ferne.

Tränen laufen über mein Gesicht. „Die Vergangenheit, ich habe so vieles verdrängt."

Langsam gehe ich durch den Raum, bleibe am Fenster stehen.

„Kannst du neben mir liegen, heute Nacht?" Mir geht es nicht um ein unmoralisches Angebot, was Lotte auch ohne Worte versteht.

„Selbstverständlich. Ich hole meine Tasche. In das Badezimmer darf ich aber zuerst gehen?"

Lotte verlässt das Zimmer und ich sehe ihr nach. Dankbar bin ich, diese junge Frau getroffen zu haben. Sie gibt mir ein Stück von dem alten Leben zurück.

Am Abend

„Gefällt dir das von mir ausgesuchte Lokal, Lotte?" Nicht entgangen ist mir, Lotte blickt sich ängstlich um. „Du musst nicht nervös sein. Lotte."

„Hier sehen alle so schick aus, so reich, so selbstbewusst. Ich habe das Gefühl, ich muss zur Toilette."

„Du warst doch erst vorhin auf der Toilette. Bist du erkältet?" Meine Besorgnis wächst.

„Nein, ich denke, ich bin aufgeregt."

Lachend und zufrieden sehe ich die junge Frau vor mir an. „Lotte, du bist ein wunderbarer Mensch, ein Teil meiner Familie, wenn ich das so ausdrücken darf."

Meine Auswahl für die einzelnen Gänge nehme ich mit Bedacht und Rücksicht auf Lotte vor.

„Morgen Abend gehen wir zu einem Italiener." Bemühe ich mich, Lotte ihre Angst vor diesem edlen Lokal zu nehmen.

„Früher war ich regelmäßig hier zum Essen."

Diese Worte habe ich eigentlich nicht aussprechen müssen, Lotte hat es von alleine erahnt.

Der erste Gang wird serviert, ich habe Muscheln bestellt.

„In einem Kinofilm, den ich mit meinen Freundinnen gesehen habe, hat die Schauspielerin versucht, die Muscheln zu öffnen." Lotte lacht und unterbricht kurz ihre Worte. „Es war so lustig! Die Muscheln sind ihr geradewegs vom Teller gehüpft." Erneut fällt Lotte ins Lachen. „Dann hat der Kellner sie mit den Worten: „Schlüpfrige kleine Scheißerchen!" aufgefangen und so getan, als sei nichts gewesen." Lotte kichert, sie ist endlich gelöst.

Gegen Mitternacht kommen wir wieder in mein Haus zurück.

Der nächste Morgen

Vorsichtig stehe ich um halb sieben auf. Lotte schläft noch fest und ich will sie nicht wecken.

Rosalinde rufe ich von der Terrasse aus an.

„Lotte ist sehr lieb zu mir, wie eine Tochter", teile ich ihr mit. Rosalinde reagiert verständnisvoll, wie immer. „Denk bitte auch an deine Zukunft, Vincenz, und die schöne Zeit, die noch vor uns liegt."

„Lotte hat gestern das Gleiche zu mir gesagt. Wie sehr freue ich mich auf unser Wiedersehen", beende ich zehn Minuten später unser Telefonat. Zurück im Schlafzimmer werde ich von Lotte begrüßt.

„Guten Morgen, Vincenz! Wie hast du geschlafen?“ Sie sitzt strahlend im Bett. „Ich habe tief und fest geschlafen“, teilt sie mir unvermittelt mit.

Die letzte Nacht hat mir kaum Schlaf geschenkt, was ich Lotte aber nicht sage.

„Unser Frühstück wartet“, locke ich sie aus dem Bett.

Dank Lotte erkunde ich nach dem Frühstück mein Haus. Einige Bilder und Gegenstände lassen mich ruhiger werden.

„Morgen kommen potenzielle Käufer für das Haus.“ Meine Worte kommen hastig über meine Lippen. Lotte sieht mich verwundert an. „Oh, das überrascht mich jetzt.“ Nach wenigen Sekunden ergänzt sie: „Sicherlich ist es eine gute Idee. Wir beide machen uns heute noch einen richtig schönen Tag hier und somit nimmst du bei unserer Abreise doch noch schöne Erinnerungen mit.“

Bis zum Nachmittag habe ich jede Ecke meines großen Anwesens einmal wieder in Augenschein genommen. Meine Haushilfe hätte gerne am Abend für uns gekocht, was ich aber ablehne.

18 Uhr

„Lotte? Wie lange brauchen Frauen im Badezimmer?“ Die ungeduldige Stimme von mir will ich verbergen, was mir nicht gelingt.

„Zehn Minuten musst du mir noch geben!“, höre ich Lottes Antwort.

Im Erdgeschoss ist meine Haushaltshilfe in der Küche am Werkeln.

„Wir gehen gleich zum Italiener“, wundere ich mich über ihre Aktivität.

Überall stehen Lebensmittel herum. Ein angenehmer Duft hängt in der Küche.

„Sie bekommen von mir noch einen Kuchen für morgen gebacken. Außerdem habe ich einen Rosinenzopf und frisches Brot für das Frühstück im Backofen."

Beklommen sehe ich die Frau an.

„Mein Mann und ich sind so glücklich, Sie noch einmal gesehen zu haben. Es war in unseren Augen das Richtige, hierher zu kommen. Und die junge Frau, Lotte, sie tut Ihnen gut. Beim Kennenlernen habe ich einen Kloß im Hals gespürt. Die Ähnlichkeit der jungen Frau zu Ihrer verstorbenen Tochter ist gewaltig. Auch das Verhalten von ihr, die gleiche Angewohnheit, ihr Ei mit den Fingern aufzupellen, wie Ihre Tochter es früher getan hat, ist mir nicht entgangen."

Es stimmt, was die Frau sagt. Oft habe ich meine Tochter ermahnt, ihr Ei mit einem Messer aufzuschlagen, was von ihr nur lächelnd aufgenommen aber nie umgesetzt wurde.

„Vincenz?" Lotte steckt ihren Kopf in die Küche. „Das riecht aber gut hier", hebt sie ihre Nase und geht an den Herd. „An diesen Service und diese Kochkünste könnte ich mich gewöhnen."

„Der Italiener wartet", betone ich und verlasse mit Lotte die Küche.

Lotte

Meine kleine Reise mit Vincenz in seine Vergangenheit ist auch für mich eine Bereicherung. Vincenz liegt mir am Herzen und auch die neu gewonnenen Einblicke in sein altes Leben sehe ich als Bereicherung für mich an.

Von Franz geht eine SMS ein, als ich gerade im Badezimmer meine Haare frisiere.

Liebste Lotte,

in jedem Neuanfang stecken das Wunder und die Hoffnung der Zukunft, schwimmt das Verlangen mit, es dieses Mal besser zu machen. Sollte es nötig sein, um bis ans Ende meiner Tage deine Liebe zu sein, wage ich diesen Anfang mit dir immer wieder.
Noch nie bin ich einer Frau begegnet, die es zugelassen hat, dass ich sein darf, wie ich bin. Nicht immer pflegeleicht, ab und an grantig und impulsiv. Meine Schwäche, auch der schlechten Laune ihre Plattform zu schenken, du kannst damit umgehen. Noch immer schäme ich mich für mein Verhalten an dem Abend, als du in deiner anziehenden und aufreizenden Unterwäsche vor mir gestrippt hast. Lotte, du bist eine Traumfrau, nicht nur im Bett.
Dein Verständnis für mich, dass ich meine eigenen vier Wände benötige, um Luft zu bekommen, du bist darauf eingegangen.
Darf ich morgen am Abend für dich etwas kochen? Was begehrt dein Herz? Worauf hast du Lust? (Hoffentlich auch auf mich als dein Nachtisch.)

Ich wünsche dir noch eine gute Zeit in der Schweiz.
Grüße auch Vincenz von mir,
dein Franz

Zugeben darf ich, seit Franz bei mir ausgezogen ist, wir beide uns nach wenigen Tagen trotzdem wiedergefunden haben, geht es mir gut. Karin habe ich vorhin angerufen, ihr auch von Franz und seiner Nachricht berichtet.

„Es ist doch dein Leben, Lotte. Solange du glücklich bist, ist alles richtig. Am Samstagabend bei Anton Wall hast du jedenfalls einen glücklichen Eindruck gemacht. Franz war auch unterhaltsam und gelöst." Karins Worte haben mich darin bestärkt, auf dem richtigen Weg zu sein. Natürlich habe ich ihr auch von meiner kleinen Reise berichtet. „Übermorgen treffen wir uns zu einem Mädelsabend in meinem Haus, dann werde ich euch alles erzählen", habe ich ihr mitgeteilt. Karin bleibt noch wenige Tage als Gast in meinem Haus. Ihre Verbundenheit zu Rosalinde war mir entgangen. Mein Tunnelblick der letzten Tage, und auch der Wochen davor, hat mir nicht gutgetan.

Wie sensibel Vincenz doch ist, kommt mir in den Sinn. Morgen, nach unserer Abreise werden die potenziellen Käufer durch sein Haus gehen, alles anfassen, später auch aussortieren, Wände eventuell versetzen und neu streichen. Darüber möchte ich aber mit Vincenz nicht sprechen. Für ihn ist es ein großer Schritt, diesen Abschluss zu finden. Warum er ausgerechnet mich dabeihaben wollte, darüber grübele ich noch immer.

18.30 Uhr

Beim Betreten des kleinen Lokals, heute werde ich mit Vincenz beim Italiener speisen, bin ich positiv berührt. Die Atmosphäre gefällt mir und das Mobiliar sowie die Dekoration versetzen jeden Gast in das Gefühl, Italien gerade zu besuchen.

Feierlich lässt Vincenz uns Champagner bringen. „Normalerweise trinke ich Chianti beim Italiener", sehe ich ihn skeptisch an.

„Mir liegt etwas auf dem Herzen, Lotte", legt Vincenz seine Hand auf meine. Seine Augen zucken nervös, seine Hand ebenfalls. Mir wird bang und ich überlege, wie lange mein väterlicher Freund noch an meiner Seite weilen wird.

„Du bist doch nicht krank?"

„Keine Sorge, Lotte", Vincenz hüstelt, zieht seine Hand zurück. Dann greift er nach dem Umschlag, der mir schon bei unserer Fahrt hierher aufgefallen war. „Lies bitte den Inhalt", reicht er mir den Umschlag über den Tisch.

Wie von ihm gewünscht, bringe ich das innenliegende Schriftstück zum Vorschein und fange an zu lesen.

„Vincenz! Ich weiß nicht so genau, was ich jetzt sagen soll", verunsichert und gleichzeitig überwältigt von dem, was ich gerade gelesen habe, schaue ich ihn wenige Minuten später an.

„Stoßen wir zunächst auf unsere Zukunft an, liebe Lotte!"

Die Gläser klirren aneinander, meine Wangen glühen vor Aufregung. Am liebsten würde ich kurz zur Toilette eilen, um Karin, Petra oder Ina anzurufen. In mir wächst der Wunsch, mich einer meiner Freundinnen anzuvertrauen, zu erzählen, was ich gerade erlebe.

„Versprich mir, Lotte, noch mit keinem Menschen darüber zu sprechen." Ups, denke ich, das wird mir nicht leichtfallen.

Verunsichert nicke ich, fühle mich und meine Gedanken entlarvt.

Meine Wangen glühen mehr als zuvor. Hastig nehme ich einen weiteren Schluck Champagner.

„Jetzt möchte ich noch ein Glas Chianti."

Mein Kopf fühlt sich mit einem Male so schwer an. Bleiern liegen die neuen Nachrichten auf mir.

„Vertraue mir, Lotte. Ich bin immer an deiner Seite, wenn du mich brauchst. Wir lassen das Thema jetzt und reden ein anderes Mal weiter. Jetzt bestellen wir den Chianti und genießen unser Essen."

„Aber sicher doch!" Zuversichtlich nicke ich ihm zu.

Der nächste Morgen

Vincenz hat es in der vergangenen Nacht vorgezogen, alleine in seinem alten Schlafzimmer zu schlafen.

„Mir geht es schon viel besser, dank dir, Lotte!"

Seine Worte stimmen mich glücklich. Auch jetzt, am Morgen, kommen sie mir noch einmal in den Sinn. Meine Augen öffne ich früher als gewohnt. Einmal mehr lasse ich den Blick durch das Zimmer streifen. Meine Uhr, die neben dem Bett auf dem Nachttisch liegt, zeigt gerade mal sieben Uhr. Diese Nacht habe ich in dem alten Zimmer von Vincenz verstorbener Tochter geschlafen. Nachdenklich registriere ich, auch in diesem Zimmer hat die Vergangenheit noch ihren Platz.

Bevor ich in das Badezimmer husche, blicke ich mich ein wenig um. Alles in diesem Raum macht den Eindruck, die eigentliche Besitzerin ist nur kurz einkaufen und kommt gleich zurück. Die Schminkutensilien liegen auf einer Glasablage, gerade so, als habe sich erst vor einer Stunde die Besitzerin auf ihre Wangen Rouge aufgetragen. Gespenstisch empfinde ich diese Situation für wenige Sekunden. Plötzlich nimmt meine Neugierde überhand und ich öffne den Kleiderschrank. Von der Größe her müssen wir große Ähnlichkeit gehabt haben. An der Wand neben dem Schrank entdecke ich alte Fotos. Mitten in diesen Moment kommt der Eingang einer neuen E-Mail. Rasch ziehe ich mein Handy vom Tisch und öffne die neue E-Mail.

Mein Interesse gilt nun dem Absender. Frau Krautwinkel hat mir geschrieben.

Liebe Frau Wolke,

das Wort langweilig, es passt nicht als Beschreibung für Sie. Mir kommen Worte wie kreativ, chaotisch, einfühlsam in den Sinn. Nicht unbedingt eine Linie kann ich bei Ihnen erkennen, die mir sagt, so tickt diese Frau. Nein, Sie sind vielseitig und zeigen somit immer wieder neue Facetten. Ihre Art zu leben, ist mir fremd. Nur durch Ihre Texte gewinne ich Einblicke, die mir sonst verborgen blieben.

Nicht bestreiten kann ich, in meiner Haut fühle ich mich wohl und das, was Sie so erleben, macht mir oft Angst. Zunächst wollte ich Ihre Kolumnen für einige Wochen auf Eis legen. Mir kam der Gedanke, es sei nicht gut für die Zeitschrift, länger mit einer Autorin, wie Sie es sind, zusammenzuarbeiten.

Eines Besseren wurde ich jedoch durch die vielen Zuschriften belehrt, die ich mir durchgelesen habe. Zunächst glaubte ich noch an Zufall, als die ersten beiden Nachrichten als Reaktion auf Ihre Zeilen hier eintrafen. Jetzt aber weiß ich, die Frauen warten auf Ihre Zeilen, fiebern der nächsten Veröffentlichung entgegen.

Verstehen muss ich das nicht, allerdings akzeptieren. Als Chefredakteurin bin ich intelligent genug, an den Verkauf und Erfolg meiner Produkte zu denken. Deshalb will ich Ihnen ein erneutes Angebot für eine engere Zusammenarbeit machen.

Mein Büro wird Sie in den nächsten Tagen anrufen und einen Termin vereinbaren, an dem Sie zu mir kommen und wir reden werden.

Nicht vergessen habe ich Ihren Wunsch, noch genügend Zeit und Energie für Ihr Café zu haben. Bei meinem letzten Angebot haben Sie dies als Grund der Ablehnung vorgegeben. Ehrlicherweise möchte ich betonen, ich habe vermutet, ein Mann steckte damals dahinter und habe seine Ansprüche an Sie und Ihre Freizeit eingefordert.

Eine Bitte habe ich: Werden Sie mit Ihrer Art über die Liebe zu schreiben, nicht zu forsch. Denken Sie bitte auch an Menschen, die wie ich leben, in einer intakten Beziehung.

Die eingesandte Kolumne von Ihnen erscheint bereits übermorgen in der neuen Ausgabe von Frau mit Herz.

Mit besten Grüßen
Krautwinkel
Chefredakteurin

Aufgedreht und beschwingt husche ich unter die Dusche. Mir fällt im Badezimmer auf, auch hier stehen die benutzten Produkte von Vincenz' Tochter noch überall herum. Ich rieche an einem kleinen Fläschchen mit Handcreme. Beim Öffnen der Tube kommt eine Substanz zum Vorschein, die mir sagt, das Produkt ist längst abgelaufen. Mir tut es weh, diese Erinnerungen zu sehen und ich frage mich, wie geht Vincenz in den nächsten Tagen mit den neugewonnenen Eindrücken um? Augenblicklich verhält er sich sehr gefasst und tapfer. Die Wunden, so glaube ich zu ahnen, sind noch nicht verschlossen. Wieder muss ich an Doktor Peter Schön denken. Auch Vincenz geht zu dem Psychologen, was ich für gut finde.

„Sie sind eine begnadete Haushälterin", erblicke ich wenig später den gedeckten Frühstückstisch. Das Brot duftet herrlich, der Rosinenkranz wirkt wie aus einer Bäckerei auf mich. Die Aussage, unsere Frühstückseier seien von glücklichen Hühnern, verwundert mich nicht, damit habe ich schon gerechnet.

„Hast du dir mein Angebot noch einmal durchgelesen, in Ruhe? Was sagst du dazu?"

Vincenz kommt auf den gestrigen Abend zu sprechen.

Mit einem Mal halte ich in meiner Bewegung, mir ein Stück von dem Rosinenkranz zu nehmen, inne.

„Sagtest du nicht, wir reden zu einem anderen Zeitpunkt wieder darüber?“

Vincenz legt kurz seine Hand auf meine. „Dann lass es dir schmecken, Lotte.“

„Vincenz? Das war nicht die Antwort, die ich erwartet habe.“

Vincenz lacht. „Du gefällst mir immer besser, Lotte. Noch vor einem halben Jahr hättest du dich nicht getraut, so mit mir zu reden. Gönne einem alten Mann, wie ich es bin, auch seine Geheimnisse.“

„Gut, dann frühstücken wir jetzt. Dein Schreiben lese ich mir zu Hause in Ruhe noch einmal durch.“

Mit einem Kuss auf die Wange bringe ich Vincenz zum Erröten, was mich amüsiert.

Franz

Die Tage ohne Lotte waren ausgefüllt mit dem Treffen von Kumpels und meiner Arbeit. Alles war gut für mich. Langweile kam bei mir nicht auf. Heute aber freue ich mich auf das Wiedersehen mit meiner Traumfrau. Am Morgen war ich extra früh zu meiner Arbeit gefahren, sodass ich früher Feierabend machen konnte. Auf dem Rückweg habe ich in einem Supermarkt angehalten und frisch eingekauft. Lottes Wunsch, sie möchte eine Lasagne haben, bin ich gerne gefolgt. Liebe geht bekanntlich durch den Magen. Eine Flasche Chianti habe ich auch eingekauft, damit Lotte sich richtig wohlfühlen kann. Sie hat es verdient, verwöhnt zu werden. Selbst Rosen habe ich für Lotte gekauft und auf den Tisch gestellt. Für mich sieht alles wunderschön aus. Um ehrlich zu sein, so viel Mühe habe ich mir lange nicht mehr für Lotte gegeben.

Um halb sieben habe ich das Essen im Ofen und fange gerade an, noch Servietten neben die Teller zu legen, als es schon an meiner Türe klingelt.

„Herzlich willkommen“, reiße ich die Tür auf. Eine der Rosen halte ich Lotte entgegen. „Auf dem Tisch steht ein ganzer Strauß mit roten Rosen für dich, meine Liebste.“

Die Überraschung scheint mir gelungen zu sein. Verträumt schnuppert Lotte an der Rose, dann küssen wir uns. „Richtig vermisst habe ich dich“, ziehe ich Lotte fest an mich heran.

„Nicht schlecht“, albert meine Freundin.

„Ich habe dir noch viel mehr zu bieten.“

„Darf ich mich kurz in dein Bad begeben?“ Sanft entzieht sich Lotte meiner Umarmung. Ich beobachte kurz, wie sie das Inventar meines Wohnzimmers betrachtet, dann aber mein Badezimmer ansteuert.

Entspannt widme ich mich wieder unserem Essen und den Vorbereitungen für einen schönen Abend.

„In deiner neuen Wohnung fühle ich mich wohl, Franz. So richtig kann ich deinen Worten nicht Glauben schenken, dass du diese Möbel ausgesucht hast."

Verlegen druckse ich herum, entscheide mich dann aber, der Wahrheit ein Stück näherzukommen und berichte von der Übernahme der Möbel aus den Händen des Vormieters. Lachen erklingt aus Lottes Mund.

„Die Möbel solltest du in jedem Fall behalten, die Einrichtung hat etwas Besonderes."

Vor dem Essen bitte ich Lotte, mit mir ein Glas Sekt zu trinken.

„So feierlich?", noch klingt ihre Stimme belustigt.

„Für meine Prinzessin. Ein Dankeschön dafür, dass du mir noch eine Chance gegeben hast."

Lotte blickt nun verblüfft. „Oh, diese Worte aus deinem Mund zu hören, das ist jetzt eine Überraschung", stammelt sie herum.

„Jetzt kommt die eigentliche Überraschung für dich", lege ich ein kleines Kästchen in ihre Hände.

„Wenn es jetzt das ist, was ich glaube zu ahnen", sie hält mitten im Satz inne. „Sollten wir nicht zunächst essen?" Unsicher fällt ihr Blick auf den Boden.

„Keine Neugierde auf den Inhalt?" Mit meiner Hand streichele ich über ihre Wange, bis Lotte mir in meine Augen sieht. „Freust du dich nicht?"

Lotte schüttelt ihren Kopf. „Ich habe Angst vor zu vielen und besonders neuerlichen Veränderungen", stößt sie aus.

Plötzlich fühle ich Enttäuschung in mir aufkeimen. Mein Gesichtsausdruck lässt dies nicht verbergen. „Mir liegt wirklich viel an dir, Lotte. Ich dachte, wir haben wieder alles in einem sicheren Fahrwasser mit uns."

Lotte legt beschwichtigend ihre Hand auf meine und öffnet im Anschluss das Kästchen.

„Der Ring ist wunderschön", mehr gehaucht kommen diese Worte heraus. „Entschuldige bitte meine erste Reaktion." Lotte blickt erneut verlegen auf den Boden. „Solange du nicht denkst, wir verloben uns, ist alles gut", fügt sie hastig nach. Ein Lachen, das für mich gespielt klingt, folgt ihren Worten.

„Darf ich dir den Ring überstreifen?" Lotte lässt mich gewähren. „Findest du den Gedanken, mit mir verlobt zu sein, so schlimm?"

Das Glas fällt aus Lottes Händen. Sie wird hektisch, sucht ein Tuch, um den Sekt aufzuwischen und greift nach dem Glas, das zu meiner Überraschung noch ganz geblieben ist.

„Die Redaktion hat mir ein neues Angebot gemacht. Für mich kann es die letzte Chance für eine Festanstellung sein", legt Lotte das Tuch zur Seite. Ich habe sie nur stumm beobachten können. Vom Grunde her habe ich erwartet, Lotte fällt mir um den Hals, sagt laut Ja!!!! Auch die Frage, wann kommt der Heiratsantrag, habe ich erwartet.

„Dein Tempo, mein Leben umzukrempeln, ist schon gewaltig", zieht Lotte mich mit zum Tisch. „Ich bin ein Mensch mit Gefühlen, Franz. Gerade wird alles wieder gut und schön mit uns, wir sollten diese Zeit genießen und warten, was die Zukunft uns bringt."

„Traurig bin ich schon über deine Reaktion. Jedoch ist mir inzwischen bewusst, ich selbst habe alles getan, um dich zu verunsichern."

„Ist die Lasagne nicht langsam fertig?" Lotte hebt ihren Kopf in Richtung Backofen. „Dieser Geruch ..."

Das Essen habe ich vergessen, bei der ganzen Aufregung.

„Verkohlt, ich habe unser Abendessen verbrennen lassen!" Meine Stimmung sinkt. „Heute scheint mir nichts zu gelingen."

Lotte geht zu meinem Kühlschrank, angelt Brot, Käse und Butter hervor. „Wir machen uns trotzdem einen gemütlichen Abend."

Noch einmal stoßen wir an. Ich habe Lotte ein frisches Glas eingefüllt. Sie wirkt gerührt.

„Darf ich den Ring zunächst als Freundschaftsring tragen? Eine Verlobung passt doch nicht zu dir, Franz. Vor zwei Wochen noch stößt du mir vor den Kopf und sprichst davon, ich enge dich ein und heute gleich eine Verlobung? Wir haben doch Zeit, bitte!"

„Es stimmt ja, was du sagst, Lotte. In den letzten Tagen habe ich verstanden, es gibt auf diesem Planeten keine Frau, die mich so sein lässt, wie ich bin. Das habe ich dir auch geschrieben."

Nach einer Pause füge ich nach: „Trage den Ring als Freundschaftsring!"

Lottes anschließender Kuss, die spontane Umarmung, sie stimmen mich milde. Es dauert nicht lange und wir landen in meinem Schlafzimmer.

„Was wolltest du mir andeuten mit dem Angebot von deiner Redaktion?" Meine Frage stelle ich Lotte, nachdem wir uns innig und ausgiebig geliebt haben und nun nackt nebeneinander auf dem Bett liegen.

„Das Angebot werde ich annehmen, Franz."

Ich hole Luft, bin schon dabei aus dem Bett zu klettern, dann drehe ich mich um. „Gut."

Lotte blickt zu mir. „Gut? Was genau willst du mir damit sagen?"

„Ich werde damit leben können."

„Du musst damit leben können, wenn wir zusammenbleiben wollen, was ich mir natürlich wünsche."

Kurz verharre ich in meiner Bewegung, dann aber beuge ich mich zu Lotte, fange erneut an sie zu küssen. „Dein neues Selbstbewusstsein steht dir gut", hauche ich in ihr Ohr.

Der nächste Abend

Petra

Die Einladung für einen Mädelsabend bei Lotte kommt für mich kurzfristig, dennoch sage ich gleich am Telefon mein Kommen zu.

„Es gibt Neuigkeiten“, hat Lotte mich angelockt. „Bei einem gemütlichen Abendessen werde ich davon berichten.“

„Was gibt es zu denn zu essen?“ Meine Frage lässt sie kurz schweigsam werden.

„Darüber habe ich noch nicht nachgedacht. Meine Schicht im Café geht bis um 18 Uhr“, sie druckst herum.

„Ich übernehme den gesunden Teil vom Essen und werde Ina bitten, für euch den obligatorischen Kartoffelsalat mitzubringen“, beruhige ich Lotte. Von ihr erfahre ich, Karin wird tagsüber in Frankfurt sein, sich einen Einblick in die neue Arbeit in der Galerie verschaffen. „Am Abend ist sie aber bei uns“, bestätigt Lotte.

„Soll ich für uns Gemüsebratlinge mitbringen?“ Meine Frage wird rasch beantwortet.

„Nicht nötig, Petra. Wirklich lieb das Angebot von dir! Aber nach deiner Arbeit musst du dir nicht noch so viel Stress zumuten.“

„Hör auf, die verständnisvolle Freundin zu spielen. Du willst nur keine Gemüsebratlinge essen, das ist die Wahrheit.“ Ich lache im Anschluss.

„Ok! Ich gebe mich geschlagen. Eine Dose mit Bockwürstchen findet sich noch in meinem Bestand und die sind mir allemal lieber als dein Gemüsezeug.“

Nach meiner Arbeit gehe ich noch einkaufen. Zunächst überlege ich, für unser Treffen nur einen Tomatensalat vorzubereiten, dann aber koche ich einen Blumenkohl ab, richte ihn mit Essig und Öl an und packe beide kalorienarmen Varianten in mein Auto.

Marc ist für den Abend als Babysitter bei Ina eingeteilt. Ich nehme ihn mit nach Bremberg.

„Wie schön sich jetzt alles einspielt", lasse ich ihn vor Inas Haus aussteigen. Ich blicke ihm nach und denke kurz an die Gartenfeier, bei der wir beide damals in Flagranti aufgeflogen sind. Im Garten, so kann ich sehen, hat sich seit dem Auszug von Marc nichts verändert.

„Bei so vielen gesunden Impulsen wird mein Magen rebellieren", blickt Lotte, bei meinem Erscheinen, auf meine Schüsseln.

„Dir würde es guttun, davon zu essen", nörgele ich freundschaftlich. „Der Unterton war nur gespielt", setze ich lachend nach.

Karin ist schon in der Küche, wie ich durch das Fenster sehen kann.

„Sie macht die Würstchen warm", folgt Lotte meinen Blick. Ich nicke grinsend, denke mir meinen Teil.

Mit Ina kommt auch der gewünschte Kartoffelsalat auf den Tisch, Zufriedenheit breitet sich in den Gesichtern der anderen drei aus. Beherzt greift Karin als Erste zu. „Mein Tag heute war aufregend, schön und anstrengend", lässt sie uns wissen. Ich lasse meinen Blick über ihren Körper schweifen, die Diät von letztem Jahr war umsonst.

„Mache nicht alle Menschen gleich", bekomme ich von Lotte einen Schubs, die meinen Blicken gefolgt ist. „Hast du meine neue Kolumne heute gelesen?"

„Selbstverständlich! Alleine schon aus dem Grund, auf dem neusten Stand von deinem Liebeschaos zu sein, habe ich mir die Illustrierte gekauft."

Mit einem Plopp öffnet Ina die Flasche Prosecco, schenkt anschließend die Gläser voll. Sie sieht gut aus.

„Euer Zusammenleben scheint dir zu bekommen."

„Ja, ich bin glücklich und ich spüre eine Veränderung in mir."

„Glücklich bin ich auch." Lotte hält die Hand mit ihrem neuen Ring über den Tisch, sodass Ina nicht an die Schüssel mit dem Kartoffelsalat kommt. Rasch reiche ich ihr den Blumenkohl.

„Willst du mich vergiften?" Wir fangen beide an zu Lachen.

Lotte legt noch einmal nach. „Hier spielt die Musik!"

„Nein, Lotte! Du bist doch nicht verlobt?"

Erst jetzt sehe ich, der Ring ist neu. „Ist es ein Geschenk von Franz?"

Strahlend antwortet Lotte mit einem kräftigen: „Ja!"

„Lotte!" Ina springt von ihrem Stuhl auf. „So ganz gut finde ich eine Verlobung nach den letzten Zwischenfällen mit diesem Mann nicht."

Meinen Zuspruch gebe ich Ina. „Da bin ich ganz ihrer Meinung. Der Mann versucht, dich zu manipulieren und", ich werde von Lotte barsch unterbrochen.

„Hört mir doch erst einmal zu!", fängt sie an, von dem gestrigen Abend zu berichten. Gebannt hängen wir an ihren Lippen. Ans Essen denkt gerade keine von uns Freundinnen mehr.

„Lotte Wolke, du bist tatsächlich erwachsen geworden. Sollte mich das freuen oder ängstigen?" Albern umarme ich die Freundin. „Du hast alles richtig in Bezug auf Franz gemacht. Ein Freundschaftsring ist doch der Anfang und eventuell ein Weg hin zu einer Verlobung", ich blicke zu den Freundinnen. „Wer die Kolumnen von Lotte regelmäßig liest, weiß, es geht auch ohne Trauschein und Tamm-Tamm."

Ruhe kehrt nach diesen Worten am Tisch ein. Wir genießen jede von uns auf ihre Weise unser Essen. Meine beiden Schüsseln habe ich für mich alleine.

„Überraschung Nummer zwei!" Lottes Stimme klingt über den Tisch, während wir anfangen, das Geschirr zusammenzustellen. Es ist Zeit für den Nachtisch, wie Karin gerade erst betont hat.

Lottes Handy klingelt in diesem Moment, sie geht ein paar Schritte vom Tisch weg, den wir nun aufräumen.

„Der Anruf kam aus dem Altersheim. Mutter geht es nicht gut." Aufgelöst spricht Lotte diese Worte aus. Karin bietet an, Lotte zu begleiten, was sie gerne annimmt. Rasch sind beide verschwunden.

Lotte

„Vom Grunde her habe ich schon lange mit diesem Anruf gerechnet. Ich hatte es einfach nur verdrängt“, teile ich Karin mit, die den Wagen zügig über die Straßen lenkt. „Steig dann schon einmal am Eingang aus! Ich suche in Ruhe einen Parkplatz. Lass dir Zeit Lotte, ich warte gerne auf dich.“

Knapp zehn Minuten später stehe ich in Katzenellenbogen vor dem Heim, in dem Mutter lebt. Vor dem Eingang blicke ich noch einmal zurück zu Karin. Ich spüre Angst in mir aufkommen. Sie nickt mir ermutigend zu.

Die Treppen bis zu Mutters Zimmer nehme ich im Sprint, vor der Tür aber verharre ich.

„Sie besuchen Ihre Frau Mutter? Wie schön! Wir haben Sie lange nicht mehr gesehen“, höre ich eine Mitarbeiterin freundlich sagen. „Ihre Mutter ist speziell, das wissen wir alle hier.“ Sie bleibt neben mir stehen. „Soll ich Sie begleiten?“

„Mutter geht es schlechter, was genau ist passiert?“

Die junge Mitarbeiterin sieht mich verwundert an. „Vor zwei Stunden habe ich ihr das Abendessen gebracht, da war Ihre Mutter so fit wie immer. Sie hat mir gesagt, mein Hintern sei zu dick.“

„Oh!“ Jetzt bin ich überrascht. „Das würde zu meiner Mutter passen.“ Ich berichte von dem Anruf, den ich erhalten habe.

„Jetzt verstehe ich! Sie sind nicht die erste Angehörige, die in den letzten Tagen aus diesem Grund hier aufgetaucht ist. In unserem Heim muss es einen selbst ernannten Engel geben, den wir noch versuchen, ausfindig zu machen. Diese Person glaubt, auf diese Weise Familien zusammenführen zu können.“

Verblüfft lege ich meine Hand auf den Griff und öffne die Tür, ohne noch ein Wort zu der Mitarbeiterin sagen zu können. Mutter sitzt, wie so oft bei meinen, wenn auch wenigen,

Besuchen, mit dem Rücken zur Tür, damit sie auf den Wald blicken kann.

„Du warst lange nicht hier, Lotte. Brauchst du Geld?"

„Schön, dich zu sehen, Mutter", meine Stimme ist bleiern.

„Wenn es schön wäre, würde ich meine einzige Tochter öfter sehen, du lügst."

Meinen Blick lasse ich ebenfalls aus dem Fenster fallen. „Du sagst die Wahrheit, Mutter, wie immer."

„Unverschämtes Luder!" Ihre Stimme überschlägt sich. Versteinert bleibe ich am Fenster stehen.

„Das Portrait von Lydia Lowere habe ich in meinem Café aufgehangen."

„Diese unverschämte Person passt zu dir! Sie war auch selbstherrlich und durchtrieben."

Gegen die aufkommenden Tränen kämpfe ich tapfer an. Unter meine Wut vermischt sich auch Einsicht und Achtung vor meiner Mutter als Person.

„Möchtest du nächste Woche von mir abgeholt werden? Ich kann dir mein Café gerne zeigen", sage ich mit milder Stimme.

„Nein, danke!"

Ihre Antwort kommt unvermittelt, ihre Stimme ist fest und hart. Meine Augen suchen einen Blickkontakt, doch Mutter starrt unentwegt aus dem Fenster.

„Soll ich dich nächste Woche wieder besuchen kommen?"

Wie lange sind zehn Minuten? Sie können eine Ewigkeit bedeuten. Irgendwann kommt die junge Schwester zu uns ins Zimmer. Sie blickt mir in mein Gesicht und zeigt mit einer Geste, ich tue ihr leid.

„Ich bringe dir nächste Woche Blumen aus meinem Garten mit."

An der Schwelle der Tür höre ich Mutter sagen. „Den Garten habe ich einmal mit viel Liebe angelegt und jetzt willst du mir eine Handvoll Unkraut mitbringen? Etwas anderes wird sich nicht mehr in deine Nähe trauen."

Leise ziehe ich die Tür des Zimmers zu, gehe die Stufen hinunter zum Ausgang.

Vor der Tür hole ich Luft, atme tief ein und aus.

„Alte Menschen verändern sich oft", steht mit einem Male die junge Mitarbeiterin neben mir. „Möchten Sie auch eine Zigarette?"

„Danke, meine Freundin wartet im Wagen auf mich." Im Weggehen drehe ich mich noch einmal um. „Bewundernswert, wie Sie diesen Beruf ausüben können", winke ich ihr noch einmal zu.

Karin bringe ich rasch auf den neuesten Stand und gebe ihr Einblick in meine Seele.

Wieder an meinem Haus angekommen, treffen wir auf Ina und Petra, beide haben auf uns gewartet.

„Das Verrückte an der Geschichte ist, vom Grunde bin ich dem Anrufer dankbar. Wisst ihr, wäre Mutter jetzt tatsächlich verstorben, ich hätte mir immer Vorwürfe gemacht. Jetzt habe ich sie besucht und werde es auch in der Zukunft wieder regelmäßig tun."

Meine Freundinnen lassen mir die nötige Zeit, bis ich weitersprechen kann. „Verändern werde ich Mutter nicht mehr. Eines habe ich aber durch die Vergangenheit gelernt, besser mit den Seitenhieben von Mutter umzugehen. Sie prallen immer mehr an mir ab. Das, was ich jetzt tue, ist nur noch aus Mitleid."

Ina geht in meine Küche und bringt den Nachtisch auf den Tisch. „Etwas für deine Seele", legt sie mir eine besonders große Portion Schokopudding auf den Teller.

„Was war mit deiner zweiten Neuigkeit?", will Petra wissen.

„Nicht heute, jetzt genieße ich den lauen Sommerabend mit euch, ohne noch einmal über ein Thema zu sprechen, das mich wirklich bewegt. Mir ist nach Entspannung."

Zwei Tage später

Meine neue Kolumne zeigt schon die ersten Resultate. Bis heute sind 23 Zuschriften in der Redaktion eingegangen. Mein Termin für ein Gespräch mit Frau Krautwinkel ist festgelegt. In vier Wochen werde ich meine Chefredakteurin aufsuchen und von dem neuen Angebot erfahren. Innerlich zufrieden mit mir und meinem jetzigen Leben öffne ich die erste Zuschrift.

Liebe Frau Wolke,

Ihr Tempo ist als rasant zu bezeichnen. So rasch Sie sich von Franz getrennt haben, in einem ebenso schnellen Tempo haben Sie ihm verziehen.
Jetzt stellt sich mir die Frage, ist das ein Zeichen von Größe oder Abhängigkeit?
Nach Ihrer Kolumne habe ich über mich nachgedacht, mein Privatleben beleuchtet. Zur gleichen Zeit, wie bei Ihnen Franz die Beziehung zunächst unterbrochen hat, kam mein Freund auf dieselbe Idee.
Mein Interesse an Ihren Zeilen ist daher auch erklärt.
Gestern am Abend stand mein Ex-Freund vor meiner Türe, mit einer Flasche Wein in den Händen und einem Blick wie ein Dackel. Wissen Sie, Frau Wolke, dass Sie mich mit Ihrer neuen Kolumne beeinflusst haben? Am Nachmittag hatte ich Ihre Zeilen gelesen und darüber nachgedacht, ob mir Ihr Verhalten gefällt, als richtig einzustufen ist oder nicht. Wie ich mich ver-

halten würde, habe ich leider in meine Gedanken nicht miteinbezogen. Eventuell wäre ich dann am Abend besser auf die Situation, meinen Ex-Freund vor der Türe zu sehen, vorbereitet gewesen.
Die Flasche Wein habe ich ihn öffnen und ihn Gläser für uns einschenken lassen. Immer wieder habe ich an Sie gedacht, Frau Wolke.
Nach dem zweiten Glas Wein wurde ich weich und habe mich von den liebevollen Worten meines Ex einfangen lassen. Das Ende kam in meinem Schlafzimmer.
Ihre Worte haben Einfluss auf mich genommen. Natürlich habe ich auch die Zeilen von Ihnen aufgenommen, die davor warnen, dass Ihr Weg nicht unweigerlich auch der richtige für einen anderen Menschen sein muss. Ein Funken der Hoffnung schwebt aber immer mit.
Jetzt wünsche ich mir für meinen Neustart und für Sie nur das Beste!
Halten Sie uns in puncto Liebe auf dem Laufenden, darum bitte ich Sie.

Ihre treue Leserin
Annabel

Die Zeilen von Annabel lese ich noch ein zweites Mal. In meine Überlegung, was ich Annabel nun antworten kann, klingelt mein Handy. Rosalinde ist in der Leitung und teilt mir freudig den Termin für die Kreuzfahrt mit.

„Wir können schon nächste Woche Samstag starten. Kannst du dir eine Woche in deinem Café freinehmen?"

Ohne groß nachzudenken sage ich Ja!

Die Aussicht, eine Woche mit Menschen Urlaub zu machen, die ich mag, gefällt mir. Franz rufe ich im Anschluss an das Telefonat sofort an.

„Ich werde gleich zu meinem Vorgesetzen gehen und den Urlaub beantragen“, ist seine spontane Reaktion.

Mir gefällt, was ich höre. „Sehen wir uns am Abend wieder?“ Franz bietet an, erneut für mich eine Lasagne zuzubereiten.

„Ich nehme dein Angebot gerne an. Nach der Kreuzfahrt koche ich auch wieder einmal für dich.“

„Die Betonung liegt auf wieder einmal“, kontert Franz mit fröhlicher Stimme.

Bei weiteren Telefonaten erfahre ich, Petra kommt auch mit an Bord und Ina mit Wolfi ebenso. Marc bekommt keinen Urlaub, was ich für Petra bedauere. Mir fällt nach dem Telefonat erst ein, sie klang nicht traurig, irgendwie nur aufgekratzt.

Johann kommt nach zwei Tagen nach. Er muss noch Mandanten in seinem Notariat betreuen, die für ihn wichtig sind.

„Das musst du verstehen, Lotte. Für mich ist der Neuanfang eine große Chance.“ Karin entschuldigt sich ebenfalls. Sie kann nicht sofort bei der Galerie Urlaub nehmen, das würde kein gutes Licht auf sie werfen. „Ich werde auch meinen Umzug in die Wohnung von Rosalinde vorbereiten, während du auf hoher See weilst.“

Diese Aussicht finde ich auch nicht schön.

„Kommt Doktor Peter Schön mit auf See?“

Karins erste Reaktion auf meine Frage ist ein herzliches Lachen. „Wieso sagst du nicht einfach Peter? Ihr wart schon beim Du angekommen.“

Jetzt muss ich ihr zustimmen.

„Peter bleibt auch hier. Nicht zuletzt dank deiner Reklame ist sein Terminbuch gefüllt.“

„Klingt da ein fieser Unterton mit?“

„Nein! Wirklich nicht! Für Vincenz nimmt er sich das kommende Wochenende Zeit. Beide sind für Samstagabend zum Essen verabredet und vorher hat Vincenz einen Termin als Patient bei Peter.“

„Die Tage mit ihm in der Schweiz waren sehr schön. Das Haus wurde tatsächlich direkt bei der ersten Besichtigung verkauft. Ich meine, die Interessenten haben ein Angebot abgegeben, dem nichts entgegenstand."

„Hoffentlich hat Vincenz mit dem Verkauf des Hauses für sich den richtigen Schritt gewählt."

„Ich denke, ja. Aber lass uns jetzt von der Reise sprechen, ich freue mich schon sehr darauf.

Anton Wall kommt mit uns auf See, auf ihn freue ich mich schon sehr."

„Ja. Auch Anton ist schon voller Vorfreude. Seine neue Vernissage an Bord bereiten wir gerade vor. Es ist aufregend für mich, ihn so in Aktion zu erleben."

„Karin, sag mal, hast du über die Worte von Anton nachgedacht? Nimmst du sein Angebot, später bei ihm zu wohnen, an?"

„Nein, auf keinen Fall. Anton ist wunderbar, er ist Kunst pur, lebendig und ausgefallen", sie hält sich kurz zurück. „Wir beide unter einem Dach, das würde nicht lange gutgehen. Außerdem will ich Zeit für Peter haben. Mit Anton in seiner Villa zu leben, würde bedeuten, ständig eingebunden zu sein. Dafür ist er mir zu schillernd."

Karin verabschiedet sich nach diesen Worten und betont, noch arbeiten zu wollen.

„Wir sehen uns bestimmt morgen", sagt sie.

„Hoppla! Wieso erst dann?"

„Du triffst doch bestimmt wieder Franz?"

„Na, und? Ich gehe zu ihm in seine Wohnung."

Wieder höre ich Karin lachen. „Und ich bin heute Abend bei Peter. Ich werde bei ihm übernachten und morgen Früh von Limburg aus nach Frankfurt fahren. Dann kann ich etwas länger ausschlafen."

„Keine fünf Minuten macht das aus“, kommt meine maulende Antwort.

„Ich mag dich auch, Lotte!“

Das Gespräch ist beendet.

Mit einer Tasse Kaffee setze ich mich zurück an meinen Schreibtisch. Erst, als ich meine Koffeinzufuhr genossen habe, öffne ich die nächste Reaktion auf meine Kolumne.

Guten Tag Frau Wolke,

mir kommt es so vor, als möchten Sie mit dem erhobenen Zeigefinger die Welt verändern. Wieso nehmen Sie nicht ein paar Stunden bei diesem Psychologen in Anspruch? Aus der heiß ersehnten Liebe ist, Ihren Worten nach zu urteilen, nichts geworden.
Seit inzwischen mehr als vierzig Jahren bin ich verheiratet und spiegele mit meinem Leben das Gegenteil von dem wider, was Sie verkörpern.
Nein, ich möchte nicht Ihren Worten Glauben schenken, dass die Mehrheit aller Frauen Ihrem Rollenbild entspricht.
Kehren Sie in sich, Frau Wolke, und dann würde es mich freuen zu lesen, Sie haben einen Weg gefunden, der aus Ihnen eine Frau macht, die ihren Platz in der Gesellschaft verdient hat.

Ihre Leserin
Agathe

Puh, diese Mail setzt mir zu. Lange Zeit zum Grübeln bleibt mir nicht. Mein Handy zeigt den Eingang eines Anrufes. Vincenz ist in der Leitung.

„Deine Stimme, liebe Lotte, sie klingt als hast du dich geärgert?“

„Die letzte Reaktion auf meine Kolumne hat mich gerade etwas umgehauen", gebe ich offen Auskunft.

„Niemand kann es allen Menschen recht machen, auch du nicht, Lotte!"

„Sicherlich, das weiß ich ja auch. Was kann ich für dich tun?"

„Meiner Bitte nachkommen, von unserem Plan den anderen, auch Franz, zunächst noch nichts zu erzählen. Ich möchte erst auf der Reise davon sprechen."

„Kein Problem, Vincenz. Bisher ist nichts diesbezüglich über meine Lippen gekommen."

„Auf die Schiffsreise freue ich mich", beendet er etwas rasch unsere Unterhaltung.

Erneut blicke ich in meine Mails und öffne eine der nächsten Reaktionen auf meine Kolumne.

Liebe Lotte,

ich gehe auf ein vertrautes Du über, da ich mich in deinen Worten wiederfinde und das Gefühl habe, dich schon lange zu kennen. Eine Freundin wie dich habe ich leider nie gefunden. Die Hoffnung gebe ich aber noch nicht auf.

Meine Versuche, rein liebestechnisch mein Leben auf den richtigen Weg zu bringen, zumindest in den Augen der Gesellschaft, sie scheitern immer wieder.

Einmal war ich verlobt und meine Beziehung hielt über zwei Jahre. Am Ende war ich wieder alleine und meine Nachbarin von meinem damaligen Verlobten schwanger.

Die Frage nach dem Wieso habe ich mir nächtelang gestellt. Ausgerechnet meine Nachbarin musste mich hintergehen. Ihr habe ich vertraut. Sogar einen Haustürschlüssel hatte ich ihr gegeben, für den Notfall. Nun ja, den hat sie dann auch eifrig benutzt, wie ich später erfahren durfte. Ob immer ein Notfall dahintersteckte, bleibt fraglich.

Deine neuerlichen Versuche, über eine Kontaktanzeige einen neuen Partner zu finden, haben mir gefallen. Wo, so fragte ich einmal die langzeitverheirateten Frauen, soll beispielweise ich mit meinen 38 Jahren einen Mann finden, wenn nicht im Internet?
Im Supermarkt hetze ich mich immer ab, gleich nach der Arbeit bin ich nur müde und habe kein Auge mehr für die eventuelle Zufallsbekanntschaft an der Gemüsetheke.
Dass du dich wieder mit Franz versöhnt hast, finde ich nicht befremdend. Wieso sollst du nicht noch einmal von der leckeren Frucht kosten, die dir so gemundet hat?
Mit meinem Ex habe ich auch immer wieder Sex. Heute bereut er es, mich betrogen zu haben. Jetzt aber, wo ein Kind zwischen uns steht, gibt es kein komplettes Zurück mehr für mich. Die Wunden sind noch nicht verheilt. Du fragst dich, wieso ich trotzdem immer wieder mit ihm im Bett lande?
Gute Frage!

Lassen wir die Antwort doch offen. Liebe Lotte, ich möchte dich so gerne treffen und kennenlernen. Von deinen Mädelsabenden hast du schon oft berichtet und ich habe mir jedes Mal gedacht, wie gerne würde ich zu diesem Kreis dazugehören. Leider wohne ich nicht in deiner Nähe. Vielleicht können wir uns aber durch einen E-Mail-Kontakt öfter austauschen?
Im Moment wohne ich in Hamburg bei meiner Mutter. Nach der letzten Enttäuschung habe ich bei Muttern Unterschupf gesucht. Keine Dauerlösung, wie ich selbst weiß.

Bis hoffentlich bald einmal
Tina

Meine Stimmung ist wieder besser, die Zeilen von Tina haben mir gefallen. Wie meine Chefredakteurin die Schreiben einordnen wird? Versonnen gehe ich in meine Küche und schenke mir einen frischen Kaffee ein. Dazu gönne ich mir drei der leckeren Plätzchen, die ich aus meinem Café mitgebracht habe. Mit einem Male weiß ich, was ich tun kann, um meinen inneren Frieden wiederzufinden und greife zu meinem Handy.

Doktor Peter Schön

Lotte hat mich heute Vormittag angerufen und um einen vorzeitigen Termin gebeten. Ihrem Wunsch komme ich nach und biete meine Mittagspause für eine kleine Sitzung an.

„Um 13 Uhr muss ich spätestens im Café sein", hat Lotte mir gesagt.

Meine Sekretärin bitte ich, um 12 Uhr für mich frischen Kaffee zu kochen und beim Bäcker in der Nähe zwei Nussecken zu besorgen.

Lotte steht zehn nach zwölf vor meiner Tür, sie wirkt aufgelöst.

„Schade, dass du und Karin nicht mit auf die Schiffsreise kommen", tritt sie in mein Behandlungszimmer und wechselt das Thema auch gleich zum Grund ihres Besuches.

„Meine Kolumnen, sie bewegen so viel, und ich komme nicht zurecht mit den Reaktionen. Sie sind so unterschiedlich, verstehst du?"

In der kommenden halben Stunde finde ich Einblick in sieben Reaktionen von Leserrinnen, die in der Tat sehr unterschiedlich sind.

„Mich verblüfft es zu lesen, was du in Bewegung bringst mit deiner Arbeit", kurz schmunzele ich. „Einen kleinen Einblick durfte ich nach deiner ersten Kolumne am eigenen Körper erfahren."

Aus Lottes Mund sprudeln Entschuldigungen.

„Es gibt keinen Grund, dich nochmals zu entschuldigen. Das hast du bereits getan. Lerne, mit deinen Entscheidungen zu leben und umzugehen. Wenn ich mir deine Beziehung zu Franz einmal als Beispiel nehmen darf, ist zu erkennen, Lotte Wolke ist innerlich gewachsen. Die einfältige Frau vom Land verwandelt sich zu einer Geschäftsfrau mit eigenen Grundsätzen und Prinzipien."

Lotte strahlt auf meine Worte. Mir geht es zu schnell, diese Veränderung ist noch nicht stabil und mir wird bewusst, Lotte hat noch ein paar Sitzungen mit mir vor sich.

Von meiner Sekretärin lasse ich uns den Kaffee und die Nussecken servieren.

„Sicherlich nicht so gut wie die aus deinem Café."

„Du bist jederzeit mein Gast", wirft Lotte ein.

Etwas später reden wir weiter: „Muss ich meinen Leserinnen gegenüber kein schlechtes Gewissen zeigen, dass ich so lebe, wie ich es für richtig halte?"

„Nein, Lotte. Schreibe die nächste Kolumne aus deinem Herzen heraus. Die positiven Reaktionen auf deine Veröffentlichung müssen gewichtiger sein als die Kritik. Den meisten Menschen gelingt es nicht, das Positive höher zu bewerten. Genau darin liegt aber der Schlüssel zum Glücklichsein."

Am Ende unserer ersten Sitzung bringe ich Lotte an meine Tür. „Bist du mit Karin glücklich?"

„Sie ist eine wunderbare Frau. Mit ihr kann ich lachen und auch ernsthafte Gespräche führen. Sie teilt meine Liebe zur Kunst, was ich als positiv ansehe. Was kommt? Keine Ahnung, Lotte. An mir soll es nicht liegen, dass wir auch in einem Jahr noch zusammen sind, vielleicht schon unter einem Dach leben."

Lotte blicke ich nach. Mein erster Eindruck hat mich bei ihr getäuscht, was mir nicht oft passiert.

Lotte

Aufgewühlt gehe ich nach dem Treffen mit Doktor Schön zu meiner Schicht. Die Arbeit lenkt mich ab und der Nachmittag verstreicht, ohne mir weitere Gelegenheit zum Grübeln zu geben. Nach meiner Schicht bin ich sehr müde. Mein Treffen mit Franz lässt mich aber auf einen schönen und erholsamen Abend hoffen. Zu Hause angekommen, öffne ich meine E-Mails und komme nicht umher, wenigstens eine neue Nachricht zu lesen.

Liebe Lotte Wolke,
mit Ihrer Kolumne haben Sie mich zunächst zum Grübeln veranlasst. Meine eigene Beziehung mit den vielen Tiefs wurde wieder in meinen Kopf gebracht. Das, was ich versucht habe zu verdrängen, war mit einem Male präsent. Plötzlich habe ich gespürt, es geht so, wie es gerade läuft, nicht weiter. Ich bin mit meinen 39 Jahren noch zu jung, um schon am Ende jeder Freude angekommen zu sein. Täglich früh aufstehen, meinem Partner das Frühstück mit einem Lächeln zu servieren, anschließend abräumen, um dann auf die Arbeit zu hetzen, kann doch nicht alles gewesen sein, wovon ich einmal geträumt habe.
Noch vor einer Woche wollte ich mich ganz von meinem Freund trennen. Seine Beteuerungen jedoch, ab jetzt werde alles besser und er viel aufmerksamer, haben mich einen Rückzieher machen lassen.
Dadurch, dass ich Ihre Kolumne gelesen habe, liebe Lotte Wolke, bin ich innerlich ruhiger geworden. Den Druck meiner Umwelt, das Gefühl nicht perfekt zu sein und es nicht zu schaffen, eine perfekte Partnerschaft zu führen, haben Sie mir genommen. Überall um mich herum sehe ich, zumindest dachte ich es, nur glückliche Paare. Wie oft habe ich mich schlecht daneben gefühlt. Wenn wieder eine Arbeitskollegin schwanger wurde, ich fiel tagelang in ein

seelisches Loch. Die Fragen meiner Eltern nach Enkelkindern, sie belasten mich.
Dank Ihnen und Ihren Zeilen bin ich wirklich innerlich gewachsen. Mit meinem Freund habe ich über das Arrangement von Franz und Ihnen, zunächst wieder in getrennten Wohnungen zu leben, gesprochen.
Wir glauben beide, der Reiz des anfänglich Neuen in unserer Liebe kann dadurch auch wiedererwachen. Das Projekt Neuanfang mit alter Liebe werden wir starten.
Bewundernswert finde ich, wie offen und ehrlich Sie von dem kurzen Ende Ihrer Beziehung und dem so plötzlichen Neuanfang geschrieben haben. Meine Bewunderung dafür!

Ich habe mich durch die Kolumnen hinreißen lassen, gestern Abend für meinen Freund und mich zu kochen. Ganz bewusst habe ich in mich hineingehorcht, mich gefragt, was ich möchte. Mir ist aufgefallen, in den letzten Wochen habe ich mir im Stehen am Abend ein Brot gemacht, mein Freund hat sich eine Pizza in den Ofen geschoben. Jeder hat für sich alleine gegessen, ob vor dem Fernseher oder dem Computer. Zu Beginn unserer Liebe war es nicht denkbar, dass wir so auseinandertriften und unsere Beziehung vernachlässigen würden.

Richtig schön eingedeckt hatte ich den Tisch am gestrigen Abend und bunte Servietten zum Einsatz gebracht, die schon lange im Schrank lagen.
Ich kürze den Abend nun etwas ab: Auch meinem Freund war diese Veränderung aufgefallen und er hat sich für meine Mühen bedankt, was auch neu war.
Beim Nachtisch angekommen, haben wir geredet, sehr offen und lange.

In der Nacht habe ich kein Auge zugemacht, was mir auch heute über den Tag anzumerken ist. Ich fühle mich müde und habe dunkle Ränder unter meinen Augen.
Das Wichtigste jedoch ist, ich bin glücklich!
Es gab keine Streiterin in der Nacht, die mich nicht haben schlafen lassen, vielmehr war es die Zuneigung zu meinem Freund.
In der Hoffnung, dass wir beide wieder die Augen füreinander offen haben, achtsamer durch das Leben gehen, möchte ich meine Zeilen für heute beenden.

Liebe Lotte, haben Sie Dank für die Kolumne und den Stein, den Sie bei mir ins Rollen gebracht haben.

Ihre
Viktoria

Unter ihren Zeilen finde ich auch eine Handynummer, die ich gleich anwähle.

„Ja, hallo?" Die Stimme klingt mir sympathisch entgegen.

„Lotte Wolke hier."

„Ich freue mich! Danke, für Ihren Anruf!"

„Leider habe ich gerade wenig Zeit zum Telefonieren." So toll finde ich meine Einleitung in das erste Gespräch jetzt selbst nicht.

„Kein Problem. Sie haben sich gemeldet, alles ist gut!", redet Viktoria drauflos. Etwas später erfahre ich auch, sie lebt in meiner Nähe. Gerade einmal 12 Kilometer trennen uns voneinander.

„Ich bin neugierig." Viktoria klingt positiv auf meinen Vorschlag, sich zu treffen. Ihre Stimme weckt in mir das Gefühl, ich kenne sie schon sehr lange.

„Treffen Sie heute noch Franz?"

„Ja, das werde ich", gebe ich ihr Antwort.

„Schön, das freut mich für euch!“

Ich lache in mein Handy. „Nächste Woche gehe ich auf Reisen, aber wir können uns in zwei Wochen treffen?“

Viktoria ist angetan. „Klingt doch spannend! Natürlich können wir uns in zwei Wochen treffen.“

Bevor Viktoria eine Gelegenheit zum Weitersprechen bekommt, biete ich ihr das vertrautere Du an.

„Soll ich zu dir in dein Café kommen? Gelesen habe ich schon viel darüber und bei einem Spaziergang habe ich meine Nase an deine Scheibe gedrückt und reingesehen. Sieht sehr gemütlich aus.“

„Gut, dann halten wir unser Treffen nach meiner Reise fest. Du kommst in mein Café.“

Im Anschluss plaudern wir noch über zehn Minuten. Viktoria wirkt unkompliziert auf mich, kommt ehrlich am Telefon herüber.

„Wenn ich jetzt nicht losfahre, ist die Lasagne, die Franz für mich vorbereitet, wieder verbrannt“, beende ich unser Telefonat.

Viktoria könnte in unsere Mädelsrunde passen, überlege ich auf meiner Fahrt zu Franz. Ich werde noch unser Treffen im Café abwarten, danach erst erzähle ich meinen Freundinnen von ihr.

Bei Franz angekommen, rieche ich erneut den Geruch von Lasagne. Mir gefällt, wie sehr er sich inzwischen um mich bemüht. Mir fallen auch die hübschen Servietten auf, die Franz neben die Teller gelegt hat. Verwundert frage ich mich, ob er sie selbst gekauft hat oder noch sein Vorgänger. Die Frage verkneife ich mir, die Stimmung gefällt mir gerade, so wie sie ist und da spielen Servietten nicht die größte Rolle.

Dieses Mal gelingt alles und ich kann Franz‘ Kochkünste genießen.

„Auf die Schiffsfahrt freue ich mich", stoße ich später mit Franz an.

„Mein Chef hat mir den Urlaub bewilligt, vorausgesetzt, es wird keiner meiner Kollegen krank. Wir haben gerade Hauptsaison."

Meine Gedanken gehen nach dem Essen auf Reise. Spontan denke ich über das kurze Telefonat mit Viktoria nach, dann bin ich ganz bei Vincenz und seiner Bitte, noch nichts von unserem Geheimnis zu verraten. Lydia Lowere, so grübele ich im Anschluss, wie gerne hätte ich sie bei unserer Reise mit an Bord. Ob Anton Wall bei seiner neuerlichen Ausstellung an Bord wieder ein Gemälde von meiner verstorbenen Tante aufhängt? Irgendwie gehört Lydia zu meinem, Vincenz' und auch Anton Walls Leben. Er lebt in ihrer alten Villa, das verbindet ebenso. Wie prägend Lydia noch über ihren Tod hinaus ist.

„Lotte? Wo bist du mit deinen Gedanken?"

„Bei Lydia, meiner verstorbenen Tante, und bei Vincenz", sehe ich ihn an. Erst jetzt registriere ich, Franz hat in der Zwischenzeit aufgeräumt, ohne meine Hilfe in Anspruch zu nehmen, was neu für mich ist. „Es ist gut so, wie wir jetzt leben", füge ich nach. „Küss mich bitte", halte ich Franz meine Hände entgegen.

Der nächste Tag

Müde und gähnend setze ich mich an meinen kleinen Schreibtisch. Zunächst lasse ich mir die Zeit, einen Blick durch meinen Garten zu werfen. Von Karin kam eine SMS, sie möchte auch an diesem Abend bei Peter schlafen. Ihr rasantes Tempo, sich in eine neue Beziehung zu stürzen, verwundert mich. Unvermittelt denke ich aber, wenn es Karin guttut, dann ist es richtig so.

Mir fällt meine letzte Kontaktanzeige ein. Franz sagte, ich sei ein verrücktes Huhn, nachdem ich ihm alles erzählt habe. Böse war er aber nicht auf mich, als er von der neuen Anzeige erfuhr. Unsere Beziehung war gegen die Wand gefahren. Wir hatten beide gemerkt, so konnte das Leben nicht weitergehen. Franz hat als Aussicht nur seine neue Freiheit gesehen und ich habe versucht, mich mit neuen Zuschriften und Begegnungen abzulenken.

Insgesamt sind neun Antworten auf meine Anzeige eingegangen. Nicht schlecht, wie ich finde. Meinen Wunsch, einen impotenten Freund zu finden, jetzt kann ich ihn belächeln.
Zu gerne möchte ich die anderen Zuschriften auf meine Kontaktanzeige lesen, lasse aber meine Finger davon, sie zu öffnen. Es wäre Franz gegenüber nicht fair.
Doktor Peter Schön und meiner Freundin Karin hat die Anzeige das Glück geschenkt. Ob es Fügung war? Ja, ich denke, so muss es sein. Es gibt dieses große Unbekannte, was ich nicht ganz begreife aber von dem ich weiß, es existiert.
Versonnen gehe ich noch einmal in meine Küche. Mit einem frischen Kaffee und einem großen Stück Gouda setze ich mich wieder an meinen Schreibtisch zurück. Zunächst genieße ich den Käse und meinen Kaffee, dann öffne ich meinen Laptop und lasse mich Gedanklich auf die neue Kolumne ein.

Liebe mit Freude

Zunächst darf ich danke sagen für die vielen Zuschriften, die mich alle erreicht haben. Meine Motivation, Ihnen weiter Einblicke in mein Leben zu geben, wird dadurch bestärkt.
Woche für Woche kann ich eine Veränderung in meinem Leben sehen. Gerade sind nur die positiven Veränderungen zu erkennen. Mit Franz habe ich gestern wieder einen wunderschönen Abend mit einem Feuerwerk in seinem Bett, als krönenden Abschluss,

erleben können. Zuvor hat er für mich gekocht, die Küche später alleine aufgeräumt. Früher lag es an mir, diese Aufgaben zu bewältigen, nach meiner Schicht im Café.

Jetzt sitze ich wieder in meinem alten Haus, allein und schreibe. Der Reiz der Liebe liegt wieder über meiner Beziehung. Die räumliche Trennung scheint ihre richtigen Impulse zu verströmen. Wir freuen uns und haben wieder Sehnsucht aufeinander, die Liebe ist prickelnder geworden. Zugeben darf ich, die beiden letzten Treffen mit Franz haben mich ein kleines Vermögen gekostet.
Auf rote Dessous setze ich noch nicht, dafür kam aber Schwarz ins Spiel. Meine neuen halterlosen Strümpfe haben ihn richtig in Fahrt gebracht.
Auch, wenn meine Sichtweise nicht jeder meiner Leserinnen gefällt, mir tut diese Art zu lieben gut.

Beglückend kann ich wieder am Abend meine Tüte Chips auf dem Sofa knabbern, ohne gesagt zu bekommen, das Knistern störe und ich mache zu viel Krach.
Meine erste Therapiestunde habe ich auch schon absolviert. Wann und wie sich der Erfolg einstellen wird, steht noch in den Sternen. Sollte es mir gelingen, noch sonniger und gelassener in jeden neuen Tag zu starten, dann habe ich alles erreicht, was ich mir gerade wünsche.

Sie, liebe Leserinnen, haben sich mir geöffnet. Die neu gewonnenen Einblicke über Ihre Art zu lieben und zu leben, sind vielschichtig.
Meine Chefredakteurin war zu Beginn dieser Reihe noch davon überzeugt, ich lebe so wie die meisten Frauen. Eine wechselhafte und wandelbare Einheit zu Hause inbegriffen.
Dank der Zuschriften habe ich gelernt, so ganz scheint das Bild nicht zu stimmen, das wir zu Beginn im Kopf hatten. Es gibt sie

noch, die guten Ehen und Partnerschaften, das, was wir als Teenager für uns erhofft hatten und jetzt zumindest für unsere Töchter wünschen.
Leben und leben lassen ist jetzt mein Motto. Mache nicht alle Menschen gleich, einer von deiner Sorte reicht doch, oder etwa nicht?
Mit einem Lachen im Herzen verabschiede ich mich für eine Woche auf See.
Sie werden lesen, was ich erleben darf, wen ich treffe und auch von dem großartigen Geheimnis zwischen Vincenz und mir, das ich jetzt noch für mich behalten muss.
Wenn Sie gerade Zeit finden, schauen Sie einmal aus dem Fenster. Was sehen Sie? Einen blauen Himmel? Fantastisch, dem ist nichts hinzuzufügen.
Ein grauer Himmel mit Wolken? Prima! Dann gibt es Regen für den Rasen und unsere schönen Blumen im Garten müssen nicht länger durstig sein.

In einem der Briefe meiner verstorbenen Tante Lydia Lowere durfte ich lesen: Das Leben ist nur langweilig, wenn man vergisst es zu leben.
Wie wahr doch die Worte von Lydia Lowere noch heute sind.
Mit einem Lächeln verabschiede ich mich für diese Woche. Vergessen Sie mich nicht und schreiben Sie mir von Ihrer Liebe, wo immer Sie auch leben.

Ihre
Lotte Wolke

Mehr von Lotte, Ina, Petra und Karin finden Sie in den weiteren Frauenromanen von Manuela Lewentz: